뿌리는 바람에
흔들리지 않는다

은영 cecilia

뿌리는 바람에

흔들리지 않는다

생각나눔

우리는 사는 동안 원하는 만큼의 꽃으로 피어나지 못했을지 모른다.

우리는 사는 동안 원하는 만큼의 열매를 맺지 못했을 수도 있다.

우리 모두는 꽃으로 피어나고 싶었고, 열매 맺는 나무가 되고 싶었을지도….

하지만 삶은 결코 호락호락하게 꽃을 피우게 하지도, 열매를 맺게 하지도 않았지만

꽃으로 피어나지 못했어도 꽃이고

열매 맺지 못했어도 나무인 것을….

내 안에 뿌리는 꽃이었고, 나무였다는 것을 기억하자.

뿌리는 바람에 흔들리지 않는다.

꽃으로 피어나고 열매를 맺고자 했던 뿌리는 비록 자신만의 아름다운 꽃으로도

피어나지 못하고, 원하는 열매를 맺지는 못했을지라도 꽃이었다면, 열매를 맺었더라면

땅 위에서는 비바람에 흔들리고 넘어지고 꺾이고 떨어지는 아픔을 겪었을 테지

만 그럼에도 불구하고 그 아픔조차 견뎌내 결국은 꽃으로 피어나고

열매를 맺었을지 모른다.

뿌리는 바람에 흔들리지 않는다. 다행이다. 다행이다. 다행이다.

목차

작가의 말

　창문 너머 배롱나무 한 그루
　여름 한동안 가냘픈 몸에 틈 없이 꽃으로 채우느라 흘린 땀이 얼마인가?
　눈이 부시게 분홍빛으로 창문을 물들이고는 했지.

　꽃 들었던 그날도 차가운 바람이 비켜 가는 날조차 벗은 몸은 분명 슬픔일진대, 꽃 내려놓은 가지들은 가벼워진 팔 벌려 우러르듯 하늘을 향해 서 있는가?

　이 겨울이 지나고 나면 어느 날엔가는 봄이라는 이름으로 너를 다시 만나려 창문을 열어보게 될 것이지만 아마 그때쯤에는

　하얀 목련이
　어느 집 담장 위에서 먼저 인사를 건넬지도 모른다.
　길가에 하얀 목련 꽃잎이 툭툭 떨어지는 그날쯤에는
　잊어버린 이름
　잃어버린 이름을 찾아가고 있을지도….

　집 안 가득 찬 겨울을 창문 열어 가벼운 봄으로 바꾸어 보는 어느 날 이 년여 간의 책 쓰기를 이제는 마감해야겠습니다.

소소한 이야깃거리를 책으로 쓰나 싶은 마음에 망설이기도 했지만, 작은 찻집에서 또는 길바닥 플라스틱 의자에 앉아 차가운 물 한잔을 나누었던 이웃들의 삶이 결코 작지 않아 보였나 봅니다.

사는 동안 맺은 인연들은 따뜻한 햇빛이었고, 때로는 산소 같은 무채색이었지만 우리 모두를 성장시키는 양분이었음에 분명 아름다웠다 고백합니다.

작은 씨앗 하나가 땅에 떨어져 꽃을 피우고 열매를 맺는 과정이 고난스럽고
때로는 힘겨웠겠지만 결국에는 꽃을 피워내고 다시 또 열매를 맺는 인연으로
만나질 것이라 생각합니다.

더불어 행복하다.

더불어야 행복하다.

창문 너머로 보내는 말

사는 동안 서로는 인연을 맺고 그 인연을 청실홍실 엮어 가면서
살아온 그날 그날들

잘 가라
나를 지켜주던 모든 것들
잘 가라
나를 떠나가는 모든 것들
더 이상 구할 것이 없으니 인연 또한 사라지는구나.

그러니 잘 가라, 잘 있어라, 인사 같은 건 해야겠지.
배웅은 또 다른 마중이 되고
이제는 매일이 이별 연습인 것을

커피 한잔, 수다 한판

"너희들 이런 말 들은 적 있니? 요즘은 나이 육십 넘으면 모두들 시한부라고 하더라. 우리 지금 60대 중반이잖아. 살날이 20년 남았든, 30년 남았든 그렇다는 거지. 요즘 뭐를 어떻게 정리해야 하나 생각 중이야. 고민도 되고 말이지."

보험 상담을 하느라 모임에 조금 늦게 도착한 윤희 귀에 들어온 이 말은 언제나 친구들을 이끌다시피 하는 경란이가 하고 있던 말이었다.

만약 윤희가 정말 시한부라는 사실을 경란이가 알았다면 윤희가 듣는 데서는 그런 우스개 농담은 하지 않았을 것이지만 말이다.

오랜 모임을 통해 친구들은 너나 할 거 없이 이제는 얼굴만 봐도 무슨 일이 있는지 대충 짐작할 정도로 속사정들을 알고 지내는 친구들이었다. 거의 20여 년을 함께하면서 모임 하는 친구들이라 얼굴만 봐도 무슨 일이 있는지 대충 짐작을 할 수 있다. 얼마 전부터는 친구들 건강에 문제가 생기는 일을 당연히 알게 된다.

심장 스탠스 수술에 고혈압은 기본으로 가지고 있고, 관절에 무리가 있어 관절 수술 후에는 걷는 것도 불편해하고 연골주사라던가? 그걸 일주일에 한두 번씩 맞아야 한다는 친구도 있고, 최근에 한 친구는 위암 수술을 받기도 해서 친구들을 놀라게 하기도 한다. 빨리 발견해서 수술한 덕분이기도 하지만 의학이 발달한 덕에 수술 후에는 조심하면서 건강하게 잘 지내고 있는 모습을 볼 수 있다.

"야! 야! 걱정하지 마. 60년을 넘게 썼으면 A/S 기간이 지난 지도 한참 전이고, 이제 갈아 끼울 때도 된 거지 뭐." 경자가 일부러 큰 소리로 웃는다.

"우리 어릴 때 어른들이 망우리 갔다 오라는 말로 농담도 하고는 했잖아. 지금 젊은 친구들은 무슨 말인지 모를 거다, 하하하."

사실은 윤희도 래나 아주머니 일을 겪으면서 그런 생각을 하고는 있었지만, 직접 경란이 말을 들으니 윤희뿐만 아니라 친구들도 같은 생각들을 하고 있구나 하는 생각에 동지감이 느껴지는 기분을 느꼈다. 차를 마시며 앉아있던 친구들도 모두들 한마디씩 한다.

"그래, 맞아! 언제 불려 갈지 모르는 나이니까 말이지. 이제 데려간다고 해도 별 불만 없지 뭐! 아직도 하려면 할 일은 남아있겠지만 지금 데려가신다고 하면 감사한 일이고말고. 살 만큼 살았다고 하기는 아직 아니지만 갈 준비를 하는 게 맞아. 너무 오래 사는 것도, 자식들한테 짐 되는 건 정말 아니지 않니? 백세 시대라지만 요양원 가서 백오십 살까지 살면 뭐하겠니? 중증으로 오신 어르신들은 바깥 구경을 하기를 하나? 하루 종일 누워만 있으니 대소변 기저귀로 받아내고 자기 손으로 밥조차 떠먹지 못하고 말을 하기를 하나, 듣기를 하나. 아유! 그건 아니지, 정말 아니야."

요양사로 요즘 뒤늦게 요양원에서 일하는 경자가 한마디를 더 거든다.

"그런데 말이야, 요양원에 있다 보니까 보이는 게 있더라. 어르신들이 살아오신 모습들이 보이는 거야. 지금은 비록 어쩔 수 없는 사정으로 와 계시지만 얼마나 열심히 살아오셨는지를 알게 되는 거지. 자식들이나 친지들이 문안을 오면 듣는 얘기들이 있거든. 자식들이 올 때마다 많이들 울더라구. 어느 어르신이 치매가 있어 초점 없는 눈으로 바라보는데 자식들이 손을 꼭 잡고 뺨에다 부비기도 하고, 엄마하고 부르기도 하는데 반응을 하는 거지. 아주 심하신 어르신 얘기기는 하지만. 반면에 몸은 불편하시지만 웬만한 어르신들은 집보다 이곳이 좋다는 어르신들도 있어. '뭐가 좋으신데요?' 하고 물었더니 '자식들 불편하지 않게 비켜주고 있으니 방해 안 되고 얼마나 좋아.' 그러시거든. 그러면서 '요양사 선생님들 친절하지, 식사 때마다 맛있게 밥 해주지, 50년 넘게 밥하느라 지겨웠는데 끼니마다 밥해 주니까 좋지, 놀아주기도 하고.' 그렇게 말씀하시는데 나는 가끔 울컥할 때가 있어, 그 말이 자꾸 생각나서.

자식들 불편하지 않게 비켜주고 방해 안 되니 좋다는 그 말이 이곳에 와 계시면서도 그저 자식들 생각만 하는 어르신들을 보면, 뭔지는 모르겠는데 슬프면서도 감사한 생각이 들더라.

부모들이 자식들 낳아 기를 때 그 모습 다 보고 키웠잖아. 젖 먹이고 기저귀 갈아주고 뒤집고 일어나 걷고 때마다 병원 가서 예방접종하고. 어느 날에는 아기가 자지러질 듯 아프면 펑펑 울면서 아기 업고 한밤중에도 한달음에 병원으로 뛰던 일도 있고 말이야. 살려달라고, 빨리 낫게 해달라고 밤낮으로 매달려 기도는 또 얼마나 한 줄 아니? 아마 하늘에 계신 그분이 귀 따갑다고 어지간히 귀찮게도 한다 그러셨을 거야.

마음 졸이면서 꼬박 밤을 새우고 그러면서 성장하기까지 모든 날에 엄마가 같이 있었잖아. 그 모든 시간이 기쁨이고 행복이었고 삶의 전부였는데, 지금은 자식들이 그때의 우리들처럼 아기들을 낳아 그러고 있겠지? 그러기까지 그 뒤에는 엄마가 있었다는 것을 기억이나 하려나 싶더라.

'아기가 태어나 어른이 되고, 어른은 다시 아기가 되어 간다.'

이런 이야기를 들은 적이 있거든." 친구들은 "그래, 맞아. 맞다." 하면서 모두 고개를 끄덕거린다. 진선이는 마치 자기 일인 것처럼 속상해한다.

"자식들도 부모 나이 들어 늙어 가는 거 봐야 하는데 말이야. 자주 보면 잘 모르잖아. 바쁘다고 부모 찾아보는 일이 점점 줄어드니 어느 날 갑자기 늙어버린 우리들 모습 보고 '집을 잘못 찾아왔나?' 우리 엄마 아닌 거 같다면서 '누구세요?' 하면서 놀라면 어떡하냐?" 진선이 하는 말에 경자가 끼어든다.

"야! 진선아! 걱정도 팔자다. 자식들이 바빠서가 아니고 엄마 늙어 가는 거 보는 게 너무 슬퍼서 그러는 거다. 아기들은 오뉴월에 콩나물 자라듯 쑥쑥 크고 엄마들은 그만큼 팍팍 늙어 가는 것을, 자식들이 차마 슬퍼서 마음 아파 못 보겠다는 거지 뭐. 그래서 안 오는 거야."

"그렇지만 손주들도 잘 못 보니까 속상하더라. 애들은 정말 금방 크잖아. 할머니 정을 느끼고 사랑받고 커야 하는데 그걸 못 하니까 말이야."

"하여튼 너는 걱정을 사서 한다니까. 자식들이 자주 안 오거나 해서 손주들이 할머니 사랑 못 받고 크는 거까지 걱정하니? 지들 자식들인데 우리들보다 더 잘 키우고 있을 거다. 다만 할머니 사랑받고 자란 아이들이 얼마나 정서적으로 사랑 많은 아이로 영민하고 지혜롭게 자라는지 자식들이 아는지 모르는지 지들 복을 차내는 건데, 그걸 왜 우리가 걱정하냐? 어느 분이 하는 강의를 들었는데 말이야 반대로 생각해 보라더라. 어른들도 생각의 전환이 필요하다는 거지. 성장한 자식들 일은 믿고 너무 애통해하지도 말고 그래야 정신건강에 도움이 된다는 거야."

둘이 하는 말을 듣던 친구들은 씁쓸한 얼굴로 웃지도 못하고 애매한 얼굴로 앉아 찻잔만 들었다 놨다 하고 있다.

우리는 모두 알지만 서로 말을 하지 않는 게 있다. 처음에 열 명으로 모임을 하던 친구들이 지금은 일곱 명으로 줄어있다는 걸. 오십 중반에 세 명의 친구가 하늘로 돌아간 지 벌써 십 년쯤 되어가지만 아무도 먼저 떠난 친구들 얘기를 입 밖으로 내어 말하지 않는다. 무슨 불문율도 아닌데, 누가 그러자 한 것도 아닌데도 친구들은 문득 생각이 나서 자기도 모르게 말을 하려고 입을 옴짝거리다가도 숨을 멈추는 모습을 보면 친구들은 이미 안다. 무슨 말을 하려다가 그만두었는지 말이다. 그럴 때는 눈치 빠른 경란이가 얼른 말을 돌려 다른 이야기로 분위기를 바꾸고는 했다.

"자! 자! 그건 그렇고, 이제 여름이고 이번 여름에는 우리끼리 가까운 곳으로 맛집이나 찾아서 다녀오는 건 어떨까? 기왕에 말 나왔으니 언제일지 모르지만 죽기 전에 맛있는 밥 한번은 먹고 가야지 않겠니? 먹고 죽은 귀신은 때깔도 좋다잖아."

경란이 어쭙잖은 분위기 탈출 시도는 먹혀 들어가 친구들은 금세 하려던 말을 멈추고는 "그러자." 하면서 맞장구를 쳐댔다. 그랬다. 요즘 친구들은 조금씩 정리하는 마음으로 남은 시간은 잘 마무리하려고 마음먹고 있는 모습들을 말하기도 하고, 옷이나 사진 등 크게 필요 없는 창고 속 물건들도 웬만큼은 정리했다는 친구들도 있다. 윤희는 그럴 수 있는 생각을 할 수 있다는 것이, 시간이 주어졌다는 것에 감사한 마음이 들었다. 아무 생각 없이 살다가 갑자기 세상을 떠나는 날이 온다면 얼마나 황당할까 싶은 마음이 들었다.

하늘로 데려가신 분께 '아무것도 정리를 못 했는데 가서 정리하고 다시 올게요. 자식들에게도 하고 싶은 말도 있고, 남기고 싶은 말도 있는데 못 하고 왔으니 잠깐만 살려주세요. 잠깐만 다녀올게요.' 할 수도 없는 노릇 아닌가 말이다.

만약에

겨울 동안 몸이 부쩍 안 좋아져서 미뤄두었던 친구들 모임에 오랜만에 나간 윤희에게 이런저런 수다를 떨던 경란이 크게 웃으면서 이런 말을 한다.

"야! 얘들아, 우리 만약에 말이야! 지금 남편들과 결혼하지 않았다면 어떻게 달라져 있을지 상상해 봤니?"
문득 '만약에'라는 말이 참 새삼스럽다는 생각을 하면서 이야기를 듣고 있었다. 만약에 만약이라…! 그러면 어찌 되었을지 궁금하긴 하다. 물론 생각이고 상상이지만 말이다. 그러면서 경란이는 '만약'이라는 주제로 살아온 날 중에서 한 가지씩만 말해 보라고 한다. 지금이 어떻게 바뀌어 있을지 상상해 보자는 거였다.

이 나이에 '만약에 다시 뭔가를 바꿀 수 있는 시간으로 돌아간다면?'이라는 주제가 친구들을 살짝 설레게 했나 보다.
머리 굴러가는 소리가 반짝반짝 밖에까지 들리는 듯하다. 먼저 진선이 말을 꺼낸다. 위로 언니 하나, 오빠를 낳은 어머니는 진선이를 낳지 않으시려고 했단다. 그래서 약도 먹어보고 언덕에서 구르기도 했다는데 무슨 일인지 어머니 탯줄을 꼭 잡고 세상에 태어났단다.
만약에 그때 탯줄을 놓아버렸다면, 그랬다면 다른 엄마한테서 태어났을지도 모른다고, "아주 부자 엄마를 만났을지 누가 아니? 그럼 너희들 나 못 만났을 거야. 부잣집 사모님들하고 노느라 바빴을 거거든. 하하."

듣고 있던 경자가 한마디한다.

"진선아! 근데 말이지, 세상에 태어나 빛을 본 것은 네 힘으로 스스로 그런 걸까? 아니면 저 높은 곳에 계신 분의 깊은 뜻이었을까?"

열심히 교회 다니는 경자의 말에 친구들은 그저 서로 쳐다보며 웃고 있다.

"윤희야! 너는?" 친구들이 윤희를 쳐다보면서 만약에라면 어떨 거 같은데 하고 묻는다.

"만약에라면 말이지? 나는 아이들을 한 다섯쯤 낳았을 거 같다. 둘만 낳은 게 지금도 후회되는 일 중에 하나거든. 그때는 둘만 낳아 잘 살자, 뭐 그런 말들을 하던 때여서 딸 둘만 낳고 말았는데, 만약에라면 아이들을 더 낳았을 거 같다는 말이지."

"왜?" 하면서 궁금하다는 얼굴로 묻는 친구들에게 윤희는 "사실 우리 딸들이 너무 예쁘고 착하고 잘 자라준 게 넘 고마워서 더 낳았더라면 좋았을 텐데 하는 생각을 문득문득 했거든." 윤희는 정말 그런 마음이 들었다. 아이들을 한 다섯쯤 낳았으면 좋았을 텐데 그런 생각을 하고는 했다.

그러면 지금쯤 둘이 공부하러 나갔으니 셋은 내 곁에 있을 거고, 지금쯤 저녁 시장을 봐서 아이들 올 시간에 따뜻한 밥을 해놓고 식탁에 앉아 귀여운 수다를 떨고 있지 않을까? 아이들과 함께 힘겨운 날들을 지내오면서 제일 잘한 일이 아이들과 함께한 일이고, 윤희다웠고 윤희다운 행복이었음을 너무나 절실하게 느끼고는 했다. 물론 때가 되면 아기 새가 둥지를 떠나 파아란 넓은 하늘로 날개를 펴고 자기들만의 세상으로 날아가듯 또다시 어미를 떠나는 일을 겪었을 테지만 그런다 해도 정말 만약에라면 그러고 싶었다.

옆에서 듣고 있던 경란이가 "맨날 자식들만을 바라보고 살더니 그런 생각을 하는 거지. 뭐 하긴 나도 그렇긴 하다. 아들 하나만 낳은 걸 사실 나도 후회하거든. 만약에라면 다섯은 그렇고, 셋은 낳았을 거 같기는 하네.

근데 말이야. 난 솔직히 아들 하나만 낳은 것도 천만다행이라는 생각을 할 때가 있거든. 어떨 때는 아이고! 내가 저 아들놈을 낳고 미역국을 먹었나 싶어 그때 먹은 미역국을 엎어버리고 싶을 때가 종종 있거든. 하하하.

아들놈이 결혼하고 나서 한참 만에 집에 왔길래 이런저런 얘기하다가 나온 말인데 뭐라는 줄 아니? '엄마! 나 키우는 동안 행복했지?' 하더라. 그럼 당연하지, 그랬더니 '그럼 됐어. 나 키우는 동안 한 삼십 년 행복했으니까 난 엄마한테 효도 다 한 거야. 알았지?' 그러더라니까. 맞는 말인 거 같기도 하고 갑자기 띵 하더라구. 요즘 엄마 떼어내는 법

가르치는 학원 생겼니? 학원에서 아들한테 장학금 준다고 할지도 모르겠더라. 아들 보내고 나서 훅하고 바람이 가슴을 뚫고 지나가는 걸 느꼈거든. 그날 나 죽을 것처럼 몸살 앓았잖아. 외아들이라고 너무 싸매고 키운 내 탓이지 누굴 탓하겠냐? 만약에 둘이나 셋을 낳았더라면 아예 미역국을 안 끓이고 싶었을 거다. 하하하.

며칠 전에는 아들 내외가 외식하자고 나오라고 하기에 애들 아빠하고 같이 나갔는데 식당에서 물이랑 수저를 며느리한테 먼저 놔주는 거야. 며느리한테 잘하니까 그럴 수 있지, 생각하고 모른 척 이해했는데 식사 끝나고 나가서는 얼른 차 문을 열어주는데 며느리 타라고 말이지. 남편하고 나는 뻘쭘해서 서로 쳐다보면서 얼굴이 화끈하더라니까. 내가 교육을 이렇게 했었나? 아니면 학교에서 이렇게 가르쳤나? 대학까지 나온 아들 가정교육 잘했다고 자부한 게 나였거든." 하고 말한다.

친구들은 경란이 말에 공감의 표현을 해줘야 할 것만 같아 고개를 끄덕이면서 그저 웃어야 하나 말아야 하나 그런 얼굴들이다.

경란이는 친구들 사이에서 늘 리더 역할을 하는 친구다. 언제나 모임은 경란이 불러야 모일 정도로 다들 경란이 전화를 반갑게 기다리고는 한다. 성격이 막힘없고 해맑은 사람이라 만나면 힘이 되는 사람. 늘 친구들을 즐겁게 하려고 애쓰는 경란이다. 사실 모임 후에는 경란이 뒷말을 할 때가 많다. 뒷말이라는 게 경란이 아무도 모르게 한, 숨은 선행을 어찌 알게 되는 일을 친구들이 말하고는 한다. 선한 영향력을 나누는 그런 친구인 거다. 경란이는 혼자 있어 식사가 불편한 친구에게는 반찬을 싸 들고 가 전해주고, 아픈 친구는 어디서든 약을 구해 갖다 주곤 한다. 급전이 필요한 친구에게는 아무 말 없이 가방에 봉투를 넣어두기도 하는 그런 친구였다.

경란이가 말끝에 하는 말이 자기는 해줄 거 다 해주고도 좋은 소리 못 듣는 일이 있다면서 "그런데 상관없어! 고마운 거 모르고 감사한 줄 모르는 건 그 사람 탓이지, 내 탓은 아니잖니? 난 내가 주고 싶어서 주는 거고, 하고 싶어서 하는 거지 꼭 인사를 받으려고 하는 건 아니니까 말이지. 그런데 나도 사람이다 보니 가끔은 섭섭한 마음이 들 때가 있더란 말이야.

너무 당연하게 생각하는데 그만둘까? 그러면 고마운 줄 아는 곳에 가서 나눔하고 봉사할까? 그런 생각할 때도 있지만, 얘들아! 내가 아마 고맙다는 말이 듣고 싶은 건가 보다. 나 속물인 거니?" 그러면서 경란이는 예의 그 맑은 얼굴로 환하게 웃는다. 윤희는 그런 경란이를 의지하는 마음이 든다. 속에 담긴 말을 털어놓으면 따뜻한 위로를 받을 수 있는 그런 심성을 가진 친구라는 생각을 한다. 경란이 문득 생각났다는 듯이 친구들을 둘러보면서 한마디를 덧붙인다.

"내가 말이야, 요즈음 주눅이 들더라니까. 지나다가 남의 집 아이들이 버릇없이 하거나 가르칠 일이 있는 걸 보면서도 말을 못 하겠더라구. 내 자식을 잘 가르쳤다 생각했는데 그것도 아니구. 그런데 내가 누굴 가르쳐? '에휴, 택도 없이 오지랖이다.' 그러면서 눈을 질끈 감고는 못 본 척할 때가 있단 말이지."

경란이 성격에 그런 일을 보면 아마 자상하게 타이를 성격인 걸 친구들은 안다. 경란이는 아무튼 사랑이 많은 사람이니 충분히 그러고도 남을 친구다.

청바지와 통기타, 미니스커트와 장발머리 청춘을 알고 낭만을 아는 우리들이다. 나이트도 다녀봤고, 자유로운 연애도 하면서 결혼을 하고 천 년에서 이천 년으로 넘어가는 때에 밀레니엄 베이비를 낳고, 그 시대를 함께하면서 나름대로 멋진 엄마들로 살아왔다. 그런데 밀레니엄 세대들을 며느리로, 사위로 맞으면서 낀 세대 어른으로 밀려나 있는 모습을 보는 것은 조금은 쓸쓸한 생각이 든다.

어른 자격증

"어른이라는 게 국가고시 자격증이 있는 것도 아니고, 날밤 새워 가면서 공부하고 시험 봐서 딴 게 아니잖아! 세월이 만들어준 거 아니겠니?

노래도 있더라. 너희들 늙어봤냐? 나 젊어 봤다. 그러니까 그 세월을 사는 동안 우리가 배운 게 있는 거지. 교과서에서 배운 게 아니라 실수하고 잘못하면서 많은 시행착오를 먼저 겪은 엄마들이니까 그렇게보다는 이렇게 하는 게 실수를 덜 할 수 있다는 걸 아니까 얘기해 주고, 가르치려고 할 때도 있고. 때로는 아이들이 하고 싶은 대로 놔두기도 하고, 실수하거나 잘못하더라도 스스로 깨닫도록 하는 마음에서 기다려주기도 하고 말이야. 그러면 또 애들은 뭐라는 줄 아니? 관심 가져주지 않는다면서 한마디씩 하기도 하더라만 우리가 살아오는 동안 정말 몰라서 자갈밭을 걸어오기도 했고, 진흙탕에 빠져도 봤으니 아이들에게는 그러지 않도록 가능한 비단길로, 꽃길만 걸었으면 하는 마음인 거잖아. 그게 자식들한테는 잔소리로 들리는 게 탈이긴 하지만. 하긴 뭐 우리도 이 나이 되도록 살아오는 동안 어른들이 하는 말을 다 들으면서 살아 온 건 아니긴 하지.

'어른들이 뭘 알아?' 하면서 제멋대로 한 적도 많았거든. 그러다가 된통 비싼 수업료 물은 적도 있고. 지나고 보면 어른들 말이 맞았던 일이 많았지! '그때 말 들을걸!' 하면서 후회도 해봤고, 그러면서 부딪치고 경험하면서 배운 것들이 있으니까 말이야."

친구들은 경란이를 위로하느라 한마디씩 한다.

"경란아! 네 맘은 이해하지만 넌 아들 잘 키운 거야. 어릴 때 너의 집 놀러 가면 얼마나 똘망하게 예의 있고 인사성이 밝은지 우리들이 칭찬하기 바빴잖아. 아들 교육 잘 시켰다고 말이야. 공부도 잘하고, 아마 반장도 했었지? 학교에서도 인성 짱이라고 인정해 주던 그런 아들이잖아. 그래서 친구들 모이라고 해서는 네가 한턱 낸 일도 있었고. 우리들이 네 아들 크는 거 다 보면서 살았는데 얼마나 반듯한 청년으로 자랐는지 우리가 다 흐뭇했구먼. 넌 충분히 어른으로서 가르칠 자격 있어. 사람 사는 세상에 어른이 없으면 어떻게 되겠어? 어른이 있어야 자라는 아이들 가르치기도 하고, 잘하면 칭찬도 하면서 그래야 하는 거 아니겠니? 우리도 자라면서 어른들한테 반항심에 삐딱하기도 했었지만 그러면서도 배운 게 있어 자식들 키우고 가르칠 수 있었던 거고. 요즈음 어른 노릇하기가 뭐 쉽지는 않지만, 요즘 아이들은 이렇게 말할지도 모르겠다. 어른이 어른다워야 한다고 말이야! 나이만 먹으면 어른이냐고 대들지도 모르겠고. 하지만 어른다워야 한다는 것이 객관적이기도 하고, 주관적이기도 한 거라 보는 사람마다 느끼는 사람마다 다를 수 있지만, 그럼 자식은 자식다워야 하는 거 아니냐 하면서 맞짱 뜰 수도 없고 말이야. 그렇지만 우리가 안 하면 뭐 요즘 나오는 AI가 하려나 그럴지도 모르겠네. 어른들 말은 안 들어도 AI 말은 들을지도 모르지."

경자 말에 우리들은 빵 터지듯 웃기는 했지만, 친구들은 생각이 많은 얼굴들을 하고 앉아있다. 세월이란 시간이 만들어준 자격은 인정을 안 해주니 어른 국가고시라도 생겨야 되려나 보다.

어느새 집안에서는 제일 웃어른이 되어버렸지만 아무도 웃어른으로 생각하지 않는 시대에 그렇게 살고 있는 우리들이다.

인간은 잔인하게도 백 번 잘해줘도 한 번의 실수를 기억한다. 사람의 마음은 간사해서 수많은 좋았던 기억보다 한 번의 서운함에 오해하고 실망하며 틀어지는 경우가 많다고. 서운함보다 함께한 좋은 기억을 먼저 떠올릴 줄 아는 현명한 사람이 되라는 글을 읽은 기억이 문득 났다.

하지만 글을 글일 뿐 실천이 너무나 어렵다. 아무리 좋은 글을 읽어도 실천하는 사람은 극히 드물 것이다. 그중에 정말 우아하지도, 고급진 말도 아니라서 식상하지만 흔한 말들이 있다.

"지금 하지 않으면 안 되는 것들
미안해, 고마워, 사랑해."

하지만 지금 절대 하지 않는다. 이 말들이 그렇게 어려운 말인지 몰랐다. 아프리카 오지 말도 아니고 한국말인데 안 하는 건지, 못 하는 건지 모르겠다. 이래서 이런다고, 그랬으니 그런다고 여러 이유와 자기만의 합리화가 존재하는 한 아프리카 오지 말이라 몰라서 못 하는 게 될 거 같다. 아무튼 지금 해야 할 것을 지금 하지 않으면 말짱 꽝이라는 거다.

그 끝이 후회라 할지라도, 기어이 후회하고 말겠다는 굳은 의지의 벽을 세워놓고 있다.

친구들이 정연이에게 시선을 돌리자 정연이 기다렸다는 듯 말한다. "만약에라면 말이지. 남편 사업이 망하지 않고 아직도 집이 아주 부자라면, 땅도 많고 돈도 많고 고급 차도 다 그대로 있어서 사모님 소리 들으면서 살았다면 아마 모르긴 해도 좀 건방져 있지 않았겠니? 하하.

사실 나는 요즘 사람도 정리하고 있어. 남편 죽고 망하고 나니 그렇게 친하던 사람들이 어쩜, 안면몰수라는 말 알지? 그래서 내가 먼저 그런 사람들을 정리하기로 했어. 만나다 보면 자꾸 상처받는 일이 생기니까 불쾌한 생각이 떠나질 않는 거야. 입으로는 아니라지만 말 속에 한 자락 깔고 있는 게 보이니까. 오래 알고 지낸 지인이 있는데 만날 때마다 짜증스럽고 넘 피곤한 거야.

좋은 사람 만나기도 바쁜데 피곤한 사람들까지 보는 건 시간이 아깝더라. 누군가 그런저런 사람들 다 정리하고 나면 옆에 남는 사람 없다고 '대충 까이꺼' 하면서 지내라더만. 이제는 만나면 스트레스받는 사람들은 안 만나고 싶더라.

그런데 만약에라면 캐나다에 이민을 갔다면 어떻게 되었을까 싶긴 하다. 남편이 자기가 죽을 걸 알았는지 캐나다에 이민 갈 기회가 있었는데 굳이 싫다는 거야. 그때는 이유도 없이 마다하니까 몰랐지. 지나고 나니 한국을 떠나기 싫었던 거지 뭐." 정연이의 남편은 그러고 얼마 후에 하늘로 돌아가셨다고 한다. 그러면서 그때 캐나다에 이민 갔더라면 남편이 안 죽었을지도 모른다고, 그런 생각이 들 때가 있다고 한다. "그런데 말이야, 내가 캐나다로 떠났으면 너희들 지금 나 만나기 힘들어 알지?" 하면서 다행이지 뭐냐 하는 얼굴로 웃는다.

"애들아! 너희들 지금 번데기 앞에서 주름 잡는 거다. 난 장가간 아들한테 잘렸어. 지금 얼굴 못 본 지 일 년이 넘어가거든."

진선이 하는 말에 친구들은 무슨 일이냐 하는 얼굴로 쳐다본다.

"진선아! 무슨 말이야?"

걱정 가득한 얼굴로 경란이 무슨 일이냐는 듯 쳐다보는데 진선이 하는 말이 "아들이 장가가기 전에 애들 아빠한테 상처받은 게 컸나 봐. 물론 나도 한몫했을 거고. 어떻게 아들 편만 들 수 있니?

아들 말도 옳고, 남편 말도 일리가 있는 말이기도 하고. 서로 입장 차이였던 거지. 그런데 지들 아빠 편에서 내가 아들을 서운하게 한 거야.

때리는 시어머니보다 말리는 시누이가 더 밉다잖아. 내가 딱 그 시누이 노릇을 한 거더라.

결혼하고 나서 조금씩 뜸해지더니 이제 명절이고 생일이고 아예 안 온다니까? 가끔씩 전화해도 안 받고. 단단히 화가 난거지 뭐.

그런데 생각해 보니까 남편보다 내가 잘못한 게 더 많더라. 아들 며느리가 서운했을 일을 내가 더 많이 했어. 요즈음 내가 잘못한 것만 생각나서 아들한테 너무 미안한 거야.

식당 일 한답시고 아들 결혼도 소홀히 하고, 지들이 다 알아서 하느라 얼마나 힘들었을까? 그런데 고맙다, 수고했다 그런 말을 해준 적이 없었거든. 금쪽같은 손주도 제대로 못 챙기고, 뭐 하나 잘한 게 없더라니까. 뭐 좀 해주면 가만히 있음 될 걸 한두 번 말하다 보니 본의 아니게 생색내는 꼴이 되었지 뭐냐. 그런 데다 생각해 보니까 내가 자식들한테 계산적이었더라니까.

아들 결혼 전에는 아까운 게 없이 다 주고 키웠는데 글쎄 결혼하고 나서는 이거 해줬으니 저건 안 해줘도 되겠지 그런 적도 있고, 아들 내외가 볼 때 얼마나 서운했을까 싶더라니까. 걔들도 어른인데 그게 눈에 안 보였겠니? 다 보이지. 애들이 볼 때 얼마나 자존심이 상했을까 싶더라.

내 아들이지만 다 큰 어른으로 존중해 주지 못한 내 잘못이 너무 크더라구. 아들이 결혼하더니 변했다고 엄마들끼리 하는 말을 들을 때는 남의 일인가 했어. 우리 아들은 절대 그럴 일 없다 자신했는데 그게 함정이었다니까.

자식들이 왜 예전 같지 않냐고 할 거 없더라. 품 안에 자식이었으니 품 안을 떠나면 어른으로 인정하고 존중해 줬어야 하는 걸, 그저 내 자식인데 하는 생각만 했던 거야. 결혼해서 자기 가정 꾸린 자식들인데 당연히 예전 같지 않아야 한다는 걸 모른 거지.

따뜻한 햇볕이 스스로 옷을 벗게 한다잖아.
아들 내외의 그런 마음을 헤아려주고 용서하고 다가올 수 있도록 내가 해야 할 일들을 하면서 마음 풀릴 때까지 조용히 기다리는 마음인 거야.

그런 말 있잖아. 사과는 상대가 용서해 줄 때까지 하는 거라고 하더라.
아들 내외가 스스로 굳게 여민 상처의 옷을 벗어내고 다가올 수 있도록 말이야. 이번 일로 나 역시 아들 내외한테 상처받은 게 왜 없겠니? 해서는 안 되는 말까지 들었지. 하지만 서로 자기가 상처받은 것만 생각하면 평생 화해 못 하고 사는 거 아니겠어? 내가 잘못한 것만 생각하는 거지. 그래서 두 번 다시 후회할 일을 안 하려고 노력하는 중이야. 지금

해줄 수 있는 거 지금 해줘야지 미루거나 안 하면 정말 또 후회하게 될 거 같거든. 엄마지만 너무 모자란 엄마였다는 생각이 들어서 미안하더라. 나도 너희들도 우리 모두 '엄마가 처음이니까' 요즘 벌 받는 심정으로 아들 며느리 마음 풀리기만 바라고 있는 거지 뭐!" 경자가 끼어들어 한마디한다. "엄마라는 이름은 바보가 되어야 엄마가 되는 거더라.

바보 엄마!

바보 사랑!

진선아, 역할 바꿔보기 뭐 그런 프로그램 있다던데? 부모하고 자식이 역할을 바꿔보는 거! 그럼 뭔가 서로 이해하는 데도 도움이 되지 않을까? 답답한 마음도 풀릴 테고 말이지."

지금까지 모태 싱글로 사는 인경이가 '웃기네들.' 하는 얼굴로 먼저 나서서 말을 한다. "나는 말이야, 만약에라면 결혼은 꼭 한 번 하는 게 맞다는 생각을 하거든. 돌싱으로 돌아올지라도 말이지. 최소한 너희들처럼 자식은 낳았을 거 아니겠니?

난 한 번도 엄마였던 적이 없어. 당연히 결혼을 안 했으니까. 그렇게 지지고 볶더라도 엄마 소리 한번 들어봤으면 좋겠다. 난 지금 진선이 네가 부럽구만. 너희들이 이혼했든 사별을 했든 자식 보고 그냥저냥 살고 있는 것처럼 말이야.

내가 지금 이 나이가 되도록 싱글로 살다 보니 이제는 싱글 라이프가 아니라 독거노인 라이프가 되어가고 있거든. 아침에 일어나 할 일이 있나? 밥을 해서 누구 먹일 일도 없고 말이야. 그러다 보니 음식 하는 일도 거의 없고, 배달 음식으로 골라 먹는 재미가 있기는 하지만 반찬 몇 가지 주문하면 며칠은 거뜬히 산단 말이거든. 것두 밥은 즉석 밥이고 말이야. 너희들 매일 이렇게 살 수 있어? 그리고 요즘 출근하고 일할 때는 세끼 밥을 열심히 찾아 먹어도 살이 안 찌더니 이제는 밥을 안 먹어도 살이 찌더라? 이거 혹시 그 말로만 듣던 나잇살이라는 거니?"

"맞아! 그럴걸!" 경자가 재밌다는 듯이 맞장구를 쳐준다.

"나잇살이라니. 아직 시집도 한 번 안 간 처녀인데 어떡해."

"인경아, 시집 안 갔다고 해서 너는 뭐 그대로 스무 살인 줄 아는 거니? 우리랑 똑같이 나이 먹은 거야. 누가 너보고 시집가지 말라던? 그렇게 쫓아다니던 남자들 다 마다한 건 너잖아. 그런데 오늘 보니 나이 들면 목소리도 늙는다는데 인경이 목소리가 살짝 간 거 같지 않니?"

"뭐? 무슨 목소리가 늙어. 별소릴 다 듣겠네."

"정말이야. 나이 먹으면 목소리도 늙는다는 말 있는데 못 들었구나."

진선이가 그만하라는 듯이 경자 옆구리를 찌른다. 인경이 민망했던지 슬쩍 화제를 돌린다.

"내가 말이야 얼마 전에는 과일이 먹고 싶어 참외 몇 개를 사서 냉장고에 넣어두고는 잊어버렸어. 냉장고 열어볼 일이 없어 며칠이 지났는지 모르겠는데 어느 날 냉장고를 열어보니 참외가 까뭇까뭇 줄이 가서 시들하게 누워있더라. 깎아보니 완전 젤리가 되어있더라구. 그만큼 냉장고 문을 열 일이 없었다는 거지. 좋게 말해서 독거 라이프지, 그냥 독거노인이 되어가고 있다는 말이거든."

아직은 하루에도 몇 번씩 냉장고를 열고 살림하는 친구들은 인경이 얘기가 슬픈 건지 좋은 건지 모르겠다는 얼굴들이다. 예전에 친구들이 아이들 키우느라 남편들 챙기느라 정신없이 지낼 때 인경이는 꽤 이름 있는 중소기업에 비서로 근무하면서 가끔씩 모임에 나올 때는 화사한 화장에 세련된 옷을 날씬하게 입고 명품 가방을 들고 오기도 했던 친구였다. 그때 우리는 명품 이름만 들었지 실제로 본 적은 없었다. 티브이에서나 봤으면 모를까. 사실 아이들 교육에 정신없을 때여서 명품에 관심조차 가질 여유가 없었기도 했을 때였기는 했지만 말이다. 모임이 있는 날이면 백화점 매대에서 세일하는 핸드백을 큰맘 두 번쯤 먹고 산 친구들은 그것도 어쩌다 한 번이어서 몇 년씩이나 가방이 바뀌지 않기도 했다. 인경이 나타나면 핸드백을 엉덩이 뒤로 슬쩍 밀어 넣고는 했던 기억이 있다. 그래서 한때는 인경이를 부러워했던 날도 있었는데 지금은 인경이 우리들이 부럽다는 말을 하는 거다. 문득 예전에 들었던 말이 생각났다.

"결혼은 해도 후회! 안 해도 후회라던가!"

그때는 "그래, 해보고 후회하자!" 하면서 친구들은 깔깔거리고 웃더랬는데, 그러고는 하나둘 결혼들을 했었지. 그리고 얼마 가지 않아서 정말 후회하는 마음이 들었기도 했을 테고. 아마 지금도 결혼한 것을 평생 후회하면서 사는 친구들이 말은 안 해도 있을지 모른다. 인경이 지금 결혼 안 한 것을 후회하듯이 말이다. 서로가 가보지 않은 길에 대한 호기심이라고 치부하기에는 치러야 할 데미지가 너무 크다는 걸 모르기 때문일지도 모르겠다. 더구나 그 선택이 다시는 돌아올 수 없는 시간이라는 세월이라는 값을 치러야 하기 때문인 것을, 우리는 지금도 그때도 몰랐다.

길거리 신부

　　　　　　윤희는 인경이 하는 말을 듣다 보니 오래전 결혼식을 하던 그날로 생각이 날아가고 있었다. 형식만 간신히 갖춘 결혼식이었다. 서둘러 한 결혼식이기는 하지만 어차피 나중에 한다고 해도 달라질 것은 없었다. 결혼 예물도 없고, 옷도 신발도 모두 집에서 입고 신던 것을 가방에 담아두었다. 아, 맞다. 다이아를 흉내 낸 큐빅 반지를 받았었구나. 다이아라고 하면서 주기에 진짜인 줄 알고 결혼했는데, 몇 년 지나 두 아이 분유값에 생활비가 없어 팔러 나갔다가 창피당한 기억이 났다. 친정에서는 신랑 예복이랑 예물은 해야 한다고 현금을 보냈더니 그 돈은 뭐에 썼는지 양복만 달랑 입고 나왔다. 그래도 뭐 어떤가? 그런 거 따지고 할 만큼 중요하지도 않았고, 결혼식을 한다는 것이 중요할 뿐이니까 그땐 그랬다. 어쨌든 결혼식 날은 다가왔고, 한겨울 추운 어느 날 새벽부터 준비하는 과정이 코미디였다. 당일 메이크업은 친정집 내 방에 누워 받았다. 그 당시 화장품 미용사원으로 다니고 있던 어느 분께 부탁했더니 집으로 오겠다고 해서 방에 누워 받은 기억이 난다. 결혼식 화장은 본인이 직접 하는 게 아니란다. 그러면 결혼해서 잘 못 산다나? 뭐 그런 말들을 들은 적이 있어 잘 살고 싶은 마음에 남의 손을 빌려 메이크업을 맡겼던 거 같다. 그분이 웨딩 화장이라는 생각 때문인지 어찌나 진하게 해놨는지 아무리 봐도 내가 아니었다. 왜 그렇게 퍼런색을 많이 쓰고, 조금 과장하면 두껍게 떡칠을 해논 거다. 어린 이십 대 초반 아가씨 얼굴이 갑자기 어느 동네 아줌마 얼굴이 되었다. 결혼식 전이니 아직은 아가씨인데 말이다. 이리 지우고 저리 벗겨내고 하다 보니 웨딩 메이크업이 아니라 뭔지 모르는 얼굴화장이 되어버렸다. 메이크업에 시간을 너무 많이 뺏기는 바람에 동네 미용실에서 하기로 한 예약 시간이 촉박해졌다. 한데 미용실이 또 가관이다. 아줌마 미용사였는데 연탄불 위에 올려둔 고대기로 머리를 태워 가면서 얼마나 산발을 해놨던지 결혼식은커녕 도저히 밖에 나갈 수가 없을 정도가 되어버렸다.

아이고 우째! 신부 화장도 헤어도 어떻게 이렇게 할 수가 있는 건지. 도저히 안 되겠다 싶어 급히 산발한 머리를 내려 묶고는 전날 가져다 놓은 드레스를 싸 들고 가 미용실에서 갈아입었다. 그대로 택시를 잡아타고 식장으로 가야 하는 판인데 택시가 잡히지 않는 거다. 한겨울 길거리에서 퍼런 화장에 웨딩드레스를 입은 신부가 택시를 잡는 모습은 정말 다시 생각하고 싶지 않은 코미디 같은 기억이다. 식장에는 당연히 늦었다. 결혼식 시간이 한참 지나도 신부가 나타나지 않으니 손님들은 웅성거리고, 신랑한테는 신부 찾아오라고 해대니 신랑은 땀범벅 삐질삐질 정신이 나갈 일이었을 거다. 나중에 들으니 신부가 도망간 줄 알았다고들 한다. 그때 도망갔어야 했나…. 하여튼 어찌어찌 결혼식을 끝내고는 신랑이 집에 가있으라고 데리러 온다고 하길래 그냥 집으로 왔더니 시댁에서는 또 난리가 났다. 결혼식 끝내자마자 신부가 친정집으로 가버리니 황당했던 모양이다. 집으로 데리러 온 신랑은 얼마나 혼이 났던지 거의 초죽음이 되어있었다.

신혼여행은 꿈도 꿀 수 없는 결혼식이라 애초에 계획에 없던 일이고, 흉내는 내야 하니 시내쯤에 있는 이름만 호텔인 곳에서 하룻밤을 묵기로 했는데, 이게 또 뭔 일인가? 밤새 어디선가 쿵쿵거리는데 무덤

파는 소리처럼 들리지를 않나, 그 소리가 멈추면 이번에는 똑똑 물 떨어지는 소리가 들린다. 화장실에 가보니 이 방은 아니고, 안 되겠다 싶어 프런트로 전화하니 밤새 전화가 안 된다. 그냥 먹통이다. 나가서 알아보기에는 너무 무서워 나가지도 못하겠다. 잠 한숨 못 자고 날이 새자마자 프런트로 내려가 밤새 겪은 일을 얘기하니 무슨 말씀이시냐고 한다. 쿵쿵 소리 나는 일도 없었고, 밤새 프런트에 있었는데 전화 먹통된 적도 없다고 한다. 참으로 머리 띵할 일이다. 그날 아침밥이고 뭐고 바로 짐 싸 들고 신혼 방으로 들어와 그렇게 신접살림 시작을 했던 생각이 났다.

바람길

꽃이 피거나 열매를 맺기 위해서는 적당한 물도 흙, 바람 등이 필요하지 않니?

나는 사는 동안 바람길이 없었어. 바람길이 없다는 건 숨을 못 쉰다는 말이거든.

그래서 꽃으로 싹을 틔우지 못했다는 생각이 들더라. 당연히 열매를 맺지도 못했고. 언젠가 김수영 시인의 「풀」이라는 시를 읽은 적이 있는데 차라리 풀이었다면 하는 생각이 들더라니까.

경란이가 연정이 이름을 부르는 바람에 윤희는 현실로 돌아와 얼른 연정이를 쳐다본다. 남편 되는 사람을 우연히 길에서 만나 인연인지 결혼한 연정이는 이런 말을 했다. 그날 급히 나갈 일이 있어 회사에서 일찍 퇴근하지 않았다면 인연으로 이어지지 않아 못 만났을 거 같다고 한다. 아니 안 만나고 싶었을 거라면서 식어버린 커피를 입으로 가져가면서 슬프게 웃는다.

혼인 전에 아기가 생겨 결혼한 연정이는 만약에 아기를 갖지 않았다면 어떻게 되었을까? 결혼하지 않았을 거 같다고 한다. 만약에 아기에게 필요한 장난감이나 동화책, 아기 옷을 사지 않았다면 안 맞았을까? 신혼 때부터 남편에게 폭행당한 이유가 그런 거였다고 하는 연정이는 그저 말없이 찻잔을 만지작거리고 있다. 근 20여 년을 맞고 살다가 자식들 결혼시키고 나면 괜찮아지겠지 하는 작은 희망을 안고 버티고 살았는데 어느 날은 예비 며느리 앞에서 심한 폭언을 퍼붓더란다. 더는 견딜 수 없다는 생각이 들었고, 꽤 오랜 시간 힘겨운 일들을 겪고 난 후에야 이혼하고 이제는 피폐해진 자신을 돌보면서 살기로 했다고 한다. 연정이는 이랬다고 맞고, 저랬다고 폭행을 당한 일이 있어 전 남편과 한 번도 아니고 두 번의 이혼을 겪은 친구다.

말하자면 황혼이혼인 셈이다. 한 번도 힘든 일을, 한 남자와 두 번씩이나 이혼이라는 일을 겪고 난 연정이는 한동안 실어증에라도 걸린 듯 말을 하지 않았다.

오랫동안 가정폭력으로 고통을 겪다가 우여곡절 이혼을 했으나 남편 되는 사람이 잘못했다고 몇 개월을 쫓아다니면서 용서를 빌기에 그만 자식들도 있으니 용서하고 받아들이자 하는 마음에 새로 혼인신고를 했으나 제 버릇 어디 가겠나? 하루도 못 가 폭력을 휘두르고 오히려 이혼하고 뭐하려고 했냐 하면서 더 끔찍하게 굴었다 한다. 소심한 연정이는 너무나 억울한 일로 남편에게 맞고 살다 보니 무서워 대들지도 못하고 꿈에서나마 잠꼬대를 다 했다고 한다.
꿈에서 남편과 싸우다가 자기도 모르게 잠꼬대로 욕이 나오더란다. 그런데 그만 잠꼬대를 들은 남편이 자다가 일어나 욕을 하면서 뺨을 세차게 때리는 바람에 놀라 잠이 깬 연정이는 왜인지도 모르고 뺨이 붉어지도록 그날 밤 그렇게 맞았다고 한다. 사실은 두 번째 이혼을 결심한 이유는 따로 있었다고 한다. 그래도 저래도 더 이상 이혼은 하지 말아야지 하는 생각으로 살았는데 어느 날 남편에게 "이제 아들이 결혼하면 며느리도 들어올 거니 앞으로 이렇게 폭력을 쓰면 더 이상은 용서 안 할 거야." 하고 말하니 남편은 비열해 보이는 얼굴로 슬쩍 웃으면서 하는 말이

"딱 한 번 때린 거 갖고 뭘 그러냐?" 하더란다. 순간 연정이는 머리가 하얘지면서 이게 무슨 소리지? 이십여 년간 자식들 앞에서, 심지어는 길거리에서도 머리채를 잡혀 나뒹군 적이 한두 번이 아닌데. 끔찍한 폭행과 폭언에 시달리고 산 사람한테 딱 한 번 때린 거라니… 그때 알았다고 한다. '아! 이 사람에게 가망이 없구나. 자신이 지금까지 무슨 짓을 했는지조차 깨닫지 못하고 있었네.' 하는 생각이 들자 더 참고 살아야 할 이유가 없다는 생각이 들었다고 한다. 그러더니 문득 생각이 난 듯 어느 날엔가 다툼이 있었는데 갑자기 양손으로 입고 있던 티셔츠를 우악스럽게 찢어 내리는 바람에 속옷이 벗겨지는 일이 있었는데 그 수치심은 말로 표현을 못 하겠다고 한 말에 듣고 있던 친구들은 서로 얼굴을 쳐다보며 얼음처럼 순간 굳어버렸다.

사실 연정이가 남편과의 일을 전혀 얘기하지 않고 있었기 때문에, 그저 짐작으로만 부부관계가 원만하지 않구나 그 정도로만 생각하고 있었지, 가정폭력을 겪었다는 것을 전혀 모르고 있었기 때문이다. 처음으로 털어놓는 연정이 얘기에 친구들은 그동안 얼마나 힘들었을까, 모르고 있어서 미안한 얼굴들을 하고 있다. 연정이는 지금도 가끔 티브이에서 폭력적인 방송을 보거나 목을 조르는 모습을 보면 악몽을 꾸기도 한다고 한다. 폭력 끝에 우악한 손으로 목을 조르던 남편의 얼굴이 떠올라 얼른 티브이를 돌리기는 하지만 오랫동안 겪은 일들이 지금

까지도 트라우마로 남아있다고 한다. 간신히 그 말을 꺼내는 연정이의 목소리가 떨리고 있다는 것을 친구들은 알 수 있었다.

"만약에 말이야. 이혼이라는 이름으로 헤어지지 않았다면 어떻게 되었을까? 이혼하지 않아서 자식들이 고맙다 할 것인가에는 사실 자신 없어. 남편에게 심한 폭언과 함께 힘없이 맞고 산 엄마는 자식들에게도 결코 존중의 대상은 아니라는 걸 문득 느끼게 되거든."

사실 연정이는 결혼생활 동안 몇 번의 자살 시도를 했었다고 한다. 친구들은 순간 조용해졌다. 그러지 못한 이유가 자식들에게 이혼보다 더 큰 상처가 될 거라는 생각이 들어 그럴 수는 없어서 이혼을 선택한 거라 한다.

"더 황당한 일이 있었는데, 남편이 용서를 빈다면서 쫓아다니던 어느 날 찾아와서는 자기가 변했다는 거야. 천지개벽할 정도로 변했으니까 용서해 달라는 거지. 그래서 '앞으로 어떻게 달라질 건데?' 하고 물으니까 '지금 당장 보여줄게.' 하면서 쓰고 있던 안경을 벗는데 그만 기암을 하겠더라구. 쌍꺼풀 수술을 하고 온 거지 뭐니. 그게 천지가 개벽할 정도로 변한 거라는 거야. 이런 기가 막힌 상황 너희들 상상이 되니? 부부가 갈등을 겪다가 이혼이라는, 그것도 두 번씩이나 했는데, 근데 그게 눈이 달라지라는 말이었겠니? 얼굴을 바꾸라는 말이었겠니? 지푸라기라도 잡는 심정으로 미련인지 뭔지 어떻게 달라질 거냐고 물어본 내가 명청하기가 짝이 없었던 거지. 누굴 탓하겠어. 이거 코미디 소재로 써도 대박 날 거 같지 않니?

이혼장에 도장 찍고 법원을 나오는데 그때서야 바람길이 느껴져 숨이 쉬어지는 것 같았어.

한데 말이야, 사람들이 말로는 그러더라. 요즈음 이혼이 뭐 대수냐고. 다른 건 몰라도 폭력 남편하고는 절대 못 살지. 요즘 누가 맞고 사는 사람이 있느냐고 한단 말이지. 그런데 말들은 그렇게 하면서 그것도 가장 가까운 이들한테서 이혼한 건 좀 부끄러운 일이지 뭐 그런 눈빛을 받을 때가 있거든. 언젠가 아들이 '엄마! 왜 이혼했어?' 하고 대들듯 묻더라 앞뒤 없이 던지듯 한 그 말이 너무 충격이라 아무 말도 못했어. 머릿속이 다 하얘지더라구. 그 말에 어떤 의미가 담겨있는지를 한동안 생각을 해봤는데, 뭔가 느껴지는 게 있긴 하지만 직접 들은 말은 아니라 짐작만 할 뿐이지 뭐.

아들이 다 보고 듣고 해서 이해하고 있는 줄 알았는데 최선의 선택이었던 일이 부끄러워해야 하는 일인지도 모른다는 생각이 그날 처음으로 들었어. 그 말 속에 원망이 들어있더라니까. 후회해야 하는 건가? 존중받을 수 없는 일이었나? 그런 생각들이 꼬리를 물어 너무나 힘든 시간을 보내기도 했어.

자식들은 자기들이 하는 말에 엄마는 상처 안 받는 줄 아나 봐.

나 있잖아, 사실 그날부터 약이 남으면 조금씩 모으기 시작했어. 처음엔 정말 잠을 못 자겠어서 병원에 다닌 거지만 밤마다 약을 먹어야만 잠을 자는 게 너무 비참한 생각이 들었거든. 그냥 그만 살자 하는 생각이 들더라. 이제껏 뭐 한 건지도 모르겠고. 이혼! 그거 나를 위해서 한 거 아니야. 그런 환경에서 아이들이 건강한 어른으로 성장할 수 없겠다 싶어 결심하게 된 거였거든. 그때 난 무조건 아이들만 생각했어. 전 남편이 이혼할 때 아이들을 하나씩 나눠 데려가자고 하는데 절대 그렇게 못 한다고, 아이들 이산가족 만들 일 있냐고 그것만은 안 된다, 다 필요 없으니 아이들만 데리고 나가겠다고 해서 겨우 벗어날 수 있었던 건데. 그런데 이제는 자식도 무섭다는 생각이 들더라. 전 남편의 모습이 가끔씩 아들한테서 보일 때가 있는데, 그럴 때는 말없이 집에서 나와 몽유병 환자처럼 한참을 휘적휘적 돌아다니다가 들어가기도 하고, 결혼해 가정 꾸린 아들은 이제 낯설기까지 하고… 그때 그냥 이곳에 있지 말고 진작 떠날 걸 그랬나 봐!" 친구들은 반짝하는 눈으로 "그럼 너 어디 있을 건데? 응?" 경란이가 급히 묻는 말에 연정이 손가락으로 하늘을 가리킨다.

말없이 얘기를 듣고 있던 경자가 "한 번도 아니고 두 번씩이나 그런 일을 겪다니 너무 속상하네. 그러니까 사람 고쳐 쓰는 거 아니라잖아." 라고 한다. 친구들은 '그래, 맞아.' 하는 얼굴로 연정이를 바라본다.

"나 있잖아 얼마 전에 병원 약 조금 남은 거 다 버렸어. 억울해서 못 죽겠다가 아니라 아직은 자식들에게 소소하게나마 해줄 것들이 있어서야. 복날이면 비록 삼계탕이지만 몸보신 밥을 해줄 수 있고, 계절마다 제철 과일이라도 조금 보내고, 자식들 생일 챙기고, 돋보기 쓰고 리본 접는 부업으로 손주 아이들 통장에 얼마간 용돈을 부쳐줄 수 있으니 그것만도 감사하고 할 일이구나 싶어서 말이지. 그리고 이제 약 안 먹어도 잠을 좀 자거든.

내가 새삼스럽게 엄마라는 이름을 가진 귀한 사람이라는 걸 깨달았어. 자식들은 엄마가 귀한 사람이라는 걸 어느 순간 잊었을지라도 엄마는 그럴 수 없는 거잖아. 엄마니까."

연정이는 우리에게는 만약이라는 것이 있었다 해도, 그날 그 시간으로 돌아간다고 해도 모두는 같은 선택을 했을 거라는, 어이없어하면서도 그리 결론을 내고는 "그래서 지금 우리가 이렇게 있는 거다. 만약에 다른 선택을 했더라면 아마도 우리가 지금 이렇게 차를 마시면서 서로를 위로하지는 못했을 거고 이렇게 웃고 있지도 못했을 거다.

그치, 그치?"

사랑의 꽃은 용서이고
용서의 꽃은 기쁨이다

경자가 마시던 찻잔을 내려놓더니 이름을 하나하나 부른다. "우리 나이 정말 낼모레 칠십인데 이름 부르는 친구들이 있다는 게 새삼 고맙다. 이름을 불러주면 우리는 그냥 팔자 주름진 얼굴도, 저승꽃이라는 검버섯이 핀 것도, 흰 머리 난 것도 잠시 잊는다. 참 좋다.

내가 얼마 전에 이런 글을 읽었어. 남편이 아내를 너무나 괴롭히고, 폭력에 바람에 온갖 나쁜 일로 그렇게 아내를 괴롭히더라는 거야. 아내는 남편이 그럴 때마다 마른나무 장작에 못을 하나씩 박았다더라. 크게 힘들게 하면 굵은 못을 때려 박고, 작은 못은 수도 없이 박혀서

더 이상 못을 칠 때가 없을 정도가 되었다는 거야. 어느 날 아내가 남편에게 못질한 장작 나무를 보여주면서 그동안의 일을 얘기했더니 남편이 울면서 잘못을 뉘우치더라는 거지. 그 후 아내는 남편이 좋은 느낌을 줄 때마다 못을 하나씩 뽑았는데 어느 날 보니 다 뽑히고 이제 남은 게 없더래. 그래서 남편에게 그동안 못 뽑은 얘길했더니 남편이 또 펑펑 울더라는 거야. 그러면서 하는 말이 못은 다 뽑혔는지 몰라도 그 못 자국 상처는 그대로 남아있는 거 아니냐면서 그때서야 진심으로 용서를 빌더라는 얘기야."

그렇게 커피 한 잔에 수다 두 스푼 담아 웃고 떠들고 하는 친구들의 모습을 물끄러미 바라보고 있는데 옆에 앉아있던 경란이가 윤희 어깨를 툭 친다. 얘기에 끼어들라는 눈치다. 사실 윤희는 말을 먹는다. 아니 삼킨다고 해야 하나? 순발력 제로다. 무슨 말을 할라치면 말을 머리로 가슴으로 한 두 바퀴 돌린다.

그러다 보면 얘기는 넘어가고 정작 말해야 하는 순간을 놓치기 일쑤다. 때로는 순간해야 할 말을 놓치다 보니 본의 아니게 좋게는 진중한 친구라는 말을 듣기도 하지만, 반면엔 까칠하다는 오해를 받기도 한다. 성격적인 이유가 큰 탓이다. 아니면 A형인 혈액형 탓인가? 그것도 A형이 가지고 있다는 세 가지를 다 가지고 있는 탓으로 슬쩍 비껴갈 이유를 찾는다. 하지만 어찌 이유가 그것이겠나? 그동안의 여러 가지 삶의 시간을 통해서 만들어진 여러 가지 환경 탓일지도 모른다. 그런 순발력 없는 말솜씨 탓에 사실 윤희 자신은 오해를 사고 스스로는 상처받는 일도 허다했다는 생각이 든다. 만약 그때 그 순간 그렇게 말했어야 하는데, 맞아 그때 이렇게 또는 저렇게 말했더라면 지금 이런 일은 생기지 않았을지 몰라. 돌아보면 순간 말하지 않고 한 바퀴 돌리거나 삼켜 먹어버리는 바람에 후회되는 시간들이 즐비하게 줄을 서있다. 만약에 다시 그때로 돌아간다면 순발력 있게 말해야겠다. 상처받는 것도 감당하기 힘들었지만, 그보다 오해는 생기지 않도록 해야겠기에 말이다. 돌아갈 수는 없으니 이제부터는 진중해 보이지 않을지라도 바로바로 순발력 있게, 재치 있게 감정표현을 해야겠다. 윤희가 친구들을 쳐다보며 "얘들아! 나 이제부터 너희들이 깜짝 놀랄 만큼 수다쟁이가 될 거야. 말리지 마라!" 윤희 말을 듣던 경자가 바로 끼어든다.

"야! 야! 고양이 머리에 뿔 나는 거 보는 게 빠를 거다. 윤희야, 네가 그런다고? 그거이 되려나 모르겠다."

마지막 여름

"민윤희 씨! 민윤희 씨! 들어오세요."

윤희는 이름을 잘못 들었나 누구지 하는 얼굴로 두리번거린다.

사람들이 쳐다보는 시선을 느끼며 그제서야 자기 이름을 부른다는 것을 깨닫는다

윤희는 "네." 하고는 의사가 있는 문을 간호사를 따라 들어갔다.

뒤에서 소곤대는 목소리가 들린다. 작게 웃는 웃음소리도 들린다.

중년의 인상 좋아 보이는 여의사가 반갑다는 얼굴로 윤희를 반긴다. 걸쳐 쓴 안경을 한 손으로 치올리면서 바라보는데, 똑똑하게 보이는 영리한 얼굴을 하고 있다.

"어떠세요? 견딜만하신 거죠?" 의사는 견딜만하다는 걸 이미 알고 묻는 말이다.

"네, 괜찮아요. 덕분에 통증도 많이 가라앉고 잠도 그런대로 자다 깨다 하기는 하지만 견딜만해요."

의사는 윤희 말을 듣는 둥 마는 둥 하면서 열심히 뭔가를 적고 있다.

윤희에게는 생명이 걸린 일이지만 의사에게는 그저 담당해야 하는 환자일 뿐일지도 모른다.

길면 일 년 아니면 그 이전이나 이후가 될지도 모른다는 말을 들은 지가 불과 얼마 전이지만 윤희는 시한부라는 말에 별로 충격을 받지는 않았다.

마치 그 자리에 앉아있는 사람이 윤희 자신이 아니라 누군가의 대리로 그 자리에 갔다는 생각을 했던 거 같다. 남의 일이라는 생각을 했나 보다.

누군가 그런 말을 한 것이 생각이 났다. '시한부라는 판정을 받은 것을 정리할 시간이 주어졌다는 의미로 받아들이면 얼마나 감사한 일이야!'라고 한 말이 떠올랐다. 그럴지도 모른다. 예고 없이 어느 날 갑자기 사고로 세상을 떠나게 되면 정말 후회스러울 일이 얼마나 많을까 생각만 해도 너무 무섭고 싫은 마음이 드는 윤희. 그런데 시한부란다. 누군가 했던 그 말이 다시 생각이 났다.

"시한부라는 것은 동안의 일들을 정리할 수 있는 시간이 주어졌다는 거래."

"가족들과도 인사를 하고 떠날 수 있고, 사는 동안 함께해 준 고마운 사람들과도 작별 인사를 할 수 있는 시간이 주어졌다는 거잖아! 생각해 봐. 얼마나 다행인 일인가 말이야."

언제 누구한테 들은 말인지는 생각이 나지 않지만, 시한부였던 어느 분이 슬픈 얼굴로 웃으면서 하는 말을 들은 기억을 떠올렸다.

그래! 그렇구나, 맞네. 윤희는 갑자기 감사하는 마음이 들기도 했다. 윤희는 입원을 하지 않기로 마음먹었다. 남은 시간이 얼마나 주어졌을지는 모르겠지만, 하루하루 귀한 시간을 병원에 누워 죽을 날을 기다리는 것은 결코 하고 싶지 않았기 때문이다. 건강이 그리 나쁜 편은 아니어서 늘 조금씩 아프기는 했지만 서둘러 병원에 갈 생각이 들지는 않아서 차일피일 미루다 너무 늦게서야 알게 된 병은 윤희에게 시한부라는 계급장을 코사지(corsage)처럼 옷깃에 달아준 것이다.

윤희는 며칠을 생각하고 고민도 했지만 결국 미국에 나가있는 딸들에게는 알리지 않기로 마음을 굳혔다. 알리지 않기로 마음먹은 데는 그만한 이유가 있다.

딸아이들은 지금 매우 바쁘다. 두 아이 모두 비슷한 시기에 아기들을 낳아 몸조리도 제대로 못 하고 미국 생활에 적응하느라 눈코 뜰 새 없이 너무나 바쁘다는 것을 윤희가 잘 알고 있기 때문이다. 소란 떨면서 아이들을 놀라게 하고 싶지 않은 게 엄마라는 귀한 이름을 가진 윤희의 마음이다.

어차피 모든 정리는 윤희 몫이다. 딸아이들이 놀라 한국에 들어온다 해도 달라질 것은 없는 일이기 때문이다. 일 년여간 갓난아기들을 떼어놓고 올 수도, 데리고 들어올 수도 없는 일이라 자식들에게 매우 번거로운 일들을 만드는 거라 생각을 했다. 아직은 병원에서 처방한 약들로 견딜만하기도 하고, 남은 시간 동안 꼭 하고 싶은 일이나 정리해야 할 일들을 마무리하고 남은 사람들에게 건네고 싶은 말이나 남겨야 할 것들을 하나씩 노트에 적어보자는 생각을 한다. 아직은 괜찮다. 아직은.

7월의 무더위에 몇 걸음 걷지 않았는데도 목 뒤로 땀이 흐르는 걸 느낄 수 있다. 손에 든 손수건으로 목덜미를 살짝 눌러 닦고는 부채 삼아 손수건을 얼굴에 대고 흔들어 본다. 병원에 가니 윤희보다 더 많이 아파 보이는 환우들이 더워하면서 티브이가 있는 대기실에 기다랗게 붙여 놓은 플라스틱 의자에 앉아있는데 옷을 입혀놓은 허수아비처럼 보이는 건 윤희 눈이 가끔 흐릿해 보일 때가 있기 때문일지도 모른다. 앉아있는 사람들 눈은 티브이를 보고 향해 있을 뿐, 생각은 모두 다른 데 있는 듯해 보였다. 윤희도 빈자리를 찾아 앉아서는 그들과 똑같이 티브이를 쳐다본다. 윤희도 다른 생각을 하고 있기는 마찬가지였다.

의사를 만나고 돌아가는 길에 바쁘면 바쁘다고 더우면 덥다고 추우면 춥다고 미루고 핑계 대고 벼르기만 하던 명동으로 나가 걸었다. 특별한 일이 없으면 자주 올 일이 없는 곳이기는 하다. 결혼 전에 이곳은 윤희의 출퇴근길이었기도 해서 참 오래도 걸어 다닌 추억이 여기저기 기억나는 곳이기도 했다. 친구들과 약속은 으레 명동이었고, 만나면 꼭 가는 음식점이나 커피집도 그대로 그 자리에 이름만 바뀐 채 여전히 붐비는 사람들로 북적이고 있었다. 명동은 하나도 변하지 않은 채 그 자리에 그대로 있었다. 달라진 건 윤희 자신이었을 뿐이다. 생각해보니 간판이 다른 이름으로 바뀐 것처럼 윤희도 스무 살 아가씨에서 어느새 손주를 가진 할머니가 되었으니 지나간 시간이 사십 년쯤 되나 보다. 그때 명동에서 만나던 친구들도 예전처럼은 아니어도 틈틈이 연락을 하고 있으니 다음번에는 오래전 그날처럼 명동에서 만나자 연락을 해봐야겠다. 그리고는 웃고 수다 떨던 음식점도 가보고, 간판 바뀐 커피집에도 가서 몇십 년 묵은 수다를 털어내고 싶어졌다.

천천히 명동 성당길을 올라간다. 명동성당 뒤편에 작은 소성당이 보인다. 본당 뒤로 돌아 작은 소성당으로 들어갔다. 그곳에는 성인의 유해가 모셔져 있기도 한 곳이라 들어가는 순간부터 경건한 마음이 드는 곳이기도 했다. 가만히 앉아 제대를 바라본다.

아주 오래전 이곳 제대에서 미사 해설을 하던 윤희의 모습이 보였다. 그때 미사를 집전하시던 신부님은 얼마 전 하늘나라로 떠나셨지만, 세월은 가도 남는 건 추억이라더니 그대로 남아있는 추억을 한 보따리 안고 해가 지는 것을 보면서 윤희는 돌아섰다.

어느새 어둑해진 하늘에 아직은 하얀 구름이 따라온다. 이제껏 느끼지 못했던 감정들이 하나둘 비워지는 느낌이 드는 것은 윤희만이 알 수 있는 내면의 생각들일 것이다. 내려놓는다는 것이 뭔지 이제는 조금 알 수 있을 것 같은 기분이 들었다. 명동성당 계단을 내려오면서 마음에 담아두고 버리지 못하고 내려놓지 못하던 것들이 하나씩 하나씩 툭툭 떨어지는 느낌은 윤희 혼자만이 느끼는 가벼움이었을지도 모르겠다.

나물 소쿠리

　　　남대문 시장으로 내려와 길을 걷다가 나물을 파는 어느 할머니의 소쿠리에 담긴 나물들을 보면서 문득 생각이 났다.

　학교 가다 보면 길가에 냉이며 쑥이며 나물로 먹을 수 있는 것들이 지천에 널려 있었고, 친구들과 함께 쑥을 뜯고 냉이를 캐서는 신주머니에 담아 오던 어느 날의 어린 윤희 모습이 보였다. 냉이랑 쑥을 뜯다 보면 나비가 날아와 앉기도 하고 어느 날은 진한 자줏빛 할미꽃이 보송한 털을 감싸고는 고개를 숙인 채, 속을 보여주지 않아서 살짝 들여다보던 날도 기억이 났다. 할미꽃 속은 노란 수술들이 아주 예쁘게 수줍게도 숨어있었다.

　아직 해가 지기 전 저녁 무렵이면 문밖에서 "윤희야, 놀자!"라며 친구들이 부르는 소리가 들리면 밥숟가락 놓기가 무섭게 윤희는 뛰어나가 놀기 바쁜 아이였다. 초등학교, 지금은 초등학교라 하지만 그때는 국민학교였다. 그때부터 항상 붙어 다니는 친구가 있었는데 현선이었다. 둘이 만나면 해 지는 줄 모르고 집에를 안 들어오니 윤희네 집에서도, 현선이 집에서도 어머니들끼리 서로 못 놀게 할 정도였다. 집에서 없어지면 현선이네 집으로 가면 틀림없이 윤희는 있었다.

　"윤희야, 얼른 못 나와?" 윤희는 엄마 손에 끌려가듯 잡혀 오기가 일쑤였는데, 다른 친구들도 샘을 내는 둘도 없는 친구다. 서로 놀다가 집에 갈 시간이 되면 서로 데려다주고 또다시 데려다주고 하느라 헤어지지 못하고 깔깔거리며 흐린 전봇대 가로등을 왔다 갔다 하다가 마지못해 중간쯤에서야 겨우 헤어져 올 정도로 친한 친구기도 했다. 그런 친구가 있었다는 사실에 윤희는 새삼스럽다는 생각을 한다. 현선이와 헤어져 서로 소식을 모르고 지내는지도 오래되어 가끔씩 초등 시절을 떠올릴 때면 생각을 머물게 하는 친구가 되어있을 뿐이다. 할머니의 소쿠리에 담겨있는 달래가 눈에 보였다. 어린 날 친구들이 말갛게 동그란 윤희를 보고 달래를 닮았다며 별명으로 놀리듯 "달래야!" 하고 부르면 대답도 안 하고 눈 흘기며 뛰어가던 날도 생각이 났다.

아버지와 꽁치구이

윤희 아버지가 마른 허리를 굽히고 앉아 석쇠에 꽁치를 굽고 있다. 한여름 어느 날에 연탄 화덕 위에 석쇠를 올려놓고는 꽁치 서너 마리를 엎었다 뒤집었다 하면서 하얀 소금을 휘둘러 뿌리고는 노릇하게 익혀낸 꽁치 속살을 후후 불어 식혀서는 윤희 입에 넣어주시고는 제비 새끼마냥 앉아있던 동생들 입에도 넣어주신다. 꽁치 살은 모두 발라 자식들 입에 넣어주시고는 기다랗고 가는 꽁치 가시에 먼지처럼 붙어있는 가시 살을 입에 넣으시고는 쭉 훑어 드시면서 입맛을 다시고는 하셨다. 하얀 소금이 달아오른 연탄불 위에 떨어지면서 따다닥 타는 소리도, 꽁치 기름이 화덕 안으로 떨어지면서 타는 냄새조차 맛있었던 그 여름의 꽁치구이는 다시 맛볼 수 없는 일이 되었지만, 그 맛은 지금도 기억하고 윤희가 가장 좋아하는 생선이 꽁치구이가 되었기도 했다.

윤희는 친구들끼리 모이면 가끔 하는 말 중에 시간을 되돌려 돌아가고 싶은 과거로 간다면 언제쯤으로 가고 싶은가 하고 묻는 일들이 있었는데 그때마다 윤희는 되돌아가고 싶지 않다고, 지금이 좋다고 망설임 없이 말했었다. 그런데 만약 그런 물음을 다시 할 기회가 주어진다면 그 여름날 연탄 화덕 위에서 아버지가 석쇠로 꽁치를 구워 주시던 그날로 한 번쯤은 가보고 싶다는 생각을 해본다. 윤희 아버지가 하얀 소금 휘둘러 뿌려 익혀주던 연탄 화덕 위의 석쇠로 엎었다 뒤집었다

익히시던 그 꽁치 맛을 다시 맛보고 싶다는 생각이 든다. 그 후로 꽁치라는 생선은 그냥 아버지의 사랑이라는 이름으로 좋아하는 생선이 되었다. 언젠가 아이들이 "엄마는 무슨 생선을 좋아해?"라고 물었다. "꽁치!" 하고 대답하니 "왜?" 하고 묻는다. "꽁치가 날씬한 게 잘 생겼잖아. 엄마는 날씬한 꽁치를 좋아한단다".

여름이 되면 집집마다 연탄 화덕을 집 앞 골목길 벽에 붙여 내다놓았다. 연탄 화덕이 한여름 좁은 집 안에 있으면 더워 살 수가 없다. 선풍기조차 있는 집이 그리 많지 않았기도 했고, 있어도 덜덜 떠는 소리가 밖에까지 들릴 정도였지만 그래도 부럽기만 하던 선풍기가 있는 집이었다. 지금처럼 에어컨이라는 전자제품이 나올 거라고는 생각도 못하던 시절이었기도 하고, 여름이 되면 이집 저집 집 안 아궁이에 있던 연탄 화덕을 골목길 벽에다 내다 붙여놓고 거기서 밥도 하고, 찌개도 끓이고는 했다. 골목이 좁아 지나는 이웃들은 이리저리 화덕을 피해 걸어야만 했지만, 누구도 화덕 치우라는 말은 없었다. 오며 가며 지나가는 옆집 아주머니들은 "아유! 맛있겠다. 오늘은 된장찌개구나, 맛있게들 먹어!" 하면서 웃어주는 웃음 한 줌은 세상없는 조미료가 되어 그날 저녁 찌개는 유난히 맛이 있었기도 했다.

여름날 골목길 연탄 화덕 앞에 앉아 부엌으로 들락날락하면서 밥을 하고 찌개를 끓이니 지금 생각만으로도 그 골목은 무척 더운 느낌이 든다.
그때는 애나 어른이나 할 거 없이 여름이면 대문이랄 것도 없는, 그냥 방문만 가리는 정도의 미닫이문을 활짝 열어놓고는 손에는 대나무 개비에 종이를 붙여 만든 손부채를 하나씩 들고 부채질로 더운 여름을 견디고는 했다. 그나마도 없는 집에서는 아이들 책받침으로 아니면 어디서 주워온 누런 종이를 찢어 부쳐대곤 했다. 어느 집 아저씨는 골목길 벽에다 기다란 나무 의자를 붙여놓고 앉아서는 오래 입어 누렇게 바랜 구멍 뚫린 가께 난닌구를 걸치고는 이쁜 여배우 사진이 붙어있는 댓개비 부채를 양손에 하나씩 들고 탁탁탁 부쳐대기도 했다.

'가께 난닌구'라는 말은 팔이 없는 메리야스를 말하는 건데, 속옷을 가리키는 일본 말인 듯하다. 어릴 적에 어른들이 많이 쓰던 말이다. 어머니께서 아버지 가께 난닌구 가져오라고 하면 우리는 알아듣고 가져다 드린 기억이 있지만 정확한 발음은 아닐 수도 있다. 어린아이 귀에만 그렇게 들린 건지도 모르겠다.

주택 집

　　　　모두가 가난했던 60, 70년 때쯤 도심 한복판 문안에 살던 우리 집은 도시개발로 인해 어느 날부터인가 옆집들이, 동네 이웃들이 이사를 하더니 동네 빈집이 많아질 무렵 윤희네 집도 이사를 했다. 문안이란 4대문 안이라는 말이다. 어릴 때 아버지께서는 외출하실 때마다 "문안에 다녀오마." 하셨던 생각이 난다. 어렴풋한 기억이지만 커다란 트럭을 타고 뒤에는 살림을 싣고 나무들도 실려 있던 생각이 난다. 그때 윤희는 초등학생이었고 이사가 뭔지 전학이 뭔지도 모른 채, 그냥 어른들을 따라 내린 동네는 허허벌판에 똑같이 지은 집들을 줄줄이 이어 지은 주택이었다. 서울 끄트머리 어디쯤인가로 몰려와, 아니 나라에서 정책이라는 이름을 앞세워 몰아내니 힘없는 사람들이 모두 어쩔 수 없이 살던 집을 내어놓고 떠났다. 본인들이 스스로 선택할 수 있는 것이 아니었다. '여지없이 그저 나가라 떠미니 쫓겨났다.'라는 말이 더 맞을 것 같긴 하다.

　이사 온 동네는 어릴 때 기억이지만 다섯 집씩 양쪽으로 지어 열 집씩 붙어 사는 집이었다. 그렇게 똑같이 지은 집들이 열을 지어 서있었다. 골목은 어른 양팔을 펴면 앞집과 앞집이 손이 마주 닿을 정도로 비좁았다. 원래 그곳에 살던 원주민들은 그런 집을 주택 집이라 불렀다. 원주민들은 초가집이거나 기와를 올린 시골집들에 대부분 살았던 것이라 그랬나 보다. 당시는 서울이라고는 하지만 끄트머리 거의 시골이었다. 원주민 아이들은 학교에 오기까지 걸어서 한 시간이 넘는 거리를 다니고는 했으니까 말이다. 그래도 그나마 다행인지 주택 집 어린 초등학생들은 걸어서 삼십 분 거리여서 즐겁게 걸어 다닐 수 있는 거리였기는 했다.

학교 가는 길에는 포플러 미루나무가 줄을 지어 **빽빽이** 서있었고, 걷다 보면 폴짝 뛰는 개구리도 볼 수 있었고, 비 오는 날이면 짓궂은 남자아이들이 빗물 머금은 미루나무를 발로 차서는 옷을 적시게 하고는 했지만, 가는 내내 깔깔거리며 웃고 떠들다 보면 어느새 학교에 도착하고는 했다.

학교에 들어서면 깡통 교실이라 불리는 교실이 운동장 한쪽에 있었다. 철거민이라는 이름으로 많은 아이가 전학을 오니 교실이 부족해 임시방편으로 만든 교실이었다고 윤희는 기억한다. 오전, 오후반이 있었고, 한 교실에 보통 육, 칠십여 명의 아이들이 북적대는 교실이었다. 학교에는 먼저 전학 와있는 이웃집 아이도 있었고, 처음 보는 낯선 아이들이 대부분이었지만 같은 동네 살다 떠밀려온 몇몇 아이들은 그들만이 어울려 놀기도 했다.

사방으로 벽만 막아놓은 그 주택 집들은 부엌으로 연결된 천장이 뚫려있어 앞집 뒷집 밥하는 냄새, 아침이면 학교 가라 깨우는 소리가 그리 크게 말하지 않아도 다 들리는 그런 집이었다. 성질 급한 옆집 아주머니가 아이 머리 빗겨주다가 당겨 묶는 바람에 아프다고 소리 지르는 뒷집 딸아이의 목소리가 들릴 정도였으니 집집이 얼마나 가까이 붙어있었는지 알 수 있다.

장마지는 여름에는 뚝방으로 사람들이 몰려 나가고는 했다. 어른들 틈새로 얼굴을 내밀고 보면 뚝방에는 흙탕물에 떠내려오는 것들이 많았는데, 나무판자가 통째로 보여 뭔가 하고 보는데 어른들이 수군거리는 소리가 들린다. 지붕이 떠내려오는 것 아니냐고 한다. 어린 눈에는 그저 커다란 나무 판자때기로 보이긴 했지만, 어른들은 지붕이라며 웅성거리고는 했다. 어느 날은 돼지, 닭이 떠내려오는 것도 보았던 기억이 난다.

모두가 가난했던 서울 어딘가 끄트머리 동네에서 대나무로 만든 찢어진 퍼런 비닐우산을 쓰고, 손잡이는 마디가 굵은 대나무였던 걸로 기억이 난다. 모두가 걱정의 한숨을 쉬던 그 여름날의 기억은 한쪽이 내려앉아 기울어

진 파란 비닐우산 속처럼 절대로 재미있는 구경이 아니었다. 그 후로도 오랫동안 이어진 여름날의 슬픈 기억으로 남아있을 뿐이다.

겨울에는 창문마다 성에가 끼고는 했는데 어느 화가라도 그렇게 아름답게는 못 그렸을 그림 같은 하얀 성에는 나뭇잎 모양이기도 했고, 아름다운 공주가 살고 있을 듯 하얀 성 같은 모습이기도 했지만, 동생들은 입김으로 녹여 내리거나 숟가락을 들고 와 무참하게 긁어내고는 했다. 얼음 빙수 같은 성에를 손으로 받아 입으로 가져가는 동생의 등짝을 후려치고는 했던 그 겨울날 아침은 아버지의 헛기침 한 번으로 울음 뚝 동생의 눈 흘김으로 끝나고는 했다.

한겨울 저녁이면 걷어 온 빨래가 널어놓은 모습 그대로 꽁꽁 얼어 동태처럼 되어 아랫목에서 녹여 몇 날 며칠을 말리고는 했던 그 겨울의 오후는 흐릿한 전등불 아래 깔아놓은 이불 속으로 발을 집어넣고는 몰래 보던 만화책의 어느 한 장면처럼, 그러다가 아버지의 발자국 소리가 들리면 국어책에 만화를 덮어 급히 끼워 넣던 어느 날처럼 그렇게 그날들은 덮어져 있다.

공동 펌프

동네 싸우는 소리도 예외는 아니었다. 가난에 밀려 몰려온 사람들은 화가 많았는지도 모르겠다. 오늘은 이 골목, 내일은 저 골목에서 큰 소리가 나서 나가보면 여지없이 사람들은 화를 내고 싸우고는 했다. 집집마다 골목길 담벼락에 밤새 몇 개씩 쌓아놓은 하얗게 탄 연탄재를 제풀에 화를 못 이긴 아저씨들은 말로 싸우다 안 되면 통째로 들어 집어 던지기도 했지만 직접 사람을 맞히지는 않았다. 설령 맞았다 해도 다 타서 허연 연탄재는 맞는 것과 동시에 반은 부서져 버려 골목만 지저분해지기 일쑤였다. 싸움이 끝나면 아주머니들이 공동 펌프에서 받아온 바가지에 물을 담아 휙 뿌리고는 수수 빗자루를 들고 나와서는 자기 집 앞에 부서져 있는 연탄재를 쓸어 담아 발로 쿡쿡 눌러 땅에 묻듯이 했지만, 누구도 크게 다치는 사람들은 없었고 경찰들도 오지는 않았다. 낮에 그렇게 화를 내며 싸우던 이웃 아저씨들은 저녁이면 다시 막걸리 잔을 붉은 꽃 그림이 그려진 양은 밥상 앞에다 놓고 고추장에 마른 멸치 몇 개와 김치를 찢어 안주로 먹으면서 낮에 싸운 얘기를 다시 또 토해내며 서로 막걸리 잔을 부딪치고는 벌게진 얼굴로 크게 웃고 떠들면서 화해랄 것도 없이 지나갔다. 그저 심부름으로 애꿎은 막걸리만 사다 나르는 아이들이 있었을 뿐이다.

아저씨들이 막걸리 잔을 들었다 났다 하면서 낮에 다툰 얘기를 듣다 보면 별것도 아닌 일이라는 생각이 들기도 했다. 그러다가 어느 집 라

디오에서 '전설 따라 삼천리'라는 시그널 소리가 들리면 한 명이 일어나
면 마지못한 듯이 다들 일어나 라디오 들으러 집으로 가버린다. 아침
이면 라디오에서는 '아차부인 재치부인'이라는 방송을 하는데 주로 아
침 식사 시간이거나 등교하는 버스에서 들었던 기억이 난다.

어찌 보면 비밀이라는 게 있을 수 없는 동네였다는 생각도 든다. 그
때는 미처 수도가 들어오기 전이라 공동 펌프가 주택 집 중간마다 있
어 집집마다 때가 되면 양은 함박에 쌀을 씻으러 나오고 빨래도 하러
나오고 했다. 빨래하면서 서로 마주 보며 이런저런 말하기 좋은 곳이
라 그곳 공동펌프장은 아줌마들이 수다하기 너무 좋은 공간이었으니
까 말이다.

여름이 되면 하루 종일 나가서 막노동을 하고 돌아온 아저씨들은 등
목을 하기도 했는데 혼자서 끼얹는 아저씨도 있었고, 보통은 아주머니
들이 따라 나와서는 등목을 해주기도 했다. 땅속에서 끌어 올리는 펌
프 물은 여름이면 차가울 정도로 무척 시원하다. 해 지는 저녁 무렵
어두워지기 시작하면 이번에는 더위를 못 참아 나온 아주머니들이 허
연 메리야스 위로 펌프 주둥이에 등을 대고는 등목을 하기도 했었다.
그럴 때 펌프질은 조금 큰 아이들이 하고는 했지만 어떤 날은 아저씨
가 따라 나와서는 힘차게 펌프질을 해주기도 했다.

"아유! 시원해 시원하다." 하는 아주머니들의 큰 웃음소리와 말들이
귓가에 들리는 듯 정겨움이 묻어나는 공동펌프장은 한여름 밤의 풍경
이기도 했다. 땅속에서 올라오는 펌프 물은 여름에는 차갑고 겨울에는

따뜻한 느낌이 드는 물이 올라오고는 했었다. 그때쯤에는 중학생이 되어있던 윤희도 저녁이면 물을 길으러 나가고는 했다. 바케쓰라고 하는 양은 통이 있었는데 손잡이에는 둥글게 나무를 깎아 달아놓아서 바케쓰를 들어도 손이 아프지 않게 만들어져 있었다. 어느 날은 파란 플라스틱 바케쓰를 들고 물을 길어 오고는 했다.

그게 뭐라고 양은 바케쓰를 든 아이는 파란 플라스틱 바케쓰를 든 아이를 슬쩍 부러워 쳐다보기도 했다. 그 시간이면 또래 친구들도 여지없이 바케쓰를 받치고는 펌프질을 해서 물을 길어 오고는 했다. 윤희 집에서 세 번째쯤 떨어진 곳에도 공동 펌프가 있었다. 윤희는 집앞 펌프를 놔두고 가끔 일부러 그곳까지 가서 펌프질로 물을 받아 올때가 있었는데 그 공동펌프장 바로 앞에 사는 남학생 친구를 한 번씩보고 오고 싶어서 그랬었던 기억이 난다. 갈 때마다 그 남학생 얼굴을볼 수 있는 것은 아니었지만 어쩌다 보면 가슴이 뛰고 얼굴이 빨개지고는 했다. 혹시 친구가 윤희 뒷모습을 보고 있지는 않을까 해서 물 담긴 바케쓰를 이 손 저 손으로 옮겨 들으며 가능한 무거워하는 모습을연출하면서 연약한 척을 하기도 했다.

학교 다닐 때도 졸업 후에도 서로 말 한 번 해본 적 없는 친구라 윤희를 아예 기억도 못 할 테지만 윤희는 혼자 보고 오고 가던 그 일은이제 생각을 해봐도 그 친구를 좋아하는 감정이었는지는 사실 잘 모르겠다. 얌전하고 이쁘장하게 잘생기고 공부까지 잘하는 모범생인 남학생 친구를 그저 한 번 쳐다보는 것쯤 그 이상도 이하도 아니었을까싶다. 후에 의대를 나와 의사가 되었다는 소식을 들었지만 서로 만날 일은 없어 그 후로 본 적도, 만난 적도 없이 오십 년 넘은 세월이 그렇게 지나가 버리고 말았다. 그 친구는 윤희가 얼굴 한 번 보려고 집 앞 펌프를 놔두고 그곳까지 갔을 거라고는 꿈에도 모르고 있을 터이지만 윤희 혼자 부끄럼에 얼굴 붉히며 물을 길어 오고는 했다. 윤희가 중학교 때 일이니 아마도 그것이 사춘기라면 사춘기였을지도 모르겠다. 그러다 보면 거리가 먼 탓에 들고 오는 양동이 물은 반쯤은 길에다 쏟아 집에 오면 물이 많이 줄어있기는 했다. 애꿎은 팔도 덩달아 아프기도 했지만 한 번이라도 그 친구 얼굴을 보고 온 날은 팔 아픈 것도 잊어버리고 좋기만 했던 윤희였다.

공동펌프장에서는 펌프질을 하다가 간혹 펌프 손잡이를 놓쳐 턱을 다친 또래들도 여럿 있었고, 빨래하다가 손이 비눗물에 미끄러워 펌프 손잡이를 놓쳐 얼굴을 찢긴 아주머니들도 가끔 있었기도 했다. 그러다 보니 누가 했는지는 모르겠지만 펌프 손잡이에는 굵은 검정 고무줄에 헝겊이 동여매어 있기도 했다. 아마 손잡이를 놓쳐 턱을 다친 아줌마이거나 그들의 가족이었을 수도 있겠다. 겨울이면 펌프 물이 얼어 집집이 뜨거운 물을 받아와 펌프 통 안에 넣고 펌프질을 하면 커다란 목쉰 소리가 들리고는 했는데 마치 소의 트림 소리 같기도 했다. 사실 소 트림 소리를 서울 토박이인 윤희는 들어본 적은 없다. 그렇게 해도 물이 얼어 안 나오는 날에는 펌프 파이프 아래에 불을 지펴 언 펌프를 녹이는 모습도 가끔씩 있었다. 저녁에 물을 길으러 나가면 펌프 파이프 아래에 불 땐 그을음이 가난한 울음을 울 듯 꺼먼 눈물을 흘리는 것으로 보이기도 했다.

겨울이 아니어도 물이 빠져 안 나올 때는 바가지에 마중물을 부어 펌프질을 하면 물이 따라 올라오고는 했다.

어릴 때는 몰랐는데 나중 알고 보니 작두 펌프라고 하는 말을 들었다. 아마 작두처럼 위에서 아래로 썰 듯이 하는 모양새가 그럴듯하니 이름이 붙여진 것 같다. 차라리 그냥 펌프라고 알고 말 것을 괜히 알았다 싶기도 하다.

빨랫방망이

지금이야 거실 한켠에 싱크대가 놓여있고, 틀기만 하면 나오는 수도가 있으니 여름이든 겨울이든 물이 얼어 못 쓰는 일은 없거니와 수도꼭지만 돌리면 더운물이 펄펄 나오고, 세탁기란 것이 빨래를 넣고 돌리기만 하면 아예 말려서까지 토해 내주지만 그것뿐인가? 겨울에도 집에서 샤워하는 일이야 뭐 일도 아니지만, 어릴 적 그때는 얼었던 개울물이 봄볕에 흐르기 시작하면서 따뜻한 봄기운이 돌면 동네 아주머니들은 겨우내 덮었던 이불 홑청을 뜯고 베갯잇도 뜯어 내어서는 겨울 동안 밀린 빨래를 광주리에 담고 광주리 옆으로 나무로 만든 빨랫방망이가 하나씩은 옆으로 삐져나온 것을 머리에 이고는 얕은 계곡물이 흐르는 곳으로 아이들을 모두 데리고 갔다.

빨랫방망이로 겨우내 쌓인 짜증을 누군가를 패듯 두들겨 팬 다음 한쪽에 돌덩이들을 모아 아궁이를 만들고는 머리에 이고 간 커다란 솥을 걸었다. 그러고는 봄볕에 마른 나무들을 주워다가 장작불을 지펴 양잿물 넣은 솥에 이불 홑청을 삶아내고는 솥에 담긴 이불 홑청이 삶아질 동안 아주머니들은 그 틈에 남은 양잿물 비누로 목욕을 한다. 목욕이 끝날 즈음에 삶아진 이불 홑청을 흘러 내려오는 개울물에 다시 빨랫방망이로 두들겨 하얗게 헹군 빨래들을 넓적한 바위를 찾아 널어놓은 다음에는 데려간 아이들을 씻기고는 했다.

겨울 동안 목욕을 하지 않아 팔꿈치며 무르팍에 까맣게 들러붙은 때를 벗겨내다시피 빡빡 문질러 밀면 살이 약한 아이들은 아프다고 찡그리기도 했지만, 때를 미는 어머니들의 이마에 흐르는 땀을 보면서는 참을 수밖에 없었던 듯하다. 먼저 씻은 여자아이들은 어머니가 입혀준 낡은 팬티만 입은 채 맨발로 봄볕에 따뜻해진 바위를 타고 돌아다니다 길가 틈에 난 노란 민들레도 보고 날아가는 나비를 보다 보면 한낮의 파란 하늘과 하얀 구름이 멈춰있는 것을 바라보고는 했다.

메뚜기와 사마귀

　　　　　　그러다 어린 여자아이들은 사마귀나 송장메뚜기
가 나오면 놀라 소리를 지르거나 주저앉아 울기도 했다. 사마귀에 물
리면 손등에 사마귀가 돋는다는 말에 더 놀랐던 것 같다. 그런데 사마
귀한테 물리면 사마귀가 생긴다는 게 정말인지 지금도 궁금하긴 하다.
짓궂은 남자아이들은 오히려 사마귀를 잡아서는 손등에 난 사마귀를
뜯어 먹게 하기도 했다.

　그것을 본 아이 엄마는 기겁해서 양잿물 비누로 이불 빨던 손을 들
어 아이 등짝을 후려치면서 "빨리 놔주라고! 놔주지 못해!" 하면서 소
리를 빽 지르는 모습도 보고는 했다. 벌거벗고 돌아다니다 맞은 아이
는 등짝에 엄마 손자국이 벌겋게 날 정도라 아플 텐데도 허옇게 버짐
이 돋은 얼굴로 잠깐 아프다는 시늉으로 찡그리고는 이내 개구진 웃
음소리를 내면서 도망가기 바빴다.

　손등에 난 사마귀를 사마귀가 뜯어 먹으면 없어진다는 말을 어디선가
들은 아이는 빨리 없애고 싶은 마음에 그랬던 거 같은데, 그것도 사실인
지 지금도 궁금한 일이다. 윤희도 손등에 작은 팥알만 한 사마귀가 난 일
이 있었는데 누가 그랬는지는 기억에 없지만, 머리카락으로 사마귀 난 곳
끝에다 묶어 자르면 사마귀가 잘려서 떨어진다는 말에 머리카락으로 묶어
자르려다가 사마귀는 그대로 있고 손등에 피만 났던 일도 기억이 난다.

언제인지 모르게 사마귀는 떨어져 없어졌지만 그때 그 기억은 호야불 등잔 밑에서처럼 희미하게나마 지금도 잊히지 않는 일이다. 그때는 아이들 모두 손등에 사마귀 몇 개쯤은 달고 다녔고, 얼굴에는 허연 버짐이 피고는 했었다. 그때는 그랬다.

엄마들도 대충 목욕을 마칠 때쯤에는 햇볕에 달궈진 바위 등허리에 널어놓은 빨래는 어느새 말라 있었고, 갈 때보다 한결 가벼워진 빨래 광주리를 옆구리에 끼거나 머리에 이고 집에 오는 아주머니들의 맑아진 얼굴은 결코 개울물에 목욕을 해서는 아니었을지도 모른다. 아마도 이불 홑청 핑계로 가난으로 찌든 짜증스러운 뭔가를 두들겨 팬 빨랫방망이 덕도 좀 있었지 않았을까 싶다. 실제로 아주머니들의 웃음 가득한 방망이 두들기는 수다에는 아주머니들만이 알 수 있는 이야기들이 있었을 것이기 때문이다. 그런 날은 한나절이 후딱 지나가고는 했다. 그때 그 일들은 어찌 보면 추억할 만한 일이고, 그 시절에 가난이 주고 간 낭만이었다는 생각도 든다.

지금은 공동 펌프도 없으니 대나무 소쿠리에 담긴 김칫거리를 들고나오거나 저녁으로 먹을 보리쌀을 함박에 담아 으깨 씻으면서 엄마들이 모여 앉아 웃고 떠들던 모습도, 밤새 부부싸움으로 멍이 든 건지 부은 건지 모르겠지만 퍼런 얼굴을 한 손으로 가리고 신경질적으로 펌프질을 하던 아주머니도 이제는 볼 수 없다. 봄볕 개울물에 이불 홑청을 빨랫방망이로 두들겨 패면서 짜증을 날려버릴 일도, 돌덩이를 쌓아 솥을 걸어 양잿물에 빨래 삶을 일도 이제는 없어졌지만 지나간 일들을 생각해 보면 그것도 모두 가난이 주고 간 낭만이라는 이름으로 남아있다. 그 낭만을 어디서 찾을 수 있겠는가? 다시 오지 않을 거란 생각이 든다.

가난이 준 소중한 기억 저편의 이른 여름 초록빛 추억이 되어있을 뿐이다.

그렇게 모여 살던 동네는 이웃이라고는 하지만 시멘트와 모래를 섞어 틀에 부어 찍어 말린 블록 몇 장으로 세워놓은 벽만 없다면 거의 한 집들이라 해도 무방할 정도로 붙어 사는 집들이었으니 옆집에 밥숟가락이 몇 개인지 젓가락이 몇 개인지 다 알 수밖에 없는 동네였다. 그러다 보니 옆집은 누가 무슨 반찬을 하는지 무얼 먹고 사는지 모를 수가 없었다. 옆집은 무슨 종교를 믿고 뭘 하는지 한 집 건너는 무슨 일을 하고 무슨 걱정을 하고 사는지도 알 수 있는, 그저 한 동네라는 말이 너무나 어울리는 곳이었다. 그렇게 가난으로 몰려와 살 수밖에 없었던 동네에는 어느 날부터인지 모르겠지만 무속을 비롯해서 여러 알 수 없는 종교들이 집집마다 사람들을 찾아다니며 전교를 시키고는 했다. 동네에서 조금 떨어진 곳에는 하얀 칠을 한 건물이 있었는데 전도관이라는 것을 나중에야 알았다.

윤희 엄마는 한동안 무슨 종교인지는 모르겠는데 동네 아주머니들을 따라다니기 시작하더니 끝내는 그곳에 발을 들여놓고는, 누군가 전교 차원에서 한 말일 테지만, 몇 년만 믿으면 잃어버린 재산을 찾게 해준다는 말에 현혹이 되어 정말 매일매일 알 수 없는 말들을 주문처럼 중얼중얼 외우고는 했다. 무슨 말인지 도통 알 수는 없었지만 어릴 때 들은 생각이 난다. 그래선지 윤희 엄마는 정말 열심히 했던 적이 있었다. 하지만 '몇 년만 하면'이라는 말이 30년이 넘도록 빌어도 아버지의 잃어버린 재산을 찾기는커녕 생전 큰 소리 한 번 안 내시고 역정 한 번 안 내시는 아버지는 참다 참다 못해서는 우스갯말로 제발 그 범인지 사자인지 그만 좀 잡으라고 목소리를 내셨다. 유일하게 집에서 소리 나는 일이 그 일이었다.

자식들 앞에서 의견이 달라 충돌이 생길라치면 일본말로 하시고는 했는데, 일제 시대 학교에 다닌 분들이라 일본말을 잘하시기 때문에 자식들이 못 알아듣도록 배려를 하신 듯하다. 다만 어머니의 눈 흘김으로 분위기를 알 수 있었다. 그러다 삐끗 한국말을 하게 될 때도 있다.

들어보면 자식들 잘된다는데, 잃어버린 재산도 다시 찾게 해준다는데 왜 못하게 하느냐는 말로 아버지 입을 막으시고는 하셨다. 아버지는 참 어이없다는 얼굴로 매번 그만두라 하셨지만, 미련을 놓지 못하고 몰래몰래 모이는 장소에 다녀오고는 했다. 종교에 대한 두 분의 의견충돌은 결국에는 어머니의 눈 흘김과 아버지의 어이없어하는 웃음으로 늘 마무리를 하시고는 하셨기 때문에 무슨 말씀들을 하셨는지는 정확히 알 수 없지만 마지막에는 같이 웃고는 하셨다.

생각하면 윤희는 두 분 부모님께 감사한 일이다. 엄마는 아버지와 다투는 게 눈치가 보여서 그랬는지는 모르겠지만, 어느 날부터 부엌 찬장 속 어딘가에 책을 숨겨놓고 아침저녁 중얼중얼 주문을 외우고는 했다. 그러다 무슨 직책을 맡고는 다른 이들에게도 전도를 하고 다니기도 했다. 오직 잃어버린 재산을 찾게 해달라는 기도를 매달려 했을 것이지만 절대로 그런 일은 일어나지 않았다.

황금 송아지 몇 마리

윤희의 삶에서 아버지 이야기를 빼놓을 수 없다.

윤희 아버지는 워낙에 큰 부자로 사셨다지만 윤희는 성장하면서 그 혜택을 누린 기억은 별로 없다. 윤희가 초등생 무렵 이미 이전에 망하셨기 때문이다. 그야말로 옛날에 황금 송아지 몇 마리쯤 집에 묻어두고 살았다는 이야기다. 하지만 많은 재산과 현금, 땅, 그 모든 것을 다 잃고 가난해졌을 때도 윤희 아버지의 자존심은 잃어버린 재산만큼이나 그대로 가지고 있었다. 재산을 잃은 거지 자존심까지 잃은 건 아니라는 게 윤희 아버지 생각이셨던 거다. 윤희 아버지의 자존심 강한 모습은 자식들이 더러는 그대로 물려받은 듯하다. 자식들 모두 어딘가에 스며들어 조금씩은 그 모습을 볼 수 있었다. 돈이 많아 잘사는 것도 아니면서 당당하고, 가방끈이 길어 많이 배운 것도 아니면서 어디에서나 기죽지 않는 모습들이다.

윤희는 친구들과 가끔 부모님들 이야기를 할 때가 있는데 친구들은 아버지들에 대한 기억이 별로 좋지는 않다. 그 가난한 시절에 춤바람이 나서 집을 나가서는 자식들 돌보지도 않고 엄마를 고생시켰다고 분노하는 친구들이 있었는데 아버지라는 분이 늘그막에 달랑 가방 하나들고 딸이라고 찾아왔는데 가방을 열어보니 카바레에서나 입을 듯한 원색의 반짝이 옷들만 가득해서 기가 막혔다는 이야기를 하면서 속상해하는 친구가 있었다.

결국은 친구 집에 왔다가 얼마 지나지 않아 요양병원에서 돌아가셨다는 이야기를 듣고 장례식에 가보니 아무도 문상 오는 분들은 없었고, 친구와 친구 동생 둘이서만 장례를 치르고 있었다. 윤희는 마지막까지 친구 곁에서 친구 아버지를 보내드리고 돌아오면서 세월 이리 빠른데 자식들에게만이라도 잘하고 가시지 그러셨나 하는 생각을 하면서 돌아오는 발걸음이 무겁기만 했다.

어떤 친구들은 둘째, 셋째 부인들을 얻어서는 아버지가 어디서 사는지도 모른다며 쓸쓸해하는 친구들도 있었다. 배다른 형제들이 어디선가 다들 살고 있겠지 하는 친구들도 있고, 노름이나 술 때문에 가족을 돌보지 않은 아버지 이야기를 친구들이 할 때면 마음에 입은 상처를 읽을 수 있었다.

그런 친구들 어머니들은 화병 때문인지 병을 얻어 일찍 돌아가셔서 친구들은 소녀 가장으로 힘들게 살아왔다는 말들을 하기도 했다. 말 끝에는 아버지에 대한 미움과 일찍 돌아가신 엄마 이야기를 하면서는 눈물을 보이고는 했다.

그런 기억들을 가지고 있는 친구들에 비하면 윤희 아버지는 매우 자상하시기도 했고, 가정적이셨다. 아버지를 떠올리면 매우 좋은 기억들이 많기 때문이기도 하고, 친구들에게 윤희가 얘기를 하면 그 시절에 그런 아버지 없었다면서 윤희를 부러워하기도 한다.

윤희는 학교에서 존경하는 위인을 쓰라는 칸에는 늘 아버지 함자를 적어 넣었던 기억이 있다. 아버지가 돌아가시고 나서 형제들이 모여 아버지 이야기를 할 때가 있었는데, 형제들도 존경하는 사람 적어 넣는 칸에는 모두 아버지 이름을 적었다고 했다. 아버지는 돌아가셔서도 자식들이 존경하는 마음을 가지고 살아가고 있다는 것을 아신다면 아마 흐뭇해하시지 않을까 싶은 생각이 든다.

윤희 아버지는 평소 술을 한 모금도 드시지 않으셨다. 아니 못하셨다가 맞을 것이다. 집에서 술병이 나온 일은 사는 동안 단 한 번도 없었기도 했고, 친구분들 초대해서 식사를 할 때도 아버지는 절대 술을 드시지 않으셨다. 시중에서 파는 음료수로 된 소화제만 드셔도 취하시는 분이셔서 우리는 아버지가 소화제 드시고 취해하시는 모습을 보면서는 깔깔거리고 웃고는 했던 기억이 있다.

무엇보다도 아버지가 잘못한 일로 엄마가 속상해하는 일은 본 적이 없었기 때문이지만 우리들만 모르는 일일 수도 있다. 워낙에 옛날 어른치고는 키도 크시고 인물도 좋으셨지만 윤희가 자라는 동안 부모님은 부부싸움조차 크게 하는 일이 없었다.
그때는 이웃 어른들이 모이면 돈 내기 화투를 하거나 이런저런 일로 내기를 하기도 하고 술판을 벌이기도 했는데 그렇게 노는 곳은 좋아하지도 않으셨고, 웬만해서는 가지 않으셨다.

나중 연세가 드셨을 때 엄마하고 두 분이 화투를 하시거나 패를 떼는 모습을 가끔 볼 수 있기는 했어도 노름으로 하지는 않으셨다.
조금 더 연세가 드셨을 때는 아침에 일어나시면 국방색 담요를 깔아 놓으시고는 화투패 떼는 모습을 볼 수 있었는데, 옆에서는 엄마가 항상 화투패 해석을 해주시고는 "오늘은 국수 먹겠다." 하시기도 하고, "오늘은 손님이 오신다는데요." 하시는 모습은 오히려 보기 좋았다.

가슴 가리개

중학교 1학년 때쯤인가 당시 시집간 언니 집에 놀러 갔는데 윤희하고는 워낙 나이 차이가 나는 터라 언니가 언제 시집을 갔는지 기억이 없다.

그냥 어느 날 보니 집에 언니가 없었고 시집을 갔다고 했다. 그날 그렇게 놀러 가서 조카들과 놀고 있는데 언니가 시장을 가자고 한다. 그러더니 속옷 가게로 데리고 가서 처음으로 사 준 것이 가슴 가리개였다. 하얀색의 면 레이스가 아주 예뻤던 것으로 기억한다. 지금 생각해 보면 아주 작은, 앙증맞기까지 한 가슴가리개였다. 중학 일 학년이던 윤희에게는 예쁘게만 보였지만 한편 부끄럽기도 한 첫 경험이자 기억이라 잊지 못하는가 보다.

처음이라 되게 부끄럽고 어색하고 어떻게 하는 줄도 몰라 언니가 가르쳐 주면서 해준 기억이 난다. 중학교 일 학년이라 아직 어리기도 했지만, 그때는 성장 발육이 그리 크지 않아 친구들도 거의 가슴 가리개를 하지 않을 때였다. 몇몇 친구들이 하고는 보여주면서 서로 부끄럽다면서 웃고는 했던 가슴 가리개였다. 언니가 사 준 가슴 가리개를 하고는 참 어색해서 어깨를 자꾸만 앞으로 모으고는 했다. 집에 오니 어머니께서 달라진 앞가슴을 보시더니 웃으시며 슬쩍 아버님께 얘기하신다. "큰 애가 윤희 가슴 가리개를 사준 모양이야요." 아버님도 이제 중학생이 되어 성숙해지는 딸의 모습을 예쁘다는 듯 흐뭇하게 바라보셨다.

언니는 참 예쁘다. 처녀 때 사진을 보면 머리를 길게 땋아 빨간 댕기를 매고 공단 한복을 입은 채 살짝 옆으로 서서 찍은 사진은 누가 봐도 고전미인형 얼굴이다. 그런 언니가 형부를 만나 시집을 가서 딸 셋을 낳고 지지고 볶고 살면서 그 나름대로 행복했을 것이다. 형부가 돌아가신 지도 몇 년이 지났다.

언니 표현을 그대로 쓰자면 살아서는 징글징글하게 술을 좋아하신 형부라 언니는 너무 싫다 했지만, 형부는 오랜 시간 함께해서인지 정은 많이 들었다. 둘째 조카 지영이는 몇 년째 아마 앞으로도 그럴 것이다. 형부가 돌아가신 날부터 지금까지 매 주일이면 산소에 꽃을 들고, 좋아하던 음식을 들고 인사를 간다고 한다. 그런 딸이 그렇게 흔치는 않을 것이다. 무슨 복인지 전생에는 복을 많이 쌓았나 보다. 지영이의 쉽지 않은 그런 모습이 처음에는 놀랍고 참 보기 좋기도 하고 한편 부럽다는 생각이 들기도 했다. 부모가 돌아갔을 때 매 주일 산소를 찾는 일이 어디 요즘 세상에 쉬운 일이겠는가 말이다. 그것도 매번 꽃과 음식을 들고 한겨울 눈에 미끄러지면서도, 여름 장마에 비를 맞고 감기에 걸리면서도 한 번도 거르지 않고 형부 산소를 찾는 조카 지영이는 윤희에게 특별한 마음이 들게 하는 조카이자 대녀이기도 하다. 지영이에게는 이모이기도 하지만 대모이기도 한 것이다.

윤희하고는 띠동갑이니 그리 큰 차이가 나지는 않는다. 어릴 때는 나이 차가 엄청 크게 느껴지더니 이제는 뭐 같이 늙어 가는 모양새다.

야무지기가 짱돌 같은 아이지만 언니 딸 세 자매 중 둘째로 태어난 조카는 마음이 부드러운 아이기도 하다. 둘째들이 보통 그렇듯이 배려심도 많고 매사 손해 보는 일도 마다치 않는 착함이 묻어나는 아이다. 아이라고 하니 어린 거 같지만 지영이도 벌써 오십 줄이 넘은 중년이다. 보기에는 아직도 생머리로 화장기 없는 얼굴로 다니니 아가씨같이 어려 보이기는 하지만 슬쩍슬쩍 나이가 눈에 보인다. 자식이 아무리 나이가 들어도 어리게 보인다는 말처럼 지영이도 윤희 눈에는 아이 같기만 한 것이다. 이다음 하늘로 돌아가는 날이 오면 대모이니 내게도 그렇게 와주려나 턱도 없는 생각을 해본다. 잔잔히 봄비가 오는 4월에 감성에 젖었나 보다. 별 쓸데없는 생각이 드는 건 뭘까 모르겠다.

교회 오빠

윤희가 중학생이던 무렵 교회에 다니기 시작했다. 아파트가 들어서기 전 주택 집들이 즐비하던 그때 그리 높지 않은 민둥산 꼭대기 평평한 곳에 천막을 치고 간판을 걸었는데 말하자면 천막 교회였다. 지금은 산을 깎아내려 평지가 되었지만, 그 동네에 삼십년 이상 사신 분들은 그곳이 민둥산이었다는 것을 기억할 것이다. 물론 지금은 제법 큰 교회로, 주일이면 주차 안내를 하시는 분들이 몇 명씩 배치되어 있을 정도로 번창해졌지만 말이다. 그곳에 윤희가 중학생 무렵 좋아하는 교회 오빠가 있었다. 말 그대로 교회 오빠였다. 2년 선배이던 교회 오빠는 갸름한 얼굴에 까무잡잡하면서 키가 커서 구부정하게 어깨를 굽히고 늘 기타를 옆구리에 끼고 교회에 오고는 했다.

말하자면 기타 잘 치는 교회 오빠였던 것이다. 예배를 마치고 나면 중·고등학생들만이 모이는 장소가 있었는데, 지하로 내려가면 작은 방이 있었다. 목소리가 너무나 좋은 선배 오빠가 기타를 치면서 노래를 부르면 윤희는 정말 가슴이 쿵쾅거리는 소리가 들릴 정도로 심장이 뛰고는 했다. 예배가 끝나면 중·고등학생들끼리 모여 레크리에이션을 하기도 했는데 지금도 생각나는 게임 몇 가지가 있다.

'아이엠 그라운드' 네 박자나 세 박자로 무릎과 손뼉을 번갈아 치면서 나무 이름, 꽃 이름 대기, C.M송 부르기 등등이 생각난다. 그럴 때면 늘 기타를 쳐주던 오빠를 윤희는 얼굴 빨개지도록 좋아하고는 했다. 가끔은 학생들이 자전거를 타고 나가기도 했고, 배구공 하나를 들고 학교 운동장으로 가서 한여름 땀이 나도록 놀고 난 후에는 짜장면을 먹으러 가기도 했다. 사실 윤희는 그때까지 자전거를 탈 줄 몰랐는데 선배 오빠하고 같이 나가고 싶어 무르팍까지는 줄도 모르고 자전거를 열심히 배운 적이 있다. 지금도 무르팍에는 그때 넘어지면서 생긴 흉터가 남아있어 그 교회 오빠를 생각나게 하고는 하니 사춘기 짝사랑의 힘이라고나 해야 할까 보다.

그때 배운 자전거 타는 실력으로 지금도 가끔 자전거를 타고는 한다. 교회 오빠는 우리 집에 오기도 했는데 윤희 때문이 아니라 손위 오빠가 당시 교회 학생회장을 맡고 있어서 학생회 일로 오는 거지만, 마치 윤희는 자기를 보러 온 것처럼 착각을 하고는 했다. 그런 날이면 빨개진 볼을 두 손으로 감싸고는 목소리를 예쁘게 가다듬고 오빠 이름을 부르면서 "오빠! 현규 오빠 왔어."라고 알려주고 방으로 들어가라 하고는 몰래 방에 귀를 대고는 현규 오빠 목소리를 듣고는 했다. 그러다 한 번 더 현규 오빠가 보고 싶어 엄마가 아버지 드리려고 몰래 숨겨 놓은 복숭아를 꺼내서는 정성껏 깎아 스테인리스로 만든 커다란 포크를 옆에 가지런히 놓아 오빠 방문을 열고 잠깐 들어가 현규 오빠를 쳐다보고 나오기도 했다.

통금이 있던 그 시절 일 년에 한 번 성탄절에 통금이 풀리는 때가 있었는데, 그때는 학생들이 모두 나와 새벽 송이라는 것을 핑계(?) 삼아 날밤을 새우면서 돌아다닐 수 있는 날이었다. 그해 성탄절에 윤희는 가지고 있는 성탄 카드 중에 가장 예쁜 카드를 고르고 골라 이름도 성탄 메시지도 부끄러워 쓰지 못한 채 몰래 선배 오빠 집 문 안으로 들이밀고는 도망쳐 오기도 했다. 성탄 메시지를 쓰게 되면 혹시라도 글씨체를 알고 있는 오빠에게 윤희라는 것을 들킬 수 있어 일부러 아무것도 쓰지 않고 집어넣고 온 거였다. 윤희는 그래 놓고는 혼자 만족함에 해쭉거리며 웃고 있었다. 성탄절에 새벽 송을 동네 교인들 집집마다 돌면서 먹을 것이나 혹은 돈이거나 과일도 주면 받고 해서는 교회 학생들은 늘상 윤희 집에 모였다. 왜냐하면, 윤희 오빠가 학생회장이기도 했지만, 당시 자기 방을 따로 가지고 있는 학생들이 거의 없어 방 한 칸에 식구들이 모여 사는 터여서 공부방이 따로 있는 윤희 오빠 방으로 모두 모이는 거였다.

그러면 평소 윤희 엄마는 연탄을 아끼느라 연탄아궁이를 꺼트리지 않을 정도로만 살짝 열어놓고는 하셨는데 그런 날을 무슨 생각이신지 연탄아궁이를 활짝 열어놓아 방을 따뜻하게 데워주시고는 했다. 한겨울이니 새벽 송 돌고 올 학생들을 위해 이부자리를 넓게 펴 놓아주기도 하셨다. 오빠 공부방은 절대로 크지 않다. 방 한쪽에 놓인 나무 책상 자리를 빼면 그냥 한 두세 명 누우면 꽉 찰 정도로 작은 방이었는데, 학생들이 열댓 명 들어가 있어도 좁다는 생각이 안 들었던 것은 아마도 성탄절의 기적인지도 모르겠다.

한겨울 추운 날에 뭐가 그리도 좋은지 새벽 송을 돌고 온 학생들은 추위에 빨개진 얼굴을 언 손으로 비벼가면서 엄마가 깔아놓은 이부자리에 발들을 집어넣고는 마냥 웃고 떠들어 댔다. 그러다 선배 오빠가 무슨 말 끝에 이런 말을 한다. "여자는 자고 일어났을 때 이쁜 얼굴이 진짜 미인이라더라." 하고 말을 하자 이불 속에 발만 넣고 앉아있던 학생들이 "맞아, 맞아 자고 일어났을 때 예쁜 얼굴이 진짜 미인이지." 그 말을 들은 윤희는 슬쩍 잠을 자는 척하더니 조금 있다가 눈을 비비면서 깨는 척을 한다.

'어때? 자고 난 얼굴이 예쁜가 좀 봐줘.' 하는 모양을 하며 슬쩍 눈을 비비는 시늉을 한다. 윤희는 속마음을 들키지 않으려고 했지만, 눈치 빠른 다른 학생들은 이미 눈치를 채고는 관심 없다는 듯 피식거리며 웃고 있다. 사실 윤희는 그리 이쁜 얼굴이 아니다. 동그란 얼굴에 까무잡잡하기도 하고 어디 하나 예쁘다고 할 만한 아이는 아니지만, 또래보다 조금 큰 키에 귀염이 있고 어린 나이지만 어딘가 귀티가 있어 보이는 아이였다. 단정한 모범생 같은 단발머리에 머리핀을 얌전히 꼽은 윤희는 허리가 잘록해서인지 교복이 참 잘 어울리는 여학생이었다. 사춘기 시절 그렇게 혼자만의 예쁜 추억이 있는 윤희의 짝사랑은 말 한마디 못 하고 졸업을 앞두고 끝나기는 했지만, 아마 윤희뿐만 아니라 다른 여학생들도 기타 잘 치는 선배 오빠를 짝사랑한 친구들이 꽤 있었을 것 같다는 생각을 해본다. 그때처럼 순수한 마음으로 말 한마디 못하는 짝사랑은 윤희에게 다시 오지 않았다. 짝사랑이라는 이름으로 스쳐 지나간 인연이라고 해야 할까 보다.

현규 오빠, 오겐키 데스까?

부뚜막 위에는

　　　　새벽녘 부엌 한쪽에 벗어놓은 비닐 구두가 얼어 윤희 발이 시릴까 봐 늘 신문지에 싸서 아랫목에 넣어두셨다 꺼내 주시는 분은 아버지셨다. 잠시 꿈지럭거릴라치면 품 안에 품었다 따뜻한 온기를 발에 신겨주신 분도 아버지셨다. 방문 하나 열면 부엌이고 그 문을 열면 바깥이다. 그러니 문은 그저 바깥을 가리는 역할만을 했기 때문에 밖이나 안이나 별로 다를 것 없어 벗어놓은 신발들은 겨울이면 얼어있기 일쑤였다.

　　그 안에는 윤희 아버지가 새벽이면 어머니를 깨우지 않으시고 연탄을 갈아주시던 모습이 있었고, 어느 날은 아래위 연탄이 붙어있어 부엌칼로 연탄을 떼어내던 날도 있었다. 떼어낸 아래 연탄은 미처 다 타지 못해 남은 불기를 그대로 머금고는 가난이 싫다는 듯 꺼지지 않고 발악을 하기도 했다.

　　연탄아궁이에는 늘 양은솥에 펌프 물이 가득 담긴 채 올려져 있다. 아침이면 밤새 뜨거워진 물에 꽁꽁 얼어있는 들통에 담긴 물을 부뚜막 위에 놓인 작은 망치로 부수듯 깨서는 찬물을 섞어 미지근한 물에 세수를 한다. 따뜻할 정도로 더운물을 쓰면 안 된다. 그러면 나머지 동생들이 더운물이 없어져 얼음물에 세수를 해야 하니 말이다. 아궁이 옆에는 아침이면 신고 나갈 동생들 운동화가 두세 개씩 부뚜막에 올려져 있기도 했었고 가끔은 신발 타는 냄새가 나기도 했다.

　장마 지는 여름이면 아버지의 비닐 우비를 가득 짊어지신 어스름한 새벽녘에 보이던 마른 어깨의 굽은 실루엣이 그곳 주택 집에는 있었다. 서울 시내 시장마다 다니시면서 하루 종일 식사도 변변히 못 하시고 어두워진 저녁에 돌아오신 아버지 어깨는 피멍이 들어있었고, 그 피멍을 사랑으로 먹으면서 윤희네 형제는 그렇게 자라나고 있었다.

책가방 다섯 개

아버지는 젊으실 적부터 늘 말씀하셨다. 만약 종교를 믿는다면 나중에 꼭 천주교에 갈 것이라고 항상 자식들에게도, 어머니께도 들으라고 말씀하시고는 하셨다. 그러고 나서 아버님 나이 칠십이 넘어서시면서 성당에서 교리를 받고 영세를 하시고는 베드로라는 영세명으로 천주교인이 되셨다.

하지만 윤희는 솔직히 아버지가 영세하시기까지 노심초사할 수밖에 없었다. 어머니의 종교와 부딪침이 있을까 염려가 되었기 때문이다.

또 한편 아버님이 영세를 받기까지 중간에 교리를 그만두신다 하실까 봐 마음을 졸였던 거다. 그래서 아버지가 교리를 받으러 오실 때마다 용돈을 드리기로 했다. 용돈 받는 재미로라도 끝까지 교리를 받으시고 영세받으시길 바랐던 거다. 물론 용돈만 드린 것은 아니고 아침, 저녁 기도에 아버지가 영세를 잘 받으실 수 있도록 기도하고 기도했다. 아버지는 생전 약속을 지키시고 돌아가시기까지 성당을 정말 열심한 마음으로 다니셨다.

길 가다가도 성당이 보이면 언제나 그 자리에 서서 잠시 눈을 감고 성호를 그으시고는 하셨으니까 말이다. 뭐랄까 늙으신 아버지가 굽은 어깨를 숙인 채 눈을 감고 성호를 그으시는 모습은 왠지 거룩하게도 보였다. 아버님의 그 모습이 본이 되어 어디서라도 성당이 보이면 윤희도 멈춰 서서 성호를 긋고는 했다.

어머니도 삼십 년 넘도록 주문처럼 아버지의 우스개 말씀처럼 그놈의 범인지 사자인지 주야로 외워대던 손때 묻어 낡아버린 책자며 여러 가지 물건들을 태울 건 태우시고 버릴 건 버리셨다며, 누가 하란 것도 아닌데 아버님 따라 교리를 받으시고는 '로사'라는 영세명으로 영세를 받으시고, 30여 년 동안의 두 분의 종교전쟁은 성당에서 부모님이 새로이 혼배를 하시면서 행복한 결말로 끝이 났다. 이 일은 윤희에게, 아니 가족 모두에게 있어서 놀라운 기적이라 말할 수 있다. 하지 마라, 해야 한다. 하시면서 늘 맞서시던 참 고집 센 두 분이 30여 년 만에 일치를 하신 것이기 때문이다.

윤희 기억에 아버지는 엄하시지만 온화하시고 따뜻한 자식 사랑을 하신 분이시다. 형제 중 누구도 아버지께 단 한 번도 큰 소리로 꾸중을 듣거나 회초리를 맞아본 적이 없다고 했다. 윤희 역시도 아버지의 큰 사랑을 받고 자라 사는 동안 힘겨운 일을 겪을 때도 그 사랑의 힘으로 견뎌내고는 했다. 위로 큰아들, 큰딸을 결혼시키고는 남은 다섯 자식이 고등학생부터 초등학생까지 나갔다 들어오시면 보이는 다섯 개의 책가방이 줄줄이 놓여있는 것을 보시고는 흐뭇해하시면서도 "책가방이 다섯이야"라는 말로 힘겨움을 웃으며 표현하시기도 하셨지만, 내년이면 대학생이 되는 아들 고등학생이 한 명 더 느는 부담에 눈치 빠른 어머니께서 딸 하나를 미처 졸업을 하기 전에 휴학이라는 이름으로 책가방을 놓게 하시자, 그렇게도 엄하시던 아버지는 그 자식 앞에서 차마 얼굴을 들지 못하시고 얼마나 미안한 얼굴을 하셨는지 윤희는 안다.

그래선지 처음에는 너무나 받아들이기 쉽지 않아 어머니께 보채기도 했지만, 나중 크면서는 아버지의 그 모습을 기억하는 윤희는 크게 상처받지 않고 잘 자랄 수 있었다. 딸 하나 중간에 책가방 놓는 거로 나머지 두 동생도, 위로 오빠들도 덕분에 대학교까지 다 마쳤으니 그냥 그렇게 스스로 위안 삼는 건지도 모르겠다. 이럴 때 슬쩍 자기 위안을 들이대 보는 거다. 그러다 보면 그 어린 날의 슬픈 기억을 조금은 희석시킬 수 있기 때문일지도 모르겠다. 긍정적인 생각으로 억지로라도 바꾸면 살아가는 데 그래도 견딜만하다고 하지 않던가?

아버지는 자식들에게 큰 소리 한 번 안 내시는 분이시지만 그렇다고 한 방이 없는 것은 아니었다. 헛기침 한 번으로 집 안을 평정시키는 힘이 있으셨기 때문이다.

정말 한 번 화를 내시면 무서우셨으니까 말이다. 쩨쩨하게 집 안에서 화를 내거나 자식들 앞에서는 부부싸움조차 하시는 일이 없으셨지만, 정말 크게 한 방을 날리시기도 하셨다. 특히 밖에서 경우 없는 일을 당하시면 가차 없이 화를 무섭게 내시는 것을 본 적이 있기 때문이다.

그런 아버지였지만 자식 사랑을 크게 마음 한가운데에 심어주신 분으로 형제들은 모두 그런 아버지의 사랑을 간직하면서 살아가고 있다.

어느 날 아버지 산소에 모였다 내려와 식사를 하면서 형제들끼리 말을 하다 보니 서로 자기가 더 많이 아버지 사랑을 받았다고 한다.

서로 모르는 아버지께 받은 사랑 이야기를 나누고는 했다. 윤희도 아버지의 깊은 사랑을 기억한다.

한겨울 새벽 일찍 책가방 대신 핸드백을 메고 회사에 가는 딸자식에게 더 먼저 일어나셔서 뜨거운 물에 설탕을 타서 주시거나 어디서 구해 오신 꿀을 감춰두었다 따뜻하게 마시고 나가게 하신 분은 아버지셨다. 그 당시 꿀은 매우 비싸기도 했을 테지만 집에 꿀이 있는 집이 별로 없었다. 그렇게 귀한 꿀을 뜨거운 물에 타 후후 불어 식혀 주시고는 한 모금이라도 마시고 나가게 하는 것으로 아버지는 윤희에게 미안함을 전하고는 하셨다.

만 원 한 장

　　　　　아버지가 하늘로 돌아가신 지도 벌써 이십 년이 훨씬 넘어가고 있지만, 그런 아버지의 모습은 늘 윤희 마음 한구석에 자리 잡고 있었다. 길 가다가 구부정하니 리어카를 끌며 마른 할아버지들이 폐지를 주우러 다니는 모습을 보면 윤희는 그냥 지나치지 못한다. 얼른 가방을 뒤져 만 원짜리 한 장을 손에 쥐어드리고는 따뜻한 국밥이라도 한 그릇 사 드시라 말하면서 돌아선다.

　　길에서 커다란 보따리를 들고 문 열린 가게마다 들어가 물건을 파는 나이 드신 할아버지들을 보면 윤희는 또 얼른 만 원 한 장을 꺼내서는 할아버지 손에 쥐어드리면 괜찮다고 하는데도 굳이 칫솔이나 고무장갑을 가져가라 주시는 분들이 계셨다.

　　그분들이 민망한 웃음으로 고맙다고 하는 말을 뒤로 들으면서 윤희는 생각한다. 아버지께서 우비를 지고 비 오는 날만을 골라 시장을 돌다가 힘겨움에 잠시 시장 한 귀퉁이에 앉아있을 때 누군가가 윤희 아버지께도 만 원 한 장을 손에 쥐어주면서 '따뜻한 국밥이라도 한 그릇 사 드세요.' 그랬을지도 모른다는 생각을 한다. 분명 그랬을 것이다. 비가 철철이 오는 여름 장마에 늙수레한 어깨 굽은 마른 할아버지가 비를 홀딱 맞고 시장 구석 한편에 앉아있는데 그냥 지나치지 않은 사람이 분명 있었을 거라 윤희는 생각한다. 윤희는 누군지 모를 그분들이 아버님께 베푼 국밥 한 그릇의 은혜를 대신 갚는 심정으로 폐지 줍는 할아버지를 만나거나 가게마다 커다란 가방을 들고 매품을 하는 구부정한 나이 드신 할아버지들은 만나면 그냥 지나치는 법이 없는 윤희였다.

"할아버지 따뜻하게 국밥 한 그릇 사서 꼭 드세요."

윤희 아버님은 은행을 모르신다. 현금을 무조건 집 안 어딘가에 아버님만의 비밀 금고에 감춰두신다. 그것이 베갯속이기도 했을 거고, 아니면 이부자리 어디쯤일지도 모르겠다. 장판 밑 어디쯤이거나 또 다른 아무도 모르는 곳일 수도 있다. 어느 날 아버님은 어머니를 떼어놓으시고는 "강아지야, 잘 지내고 있나?" 하시고는 웬일로 윤희 이름을 부르시더니 앉으라 하신다. 커다란 종이 뭉치를 풀어 꺼내놓으신 것은 그동안 어딘가에 감추어 두셨던 현금다발이었다. 몇 겹의 종이를 풀고 신문지로 또 싸여있다. 돈을 보니 아주 오래 눌러 놓아 납작해진 돈뭉치였다. 아래쯤에는 하도 오래돼서인지 돈끼리 서로 붙어있기도 했고 색이 바래 보이기도 했다. 그렇게 현금 뭉치를 내놓으시는데, 수표를 포함해서 몇 다발인지도 모르겠다. 꽤 많은 금액이었다. 몇 년 동안이나 아무도 모르게 모아놓으신 거라 짐작을 한다.

생각해 보면 그 돈은 돈이 아니라 마른 어깨의 피멍으로 뭉친 피였고, 아픈 땀이었을 것이다. 당신께서 가진 그 모든 현금을 윤희에게 유산으로 주셨던 거다. 따로 준비한 봉투에 담은 얼마간은 이다음 아버님의 장례비용으로 써달라는 말씀도 남기셨다. 순간 당황스러웠다. 아직 정정하시고, 한 번도 돌아가신다는 생각을 윤희는 해본 적이 없기 때문이다. 그렇다. 자식은 정정하신 부모가 돌아가신다는 생각을 하지 못한다.

그러나 부모는 하늘로 돌아갈 생각을 어느 때에는 하시나 보다. 그래서 아버님은 준비를 하신 거라는 생각이 이제야 든다. 기어이 그날은 왔다. 아버님 돌아가신 날에 형제들과 올케들 하며 손주들 줄줄이 모인 자리에 주고 가신 뭉칫돈을 모두 꺼내놓았다. 물론 은행에 넣었다가 찾아 현금으로 남김없이 고스란히 가져가 아버님의 유언을 전했다. 형제들은 눈을 휘둥그레 뜨고 놀라워했다. 아버님이 형제들 모두에게 살아생전 남기신 유언도 전했다. 아버님 덕분에 자식들은 장례를 치르면서 조금은 부끄러웠을 자식도 있었을 거고, 좀 더 잘해 드릴 걸 하면서 후회하는 마음을 가진 자식도 있었을 테고 그렇지만 우리 형제들 모두는 아버님 가르침대로 우애 있게 잘 지낸 형제들이기는 했다. 자식이 많아도 모두 성장해 부모 곁을 떠나고 집을 나서 그들만의 가정을 꾸린지 이미 오랜 세월이 지나다 보니 만날 일이 일 년에 몇 번 없다. 일부러 보자 할까 하다가도 일하느라 바쁘고 가까이 사는 것도 아니고 하다 보니 서로 시간 맞추기 정말 쉽지 않다.

자식이 열이어도, 자식이 하나뿐이어도 부모에게 효도라는 말은 요즘 세상에 들고 살기는 쉽지 않은 세상이 된 듯하다. 부모님 살아생전 효도는커녕 감사하다는 말씀 한번 제대로 드린 적이 없는 것 같다.

자식이라는 이름을 가진 적이 있었고, 어느 날 엄마가 되고 나서부터는 '자식 노릇'보다는 '엄마 노릇'하기에만 바빴던 것 아닌가 싶다.

손가락이 아홉 개

　　　　　　　　아버지는 위에서 말한 것처럼 평생 술을 단 한 모금도 입에 댄 적이 없으신 분이시다. 윤희가 지금까지도 모르고 사는 것이 술값이다. 시중 소주가 얼마인지 막걸리나 맥주가 얼마인지 사본 적이 없으니 값을 모르고 산다. 집에서도, 외출을 다녀오실 때도 아버님에게서 술 냄새를 맡아본 적이 없다. 아버지 유전자를 닮아서인지 자식들은 모두 술을 한 모금도 입에 대지 못한다. 아들들은 사회생활을 하다 보니 술을 한두 잔쯤 마시기는 하지만 이기지 못해 바로 잠을 잔다고 했다. 그래서인지 아버지에 대한 기억은 참 가정적이셨다. 저녁을 먹고 나면 자기 전에 어린 자식들을 뉘여놓고는 옛날이야기를 해주시기도 했고, 요즘 말로 하면 구연동화 같은 것일 거다. 매일 비슷한 이야기였지만 어린 우리들은 또 해달라고 보채다가 잠이 들고는 했다. 그때는 동화책이 있어도 없을 때였는데, 아버지는 참 많은 옛날이야기를 알고 있었고 목소리를 바꿔가며 해주셨다.

　외출했다 돌아오시면 어린 자식들을 앞혀놓으시고는 놀아주셨는데 손가락 세는 놀이(?)를 하셨다. 다섯 개의 손가락을 하나씩 차례대로 세면 아홉 개가 된다. 분명 손가락은 열 개인데 아버님이 세면 아홉 개다. 아버님이 왜 손가락이 아홉 개밖에 안 되느냐고 손가락 하나 어디 갔느냐 하시면서 시침 떼고 놀리시면 우린 너무나 놀라 울었던 기억이 난다. 형제들도 이 일을 기억하는지 모르겠지만 문득 이 장난스러운 아버님의 손가락 차례대로 세기가 생각이 나는 건 아직도 아버님을 그리워하기 때문인가 보다.

윤희도 가끔 아이들이 어릴 때 이 손가락 아홉 개 세기 놀이 장난을 한 적이 있다. 그러면 내가 그랬던 것처럼 아이들도 울음을 터트리고는 했다. 손가락 하나 없어졌다고 하면 아이들도 놀라서 눈을 동그랗게 뜨고는 울었다. 그게 그렇게 재미있어 웃었는데 아버님도 어린 자식들 놀라는 모습을 보며 재미있어 하셨나 보다. 이제는 손가락 세주던 아버님도 하늘로 가시고, 내가 손가락 세주던 아이들은 나이 사십이 넘은 어른이 되어 그때의 자기들 나이만큼의 아기들을 낳아 기르고 있으니 이 놀이를 기억하고 있다면 어느 날 이 장난을 하며 크게 웃는 소리를 듣게 되지 않을까 싶다. 그때쯤에는 나도 이 세상에는 없을 것 같고 하늘나라에서 아버님의 손을 잡고 흐뭇하게 바라보고 있지 않을까?

그런 윤희가 스무 살 무렵 시집을 가게 되었다.
신랑감은 마른 체형에 키도 작고 그저 그런 청년이었지만 어른들이 하도 성실하다고, 그러면 되는 거라고 했다. 집 한 칸도 가진 것도 없어 고생이 눈에 훤히 보이는 결혼이었다. 동네 철공소에서 용접 기술을 배우고 있는지라 월급이라야 정부미라고 하는 쌀을 한 달거리 살 정도나 될까? 집도 없고 남의 집 방 한 칸에서 월세살이를 해야 했지만 월세 보증금조차 대 줄 수 없는 시댁은 아무 도움이 되지 못했다. 어린 나이에 돈 없는 것은 사실 문제가 되지는 않았다. 그런 계산을 하고 시집을 갈 만큼 영악스럽지도 않은 윤희였다. 황금보다 더 값진 젊음이란 것이 있었기에 지금 돈이 없는 것은 크게 문제 되지 않았다. 철이 없어서가 아니라 그보다 결혼을 해야 하는 이유가 있었다. 이미 윤희 태중에는 새 생명이 함께 숨을 쉬고 있었기 때문이었다. 윤희는 결혼 날을 받아놓고서는 잠이 오지 않아 이불을 이리 차고 저리 차다가 이런저런 생각들에 머물고는 했다.

통기타와 청바지, 미니스커트에 장발이 유행하던 70년대는 한창 젊음 때문에라도 이쁜 나이였지만 스무 살이 채 안 된 윤희는 복숭아꽃 피듯 한참 얼굴이 피던 때여서인지 버스에서도 길을 걸어가다가도 따라오는 남자들이 꽤 많았다.

"아가씨, 시간 있으면 차 한잔하실래요?" 하는 남자들이 몇 번째인지도 모르게 따라다니고는 했던 윤희였다. 어느 날엔가는 친구들과 충청도 어딘가로 놀러 갔다가 몇몇의 남자들이 자신들이 가져온 카메라로 사진을 찍어주겠다고 하니 친구들은 깔깔거리면서 그러라 하고는 몇 장의 사진을 찍었다. 그때는 그랬다. 카메라가 흔치 않은 때여서 친구 중에 누군가 한 명이 친척 집에서 빌려 오거나 그마저도 없으면 그냥 갔다 오는 것에 의미를 두고 카메라가 없어도 당연하게 생각하던 때였기 때문이다. 사진을 찍어 준 남자가 며칠 후 인화된 사진을 전해 준다면서 만나자 해서 광화문에 있는 어느 제과점으로 사진을 받으러 나간 자리에 남자는 자기 어머니를 대동하고 나와 윤희는 너무 당황한 나머지 사진만 받고는 뛰쳐나온 일도 있었다. 그 사진은 오래된 앨범 속 어딘가에 당황스러운 기억을 간직한 채 말없이 끼워져 있을 것이다. 집 전화가 없을 때였기 때문에 회사 전화를 알려줬었는데 남자는 회사 위치를 알아내서는 매일 찾아오기도 했지만, 윤희는 절대 만나주지 않았다. 콧대가 높아서가 아니라 사전에 아무런 말 한마디 없이 사진을 받으러 나간 자리에 자신의 어머니를 모시고 나온 걸 본지라 어린 나이에 놀란 마음이 컸기 때문이기도 했고, 이성에 그리 눈을 뜨지 않은 때여서 무섭다는 생각이 먼저 들었기 때문일 수도 있었다. 나중 수위 아저씨가 남자가 울면서 가더라는 말을 전해줄 때도 아무 생각이 들지 않을 정도로 윤희는 이성에 대한 생각이 매우 더던 편이었다. 같이 놀러 갔던 친구로부터 전해 들은 얘기로는 한눈에 반해 바로 자기 어머니께 말씀드리고 색싯감 삼아보러 나온 거라 했다. 모르긴 해도 그 어머니는 또 얼마나 황당했을까 짐작만 할 뿐이다. 어린 아가씨가 나타나더니 뒤도 안 보고 달아나듯 나가버렸으니 아마 그 남자의 등짝을 한 대 후려치지나 않았는지 모를 일이다.

그 후로도 윤희는 남자들이 만나자 하면 어린 마음에 나가서는 빵만 얻어먹고 빵을 사서 주면 받아오는 재미에 몇 번 남자들을 만나고는 했지만, 그저 그런 재미로밖에 생각을 하지 않았다. 얼핏 기억에 남자들이 빵만 얻어먹다 안 만난다 하니 윤희 앞에서 울었던 남자들이 있었던 거 같다. 어느 날은 버스에서도 본인도 서있으면서 들고 있는 가방을 들어주겠다는 남자도 생각이 나서 윤희는 슬며시 웃어본다. 그때는 버스를 타면 앉아있는 사람들이 서있는 학생들의 가방을 받아주거나 들고 있는 짐을 받아주기도 했다. 지금은 가방 들어주겠다고 나서면 이상한 사람 취급받기에 십상이지만, 그때는 당연한 듯 그랬다. 오히려 안 받아주면 앉아있는 사람 째려보기도 하고, 일부러 가방 들었다는 표시로 밀리는 듯 누르기도 하고는 했다. 그러면 마지못해 받아주기도 했었다. 앉아있는 사람들이 서있는 사람들 가방이나 물건을 받아주는 것은 이해가 되지만 본인도 서있으면서 남의 가방을 받아주는 일은 거의 없었기 때문이다. '그래, 그런 일들이 있었지.' 며칠 밤을 겨우 잠이 들 무렵까지 생각들이 꼬리를 물어내는 밤이었다.

종이 인형

　　　　　　 하지만 정작 윤희는 중매결혼을 했다. 중매 반 연애 반이라고 하는 게 더 맞을 것 같긴 하다. 요즘 말로 하면 소개팅이라고 해야겠지만 그때는 중매라는 말을 더 많이 쓸 때였다. 동네 아주머니가 윤희 엄마를 찾아와 참한 총각이 있으니 윤희랑 한번 만나보면 어떠냐 하니까 윤희 엄마는 이것저것 물어보더니 그러마 하고는 윤희에게 나가 만나보라고 했다. 윤희는 펄쩍 뛰었다.

　"엄마, 내 나이가 몇 살인데 벌써 선을 보라는 거야? 난 싫어! 절대 싫어! 요즘 세상에 우리 친구들 모두 연애결혼을 하려고 하지 누가 중매결혼을 하는 줄 알아? 엄마는 정말 몰라도 너무 몰라!" 윤희는 엄마를 향해 소리를 빽 지른다.

　"윤희야, 여자는 아무것도 모를 때 시집가서 남편 사랑받고 사는 게 제일 좋은 거야. 엄마 말 들어. 응? 정 싫으면 일단 한 번 만나보고 그때도 싫으면 안 만나면 되는 거지 뭐. 선본다고 바로 시집가는 것도 아니잖아. 워낙 신랑 자리가 참하다니까 한 번 본다 생각하고 나가 봐."

　윤희는 엄마가 어르고 달래는 통에 마지못해 선이라는 걸 보러 나갔다.
　난생처음으로 선이라는 것을 보러 나갔는데 비록 철공소에서 용접 기술을 배우고는 있지만 남자가 열심히 살아왔다는 말을 들으면서 호감을 느꼈다. 중매라는 것이 결혼을 전제로 만나는 것이어서 서로 그다지 싫지 않으면 다시 만나 서로를 알아가는 시간을 갖게 되는 것이다.

며칠 후 선본 남자가 퇴근길에 만나자 해서 두어 번 만났는데 어쩌다 보니 통금에 걸려 통금 해제 때까지만 숨어있자 하는 말에 통금에 걸리면 경찰서에 잡혀간다는 말을 들었던지라, 어릴 때 울거나 잘못하면 부모님들이 순사 오라 해서 잡아가라고 한다 하는 말을 듣고 자라서인지 하여튼 경찰은 무서운 존재라는 생각이 들었기 때문에 겁나고 무섭기는 해서 잠깐만 숨어있자는 그 말을 믿고 어딘지도 모르는 낯선 동네에서 여관인지 여인숙인지를 따라 들어갔다가 대여섯 시간을 목이 갈라지도록 소리 지르고 문을 두드려가며 버티다가 물 한 모금만 마시자는 말에 남자는 말했다.

하고 나서, 남자가 던진 한마디에 무엇에 맞은 듯 기절을 하고 말았다. 그 말에 버티고 남아있던 온몸의 힘이 한순간에 빠져나가 종이 인형처럼 숨을 쉬지 못했다. 윤희는 며칠을 출근을 못 한 채 앓아 누웠다. 어디가 어떻게 아픈 건지는 모르겠는데 일어날 힘이 없었다. 이후로도 남자는 자기가 뭔 탱크라도 되는 듯 불도저처럼 밀고 들어오는데는 정말 당할 재주가 없었다. 만난 지 얼마 되지 않은 어느 날에 동네 버스 정류장 근처 다방으로 나와달라는 일방적인 말에 마침 휴일이기도 해서 집에서 입던 옷 그대로 오 분 거리 다방으로 나갔다. 누군가 같이 앉아있는데 누군지 모르겠다. 남자는 웬 아주머니와 함께 앉아 있다가 윤희를 알아본 남자는 벌떡 일어나 아는 체를 한다.

낯선 아주머니가 있어 선뜻 다가가지 못하고 망설이니 남자는 윤희

팔을 끌어다 앉히며 하는 말이 "우리 어머니십니다. 인사드려요." 그러더니 "어머니! 제가 말한 윤희 씨입니다."라고 한다.

"앉아요. 아들이 하도 자랑을 해서 얼굴이나 볼까 하고 나왔으니 걱정 말고 편하게 앉으세요."

"아! 네 안녕하세요."

윤희는 당황스러웠지만 인사는 해야겠다 싶어 허리를 숙여 인사를 했다. 순간 언젠가 광화문 빵집에서 사진을 받으러 나갔다가 같은 일을 겪었던 일을 생각해냈다. 한 번 겪은 경험이 있는 일인데 이번에도 역시 당황스럽기는 마찬가지다. 다만 다른 것은 한밤을 같이 보낸 남자라는 것만이 다른 것이다. 그것이 절대 원했던 일이 아니었다. 해도 억지로라도 마음을 주어야 하는 입장이 되어있었다. 조선 시대도 아니고 손 잡혔다고 꼭 시집가는 때도 아니었지만, 그저 끌려가는 기분만은 어쩔 수가 없었다. 이 남자들은 왜 하나같이 말도 없이 자기들 어머니를 데리고 나오는지 모르겠다.

그날은 도망치듯 나오지 못하고 얌전히 인사를 하고는 아주머니와 헤어져 둘만이 차를 마시면서 짜증을 가득 담아 말도 없이 이게 무슨 일이냐 사람 당황스럽게 하며 윤희는 화를 내고 있었지만, 남자는 무언가 해낸 듯한 얼굴로 만족한 웃음을 흘리고 있었다. 마치 이제 어머니께도 얼굴 보여드리고 도장을 찍었으니 넌 이제 내 거다, 딴생각 말라는 의기양양한 얼굴을 하고는 다방 레지 아가씨가 한참 전에 가져다 놓아 식어버린 믹스커피를 한 모금 입에 털어넣고는 다리를 꼬고 앉아 흔들흔들 흔들면서 마치 승전한 장군 같은 얼굴을 하고 있었다.

윤희는 그런 남편과 그리 오래 같이 살지는 못했다. 결혼 후 십 년쯤 되었을 때 오토바이를 타고 철공소에서 만든 물건을 배달하러 나갔다가 지하도에서 넘어진 것을 달려오는 승용차가 들이받아 2차 사고로 이어져 병원에 실려 갔으나 3일 만에 깨어나지 못하고 죽은 것이다. 뒤에 실은 철공소 물건이 무거워 오토바이가 옆으로 기울어지는 바람에 넘어진 거라 했다. 겨울이었으니 지하도 내리막길이 미끄럽기도 했을 것이다. 연락을 받고 병원으로 가는 동안에도 그저 놀란 마음을 감출 수는 없었지만, 남편을 살려달라고 매달리지는 않았다.

어쩌면 예견이라도 한 듯 일어날 일이 일어난 것처럼 아무 생각이 나지 않았다. 남의 일로 문병 가는 것처럼 병원에 가는 동안도 너무 놀라 머리가 하얘져서 오히려 덤덤하기까지 했다. 병원에 도착하니 남편은 이미 살아도 살아있는 게 아니었다. 하얀 가운을 입은 의사가 메마른 목소리로 윤희를 부르더니 손으로 머리를 쓸어 올리는 시늉을 하면서 남은 손으로는 턱을 받치고는 "보호자님이신가요? 마음의 준비를 하셔야겠습니다."라고 했다.

무슨 마음의 준비를 하라는 걸까? 윤희는 눈물도 나오지 않았다. 그냥 멍한 얼굴로 앉아있다가 병원 복도에서 밤을 새우고 찾아오는 친척들을 잠깐 보고는 핏기없는 얼굴로 아는 척을 할 뿐이었다. 그렇게 남편은 깨어나지 못하고 3일 만에 세상을 떠났다. 시댁 친척들과 의논 끝에 화장을 하고 땅에 묻었다. 윤희는 자신이 남편을 그리 애틋하게 사랑하지 않았다는 것을 남편의 장례를 치르면서 새삼 깨닫는다.

이제 말로만 듣던 홀로서기를 해야 한다. 그래야만 어린 딸아이들과 살 수 있을 것이기 때문이다. 윤희가 살아내는 유일한 힘이기도 했다. 그러다가도 너무나 힘에 부칠 때는 혼자서 견디기 어려운 지경에까지 다다르면 해서는 안 될 생각까지 하고는 했지만, 곤히 잠든 아이들을 보면서 뭐가 불안한지 고사리 같은 손으로 엄마 손을 꼭 쥐고는 새 눈을 떴다가 다시 잠드는 아이들을 보며 하루하루 견디고 버티는 십 년 세월이 매일이다시피 했으니 겨우 갓 서른 넘은 얼굴에는 기미가 들러붙어 새카매지고 소화를 시키지 못해 매일 설사를 달고 살아 몸에는 살이라고는 없고 뼈만 남아 돌아다니고는 했다. 남편의 화장한 육신을 땅에 묻는 날 가슴 한쪽이 무너지는 감정이 어찌 없을까? 온 힘을 다해 무표정한 얼굴로 견디는 것밖에 할 수 있는 게 없어서였을 뿐이다. 마지막 정을 떼려는 건지 남편이 윤희를 괴롭게 하던 생각이 불쑥 떠오른다.

시장에서 장사하는 아저씨를 지나치다 보고 인사했다고 왜 웃으면서 인사하냐고, 무슨 사이냐 하면서는 말도 안 되는 의심으로 열등감인지 의처증인지 모를 자신을 주체하지 못하고 감정의 변화가 심해지던 어느 날엔가는 칠월 장맛비에 천둥 번개가 치던 날 밤에 부엌에 있던 식칼을 양손에 들고 와 칼춤을 추던 그날의 실루엣이 생각나 머리를 흔들어 대면서 이제 그만 남편을 잊어야겠다고 생각한다.

십 년 결혼생활은 남편을 땅에 묻는 날 미움도 증오도 함께 묻으며 그렇게 끝이 났다. 남편을 땅에 묻고 집으로 돌아온 날 처음으로 먹은 음식이 라면이었다. 그날 먹은 라면의 맛은 지금도 잊지 못하고 있다.

라면 맛이 이런 거였구나. 세상에 태어나 처음으로 맛보는 음식인 듯 천천히 맛을 느끼면서 먹었다.

긴장이 풀린 탓인지 거실 소파에 누웠다가 그대로 잠이 들었나 보다. 남편이 크게 팔을 벌려 달려와 안기라는 듯이 환한 웃음으로 바라보고 있다.

그랬다. 남편은 윤희를 만나러 오는 날에는 멀리서부터 팔을 벌려 달려오고는 했었다. 바나나 한 개를 뒤춤에서 꺼내 준다. 바나나 껍질 겉에는 검은 반점이 생겨 단맛이 조금 더 났던 거 같다. 어느 겨울날에 종이봉지에 몇 개 들어있지 않은 군밤을 품고 와서는 까주던 모습이 보인다. 남편이 앞에서 부르듯이 손짓한다. 붉은빛 단풍들이 예쁜 가을날이다. 결혼 전에 놀러 간 적이 있던 산이다. 아무것도 준비 없이 기차를 타고 한두 시간쯤 갔던 그곳이다. 산 위까지 따라가 보니 가랑잎이 무척이나 많이 쌓여있다. 둘이는 무슨 영화배우라도 된 듯 낙엽 위에서 구른다. 아주 밝은 웃음소리가 들린다. 남편이 웃고 있다. 낙엽 위에서 굴러 내려가다가 넘어지는 나를 보고 그렇게 크게 웃고 있다. 출근길 현관문 앞에 서서 뽀뽀를 해달라고 하는 모습이 보인다. 그것만으로도 충분히 행복해했던 날이었다. 중매로 만나 몇 개월간 연애라는 시간을 거치는 동안의 일들이 생시인 듯 꿈을 꾸고 있다.

소파에 옆으로 비껴 누워있던 윤희는 흐르는 눈물 바람에 잠에서 깨었다.

남편은 매번 같은 말을 하고는 했다. 사랑해서라고, 널 얼마나 사랑하는 줄 아느냐면서 그래서 그러는 거라 했다. 부부인연은 하늘이 맺어주는 거라는데 귀한 인연이었으니 결혼을 하고 자식을 낳아 기른 것이리라. 그래 그냥 속아줄 걸 그랬나 보다. 그것이 숨 막히는 집착이었다 해도 사랑이라니 그런가 보다 할 걸 그랬나 보다.

이런 우라질

'우라질'이라는 말은 자라면서 어른들한테서 가끔씩 듣던 말이다. 원래 말은 '오라질'이란 말이라고 한다. 잘못을 하면 포도청에 잡혀가 오라를 진다는 미워하는 대상이나 못마땅한 일에 대하여 비난 혹은 불평할 때 쓰는 말이라고도 한다. 결혼 후 얼마 되지 않아 아버지가 딸 사는 모습을 보고 싶으셨는지 처음으로 윤희네 집에 오셨다. 식사 때 오시면 부담이 될까 그러셨는지 식사 시간을 피해 일부러 들르신거다. 그때 아버지께 어리광을 좀 많이 부릴 걸 하는 마음이 든다. 결혼 전에 태중에 아이를 갖고 시집을 갔으니 부끄러웠던 마음이 아마 조금은 있었을 거다. 40여 년 전 딸이 결혼 전에 아이를 임신하고 시집을 갔으니 윤희 아버지도 지인들이나 친구들 보기 좀 그랬을 수도 있겠다.

중매 반 연애 반으로 결혼을 전제로 만나기는 했지만 만난 지 6개월 만에 급하게 결혼 날짜를 잡고 워낙에 엄한 가정교육을 받고 자란 자식이 혼전 임신을 했으니 윤희 아버지는 걱정 반 염려 반이셨을 거다. 온화하신 얼굴로 "괜찮으냐?"라고 물으셨다. 아버지는 스무 살 어린 딸자식의 막달 차로 부른 배를 보시며 염려 가득한 미소를 지으셨다. 딸자식 집이라야 남의 집 셋방이니 허름하기만 했고, 방이라고는 들어오셔서 앉을 자리도 마땅치 않을 만큼 비좁았다. 중고로 들인 가장자리가 벗겨진 레자소파에 잠깐 앉았다 사는 모습을 보시고는 가신다고 일어나신다.

새신랑인 사위가 철공소에서 일하다가 장인어른이 오셨다니 인사드린다고 왔다가 마중을 나간다며 따라나섰다. 막달로 배부른 윤희는 집을 지키기로 하고 사위가 나선 것이다. 버스 종점이 멀지 않은 거리에 있어 집 앞에서 아버지를 마중하고는 돌아서시는 뒷모습을 바라보고 있었다. 씩씩하게 다녀온 신랑은 아버님 마중을 잘했다면서 '사위 노릇 한번 잘했지?' 하는 얼굴을 한다. 얼마가 지났을까 그사이 아이를 낳고 몇 달이 지났을 거다. 친정에 갈 일이 있어 들르니 아버지께서 따뜻한 꿀물을 예전처럼 타 주시면서 아이 낳고 붓기가 채 빠지지 않은 딸을 안쓰러운 얼굴로 물끄러미 보시더니 웃으시면서 말씀하신다.

"전에 너희 집 갔을 때 윤 서방이 버스 종점까지 따라와서는 버스를 타려는 아버지를 말리면서 택시를 타고 가라고 하더란다. 아니라고 버스 타면 된다는데도 기다렸다 오는 택시를 잡아주기에 탔더니 택시 문을 탁 닫으면서 윤 서방이 안녕히 가시라고 하지 뭐냐?" 굳이 택시를 타고 가라고 붙잡으니 사위가 택시비를 문 안으로 밀어 넣어주던가, 타기 전에 주머니에 넣어주려나 하셨을 거다. 친정까지 택시를 타고 가면 기본요금에서 조금 더 나오는 거리다. 버스 토큰만 가지고 오셨던지라 택시비가 준비되어 있지 않던 아버지는 당황 내지 황당하셨던 얘기를 유머스럽게 말씀하셨다.

순간 윤희는 얼굴이 벌게졌던 기억이 있다. 한참이 지나 그 얘기를 하시는 아버지는 아마도 잠깐은 서운한 마음도 있으셨을 것 같다. 그런데 아버지는 윤희 손을 잡으시면서 말씀하셨다. "그렇게 살아야 하는 거다." 혹여나 집에 가서 사위한테 속상한 표현이라도 낼까 싶으셨는지 "그러니 그런 일이 있었던 거는 웃자고 하는 말이다. 그러니 절대로 말하지 마라." 하신다. 아버지 말씀대로 이 일을 사는 동안 단 한 번도 입 밖으로 말한 적이 없다. 그랬던 남편을 땅에 묻은 지도 벌써 여러 해 건만 지금도 이 일을 기억하는 건 뭔지 왜 아직도 속상한 건지 모르겠다. 에휴, 이런 우라질!

제주도&마라도

윤희는 딸만 둘을 낳았다. 십 년 결혼 생활 동안 다섯 아이를 가졌지만 세 아이는 스트레스로 허약해진 엄마 배 속을 견디지 못하고 세상 빛을 못 본채 떠나고, 두 아이는 엄마 배 속을 꼭 잡고 빛으로 세상에 태어나 품에 안겼던 것이다. 남편이 세상을 떠나고 이제 열 살이 채 되지 않은 두 딸을 품에 안고 다독였다. "걱정하지 마라 아가야. 엄마가 잘할 수 있어. 너희들은 아무 걱정하지 말고 엄마만 믿으렴. 너희들은 아무 걱정 없이 하고 싶은 거 하면서 살 수 있게 행복하게 해줄게." 윤희는 자신에게인지 아이들에게인지 모를 말을 딸아이들을 안고서 혼잣말을 해가면서 아이들이 받았을 상처를 보듬어 안듯이 스스로를 다독이면서 힘을 내려고 안간힘을 쓰고 있었다. 매일을 멍하니 앉아있다가 억지로 잠을 자도 금방 깨고, 멈춰버린 시간은 그대로인 듯 시계를 보면 겨우 몇 분이다. 그런 후에는 엄청난 두려움이 몰려온다. 도저히 견딜 수가 없다. 잠시나마 아이들을 데리고 이곳을 떠나야겠다. 다만 며칠만이라도 이 집에서 벗어나 보자.

아이들을 데리고 난생처음으로 비행기를 타기로 했다. 서울에서 비행기를 타고 갈 수 있는 곳이 제주도였다. 제주도를 가자 혼자서는 어려우니 여행사에 문의를 하고는 제주도에서 마라도까지 가는 여행코스 신청을 하고는 일단 떠나기로 한다. 아이들은 여행이 즐겁다고 할 만도 한데 워낙 지쳐있는 윤희 눈치를 본다. 우선은 무언가 모를 두려움이 가득한 집 안에서 일단은 나가야 했다.

며칠을 밖에 있다가 돌아오니 그나마 숨을 쉴 수가 있었다. 여행이라는 이름으로 떠나기는 했지만 지금도 그 시간은 즐거웠던 기억으로 남아있지는 않다. 그저 지금의 상황에서 벗어나려는 하나의 발버둥에 불과했을 뿐이었으니 아이들도 윤희도 그때 여행 이야기를 지금도 하지 않는다. 왜 떠났는지 가야만 했던 이유를 딱히 꼬집어 말할 수 없는 여행이라는 이름으로 그저 남아있을 뿐이다. 어느 날부터 그리움이 없어졌다. 추억도 사라졌다.

남편이 죽고 나니 한동안 아무것도 못 하고 멍한 얼굴로 집에만 있었다. 뭐를 해야 하는지 정리가 되지 않아 머릿속을 헤집고 돌아다니는 앞으로의 일을 생각하다가 간신히 잠을 자고 일어나면 또다시 헤집는 생각들에 머리가 복잡해져서는 며칠인지 몇 날인지 모를 날들을 보냈다. 기운을 차려야 한다는 생각이 들자 그제서야 딸들을 학교에 보내고 난 후 죽은 남편 앞으로 나온 보험금 얼마를 들고 시장을 돌아보러 나갔다. 무슨 마음이 들었는지 장사를 해야겠다는 생각이 들었기 때문이다.

사실 장사를 해본 적이 없다. 학교를 채 마치지 못하고 병원에 간호조무사로 있다가 결혼을 했으니 할 줄 아는 것이 별로 없었다. 그렇지만 워낙에 생활력도 있고 야무진 성격은 있어 아이들을 돌보면서 해야 하는 일을 찾다 보니 집 가까운 시장에서 장사를 하면 어떨까 하는 생각을 하게 되었다. 장사를 하다가 학교에서 아이들 돌아오는 시간이 되면 잠깐 집에 들어가 아이들은 보고 밥도 챙겨주고 올 시간을 벌 수 있지 않을까 생각한 것이다. 며칠을 시장을 돌아다녀 봤지만 가진 돈이 적어 할 수 있는 게 별로 없었다. 보증금뿐만 아니라 월세도 만만치 않아 섣불리 장사 경험도 없는데 가게를 한다고 나섰다가 그마저도 까먹으면 어떡하나 겁이 덜컥 나고는 했다. 이 돈은 절대 함부로 쓸 수 없는 돈이다. 돈이라기보다 죽은 남편의 목숨값이고, 두 딸들의 생명줄 같은 거였기 때문이다.

보험설계사

　　　　　　시장을 둘러보다가 맥이 빠져 걸어오는데 이웃에
사는 아주머니가 윤희를 부르더니 앉았다 가라면서 이런저런 얘기 끝
에 "새댁 보험을 해보면 어때? 내가 아는 동생이 보험을 하는데 제법
돈을 벌더라고. 시간도 출근만 했다가 바로 나올 수 있으니 아이들 돌
보는 데도 여유가 있을 거야. 잘 만하면 웬만한 회사 다니는 것보다 월
급이 낫다는데 해보지 않을래? 아는 동생도 보험 해서 병든 남편 병
원비며, 대학생 아들 학비며 부족함 없이 뒷바라지한다고 하더라구.
생각해 봐요. 새댁이 보험을 한다면 제일 먼저 내가 하나 들어줄게. 힘
내시게, 살 사람은 살아야지."
　　"생각해 볼게요. 감사해요."

　　그렇게 말은 했지만 왠지 그 아주머니가 은인이라도 된 듯 고맙기까
지 했다. 망설일 이유가 없었다. 무조건 해야겠다고 마음속으로는 이
미 답을 내렸다. 밑천이 드는 것도 아니고 열심히만 하면 월급도 제법
많다고 하니 아이들 돌보는 데도 문제가 없을 것 같았다. 보험에 대해
서는 가끔 집으로 찾아오는 보험 아주머니들을 만나본 일이 있으니
무슨 일을 하는 것인지는 대충이나마 알 수 있는 일이었다. 아주머니
에게 동생분을 만나보겠다고 하니 아주머니는 잘 생각했다 하시면서
윤희 손을 끌어다 잡아주시고는 바로 보험 하는 동생에게 연락하겠다
하신다. 다음 날 소개로 만난 동생분은 벌써 보험설계사 십 년이 넘었

다고 했다. 여러 가지 궁금한 것을 물어본 윤희는 갑자기 용기가 생기는 기분이 들었다. 다음 주부터 보험설계사 시험을 보기 위해 공부를 하고 생각한 거보다는 시험이 그리 쉽지는 않았지만, 어렵지도 않은 웬만하면 붙는 시험이기는 했다는 생각이 들었다. 보험설계사 시험에 무난히 합격하고 교육을 받고 설계사로 일을 하기 시작했다. 처음 소개해 준 이웃 아주머니께서는 약속대로 첫 보험을 들어주셨다.

그 일이 윤희에게는 엄청 큰 힘이 되었다. 첫 보험을 함께 시험을 본 동료들보다 제일 먼저 실적을 올리다 보니 은근 자신감이 붙기도 했다. 대리점 점장은 부잣집 맏며느리 같은 인상이 좋은 아주머니셨다. 새로 들어온 윤희를 반기는 낯빛을 하며 환영한다는 얼굴로 윤희를 맞아주었다. 점장은 윤희가 초보 보험설계사인 것을 감안해서 여러 가지로 도움을 주기도 하고, 잘 모르는 것을 물어보거나 상담을 하면 정말 친절히 대해 주었다. 밖에서 고객을 만나 보험에 대해 설명하다가 잘 모르는 것은 바로 점장에게 물어보거나 전화를 바꿔주거나 해서 어려운 상황을 잘 모면하기도 했다.
정말 보험 일하기를 잘했다는 생각을 한다.
보험설계사를 한다는 말을 들은 친척들도 몇 개씩 보험을 들어주었다. 첫 달 실적은 윤희가 일등으로 그래프를 찍었다. 그달 월급은 제법 두둑해서 앞으로 더 잘해야겠다. 생각을 한다. 하지만 모든 일이 그렇게 첫 달처럼 쉽게 가지는 않았다. 들어줄 만한 친척들이 보험을 들어주고 나니 그다음부터는 밖에서 영업을 해야만 하는 일이 만만치는 않았다.

명함을 내밀면서 들어갈라치면 문 앞에서부터 안 한다고 나가라 하는 사람도 있고, 친구들도 전화해서 보자고 하면 미리부터 부담을 느끼고 바쁘다고 다음에 보자며 피하는 친구들도 있었다. 윤희는 오라는 데는 없어도 갈 데는 있다는 생각으로 억지로라도 자신감을 잃지 않으려 발버둥을 치고는 했다. 그렇지만 지금은 갈 데가 없다. 잠시 숨을 고르느라 근처 공원에 있는 의자에 앉았다. 무심코 하늘을 올려다보니 새삼 하늘이 저렇게 파랬었나, 처음으로 보는 하늘인 듯 살짝 눈을 찌푸려 가며 올려다본다.

　오랜만에 일찍 들어가 통닭이라도 사다 아이들 좋아하는 얼굴을 봐야겠다 싶은 생각이 들자 아직 해가 중천인데 집으로 걸음을 옮겼다. 딸아이들은 어려운 환경이었지만 큰딸아이가 작은아이를 언니답게 잘 돌보고 있었다. 윤희가 늦으면 작은 손으로 냉장고를 뒤져 밥도 챙겨주고 숙제도 봐주면서 반 엄마 노릇을 하는 딸이 미더워 가끔 늦을 때면 큰아이에게 전화해서는 작은딸을 부탁하고는 했다. 그러나 아빠의 빈자리는 어딘가 모르는 곳에서 표가 나고는 했다. 가끔 아이들은 학교 친구들 얘기를 하면서 누구는 아빠하고 외식을 했다느니 아빠와 게임을 같이하고 어느 날은 수영장에도 아빠하고 갔다 왔다더라 하는 말을 하면서 웃기는 하지만, 듣는 윤희는 마음이 좋지 않았다. 그도 그럴 것이 딸들은 아직 초등학교도 졸업하지 않은 아이들이니까 말이다. 아빠가 있는 친구들이 부러울 수밖에 없었을 것이다. 하지만 한편 남편이 죽은 것이 어쩌면 다행이라는 생각이 가끔 들기도 했다. 살아있었다면 언제일지는 모르지만, 끝까지 살아내지는 못했을지도 모른다는 생각도 들었기 때문이다. 차라리 사별한 것이 그나마 아이들을 위해서 다행이라면 다행이라는 생각으로 스스로를 위로하면서 남편을 잊고 싶은 마음이 있었다. 하지만 아이들은 다르다. 아이들에게는, 특히 딸들에게는 아빠는 있어야만 하는 존재이기는 했다. 죽은 남편은 사실 아이들에게도, 윤희에게도 그리 추억할만한 거리가 별로 없었다. 자상하지도, 요즈음 말로 딸 바보라는 그런 아빠들과는 거리가 멀었다. 아이들을 보면 짜증을 내거나 아빠하고 다가와 안을라치면 한 손으로 밀어내면서 방으로 들어가라는 말로 어린 딸들을 삐죽거리게 하고는 했기 때문이다. 한 번도 아이들이 좋아하는 간식조차 사다 준 적이 없는 남편이었다.

어쩌다 외식이라도 할라치면 일 년에 한 번이나 할까 말까 한 외식이었지만 기껏해야 돼지갈비 집으로 가는데 한창 먹성 돋는 딸들이 추가로 더 먹고 싶어 해도 먼저 일어나 나가버리니 배가 덜 찬 아이들은 입맛을 다시면서 다른 사람들 먹는 모습을 흘깃 보면서 마지못해 신발을 신고 따라 나오고는 했다. 눈치가 있는 아이들인지라 얼른 아빠 손을 잡고는 충분히 먹어 괜찮다는 얼굴로 배시시 웃고는 했다.

그런 모습을 옆에서 보는 윤희도 속상하긴 하지만 더 먹자는 말은 못 했다. 그랬다가는 부부싸움으로 이어질 것이 뻔하기 때문이었다. 마치 언제 터질지 모르는 시한폭탄이 집에 있는 것 같은 느낌으로 살고 있다는 생각을 하고는 했다. '아이들이 안아달라면 좀 따뜻하게 안아주면 좋을 텐데 내가 무슨 밖에서 낳아 온 딸들도 아니고 말이야.' 속으로만 삭이는 말을 입 밖으로 내지는 못했다. 애당초 남편은 아이들을 원하지 않았다. 아이가 생겨 서둘러 결혼을 한 일이 못마땅한 건지 철공소 일이 힘들어서인지 집에 오면 화난 사람처럼 얼굴을 구기고 있기 일상이었다.

 가장으로 어깨의 부담감이 너무 커서인지 아이들에게 살가운 얼굴을 하지 않았다. 어린 딸아이들에게는 다행히도 그런 기억들은 남아있지 않을지도 모른다. 지금 아빠가 없는 현실에 아쉬운 마음만 있을 것이기 때문이다. 윤희는 조금 더 아이들과 있어 주고 아빠 노릇까지 해야겠다는 생각을 하지만, 아빠라는 자리를 메꾸기에는 부족할 수밖에 없는 일이었다. 남편과 아이들이 추억할만한 거리가 없다는 것은 불행은 결코 아니겠지만, 행복 또한 아니었다.

 이제 제법 보험 일에 익숙해져서 실적을 올리기도 하고 부족한 실적은 어떻게든 하려고 사방으로 뛰어다니고는 했다. 어느 때는 아는 분이 소개해주는 지방으로 달려가기도 하고, 많은 사람을 알고 지내기 위해 이런저런 모임에도 가입을 해서는 사람들과의 관계를 넓혀가기도 했다. 물론 다른 일도 마찬가지겠지만 보험 영업이라는 일도 매사 쉬운 일도 없었고 쉽게 되는 일도 아니지만, 윤희는 그렇게 딸아이 둘을 정말 잘 키워냈다. 아니 잘 자라주었다는 게 더 맞는 말일지도 모른다. 세월이 어느새 이십 년이 넘어가고 있었다. 딸들도 이제는 다 커서 큰아이는 공부를 더 하겠다 해서 유학을 떠난 지 오래이고, 작은아이도 언니를 따라 유학을 떠나 몇 년에 한 번 한국에 들어오는 딸을 보거나 윤희도 시간을 만들어서는 딸들이 있는 미국으로 한 번씩 나가고는 했다. 그럴 때면 딸은 비행기표를 왕복으로 예약을 해서는 윤희가 오고 가는 데 전혀 불편 없게 해주고는 했다.

큰아이가 아빠 산소를 한 번도 찾아가지 않는 윤희를 가끔 조심스러워 하면서 투박을 하고는 했지만, 이해는 하는 듯했다. 사실 남편 산소에 틈틈이 찾아갈 만큼 몸도 마음도 한가하지는 못했다. 정신없이 살았다는 게 더 맞을지도 모른다. 딸들이 한국을 떠나기 전 몇 년 만에 마지못해 다녀오기는 했다. 윤희는 문득 다시 이곳에 오는 일은 앞으로 없을지도 모르겠다는 생각을 딸들이 풀을 고르는 동안 옆에 앉아 하고 있었다. 딸들의 뒷모습을 보면서 갑자기 울컥하는 마음이 들어 딸아이들 곁에 잠시 앉아 너희들이 내 딸들이어서 잘 자라주어서 너무나 고맙다고 감사하다고 진심으로 말해 주었다.

"너희들이 떠나도 지금까지 그랬던 것처럼 사랑하고, 앞으로도 사랑할 거고 그리워할 거야. 어디서든 엄마가 든든하게 뒤에 있다는 거 잊지 말고 기죽지 말고. 어디서나 예의 바르게 하고 다른 사람 배려하는데 인색해서는 안 되는 거 알지? 돈은 쓰는 게 아니고 나누는 거라는 것도 잊지 말고."

가끔 딸들이 "엄마, 오늘 나가서 돈 쓰고 왔어."라는 말을 할 때마다 "네가 뭔가 필요한 물건이 있어 돈을 주고 샀어도 그건 나누고 온 거지, 쓰고 온 게 아니야."라는 말을 해주곤 했다. 맞는 말인지는 사실 윤희도 잘 모른다. 그냥 그렇게 돈을 쓸 때도 왠지 나눔을 하는 마음이 들었기는 했기 때문이다. 이제 며칠 후면 미국으로 떠나는 딸들에게 매번 하는 얘기를 또 하고 있다. 이제 떠나면 언제 다시 볼지 오래 걸릴지도 모르니 단단히 일러두는 게 좋겠다는 생각이 들었나 보다. 남편이 이곳에 묻힌 지 벌써 이십 년이 다 되어간다. 세월이 이리 빠른데 앞으로 남은 시간도 이제는 많지 않다는 걸 새삼스럽게 생각하면서 언젠가 공원에 앉아 바라보던 파란 하늘을 올려다본다.

공부하러 떠난 딸들은 윤희를 큰딸 키우듯 매일 전화를 해서는 "엄마! 별일 없는 거지? 밥은 먹었어? 오늘은 어떻게 지냈는지 말해 봐. 냉장고에 과일 떨어뜨리지 말고, 밥은 잘 챙겨 먹어야 해 알았지?" 하고 말한다. 윤희는 누가 엄마고 누가 딸인지 모를 정도로 안부를 묻고 챙기는 딸들이 너무 고마웠다. 그래서인지 혼자 있어도 그리 외롭다는 생각을 하지 않는다. 아마도 딸들이 이리 따뜻하게 챙겨주는 일이 없었다면 정말 나쁜 선택을 했을지도 모르겠다는 생각이 들어 머리를 흔들어 털어내고는 했다.

딸들은 몸에 좋다는 여러 가지 건강보조식품들과 영양제를 보내는 가 하면 철철이 옷이며 가방이며 용돈을 보내오기도 했다. 윤희 생일이라도 돌아오면 그 먼 곳에서 미리부터 선물을 챙겨 보내고, 당일 날은 영상 통화로 같이 케이크에 초를 불고 끄기도 할 정도로 딸들은 살가웠다. 멀리 있다는 생각이 들지 않을 정도로 늘 곁에 가까이 있는 느낌으로 지내고는 했다. 잘 키운 딸 열, 아들 안 부럽다는 말을 실감케 하는 딸들이었다. 한국에 들어오는 일이 있으면 미리 인터넷으로 검색을 해서는 그렇게 오랫동안 서울 사는 윤희도 알지 못하는 맛집으로 데리고 다니고 매일 시간을 보내주기도 했다. 이제 보험 일은 그만하라고도 한다.

유학을 마친 딸들이 외국 회사에 들어가 능력 있게 일하고 월급이 얼마인지는 모르지만 딸들은 "엄마, 노후는 아무 걱정하지 마! 엄마가 원하면 미국으로 들어와도 되고, 우리가 한국에 들어올 수도 있으니 엄마 절대 외롭지 않게 해줄게." 딸이 이렇게 말하자 윤희는 눈시울이 뜨거워지는 것을 애써 감추며 말했다. "얘들아! 엄마는 돈이며 옷, 가방, 이런 거 다 필요 없어. 지금처럼 너희들이 살갑게 엄마를 찾아주고 같이 밥 먹고 손길, 따듯한 체온을 느끼면 그거로 만족이야. 무슨 욕심이라고 더 바라겠니! 너희들이 이렇게 잘 커주고 앞가림을 잘하고 있는데." 하면서 다 큰 딸들을 품에 안아준다. 이런 말을 해주는 딸들에게 진심으로 고마움을 느낀다. 홀로 자식을 키운 보람을 느끼는 날이기도 하니까 말이다. 부모가 자식 키우면서 뭘 바라고 키우는 사람은 없다. 그저 건강하게 잘 자라주고 자기들의 할 일을 하면 부모는 바라는 게 없는 거다. 다만 부모를 잊지 않고 자식들이 옆에만 있어도 그것만으로 충분히 자식 키운 보람을 느끼는 게 부모가 아닐까 싶다.

요즘은 자식 효도니 하는 말보다 자식 도리만 잘해도 부모는 그저 행복해하는 거란 생각을 한다. 윤희는 보험을 하는 동안 많은 사람을 만날 기회가 있었다. 보험 일을 하다 보면 가입자분들과는 더 친밀한 관계를 맺기도 하고, 가정사를 듣게 되는 일이 많이 있다. 속상해하는 얘기도 어쩔 수 없이 가끔 듣게 되기도 한다. 물론 부모를 끔찍이 생각하고 보험을 들어주기도 하고, 자식 노릇 제대로 하는 집을 보면서는 윤희도 내 일처럼 흐뭇하기 짝이 없을 때가 많다.

하지만 그렇지 않은 집들도 있기 마련이다. 홀로 키운 자식들이 결혼하고 나서는 부모를 찾지 않거나 애지중지 키운 자식들이 나이 들어 경제적 능력이 없는 부모를 잘 찾아오지 않는다거나 하는 말을 들을 때는 자식들에게도 분명 사정은 있을 테지만 나이 들어가는 부모 볼

날이 그리 많이 남아있지 않다는 것을 너무 늦게 깨닫지 않기를 바라는 마음이 든다.

"자식들 키울 때 한 이 삼십 년 행복했지, 뭐. 품 안에 자식이라잖아. 품 안에 있을 때 그만큼 행복했으니 그때 그 생각을 하면서 웃기도 하거든. 그렇게 생각하고 살고 있어!"

깊은 한숨을 허한 웃음으로 감추고는 하시는 말씀이 "자식들 키우고 기르는 동안 얼마나 많이 행복했겠어? 아기 때 젖 냄새로 품을 파고들던 일, 축축한 기저귀 갈아주면 기분 좋아 쌕쌕 잠들던 모습만 생각하고 살아. 아휴! 자식들에게 서운한 거 없어. 언젠가 우리 아들이 그러더라니까 '엄마, 우리가 알아서 잘 살면 그것만으로도 엄마한테 효도하는 거야.' 하더라고 근데 말야. 그 말은 생각해 보면 내가 아들한테 해야 하는 말 아닌가, 그치? 근데 아들이 먼저 나서서 그러더라니까. 그래그래 하고 말았지 뭐! 그냥 웃고 마는 거지 안 그래?"

잘 알고 지내는 연자 아주머니는 늘 이 말을 입버릇처럼 말씀하신다.
연자 아주머니가 마침 지나가는 숙경 엄마를 불러 세우더니 안 바쁘면 좀 앉았다 가라며 의자를 내민다. 딱히 일 있어 나온 것은 아닌 듯 못 이기는 척 의자에 앉는다. 두 분은 동네 친구여서 서로 이름 부르며 편하게 지내시는 분들이다. 그렇게 동네서 서로 이름 부르는 모습들이 참 정겹기만 하다. 윤희는 얼른 일어나 음료수를 사다 드려야겠다는 생각이 들어 마트에 들러 차가운 음료를 한 병씩 드리고 일어나려는데 숙경 엄마가 더운 참에 고맙다면서 "엎어진 김에 쉬어 가라잖

아. 그냥 좀 쉰다 생각하고 앉았다 가."라면서 예의 그 선한 웃음으로 발길을 잡는다.

그러더니 "김치 담갔는데 맛있게 익었어. 가는 길에 조금 줄 테니 가져가 먹어봐!"라고 하신다. 윤희는 하루 종일 다니다가도 이런 분들을 만나면 정말 힐링이 된다. 김치 준다고 해서는 아니지만 나눔 받는 일이 그렇게 기분 좋을 수가 없기 때문이다. 숙경 엄마는 딸 하나 시집보내고 아저씨랑 두 분이 살고 계신데, 나름대로 편안한 노후를 보내시는 분이다.

"연자야! 내가 요즘 핸드폰으로 이것저것 보는데 말이야. 나이가 있으니까 잘 늙어가는 이야기들을 찾아 듣게 되더라. 그렇게 살아야지, 그래야지 하면서 배우는 게 아주 많다니까. 시대가 달라졌으니 맞춰 살아야 한다는 말이 와닿기도 하고. 그런데 자주 듣다 보면 좀 짜증스럽게 들리는 말도 있긴 있어.

나이 들면서 혼자 즐겁게 사는 법, 자식들 기대 말고 알아서 잘 살아야 하는 법, 먹고 싶은 게 있으면 자식들이 언제 사 줄라나 하면서 기다리지 말고 알아서 사 먹으라는 등 자식들 귀찮게 말고 나이 들면 알아서 빠져주라는 등 그런 말을 들으면 한편 맞다 그러다가도 또 한편 왜 나이 들어가는 부모들한테 그런 교육 같은 교육 같지 않은 걸 주입 시키는 걸까?

자식들은 바쁘니까 부모 찾아올 시간도 없고, 자기들 살기 바쁘니 자식들 귀찮게 말라는 말들이 참 많더라니까. 말이 나왔으니 말이지, 자식들이 뭐 그렇게 바쁘다고 지들끼리 잘 지내다가 한두 달에 한 번 정도 부모들이랑 칼국수 한 그릇이라도 같이하라고 하면 어디가 덧나? 안 그래? 요즘 그런 얘길 자주 듣다 보면 거시기하다니까 자식들 성장해서 결혼시키고 나면 각자 알아서 살라는 거야 뭐야? 부모들이 자식 바라기 하는 게 무슨 큰 기대나 하는 양 들릴 때가 있단 말이야. 무슨 말을 하는지는 알겠어. 자식들 기대하다가 실망해서 울고불고하지 말고 알아서들 잘 살라는 말인 거지만 꼭 그렇게 거시기하게 말해야 하나 싶더라니까."

"숙경 엄마! 그건 약과야. 나는 말이야 우리 아들 집에 강아지만도 못하더라. 지난여름에 아들 내외가 강아지까지 데리고 집에 왔길래 밥해 먹이려고 싱크대 가스 불 앞에서 땀 흘리면서 음식을 하고 있는데 나는 쳐다보지도 않고 들어오더니 강아지한테 간식 먹이면서 물고 빨고 눈에서 꿀이 뚝뚝 떨어지더라니까. 하도 어이가 없어 한마디 했거든. '야! 엄마를 그렇게 좀 쳐다봐 줘라. 나는 너 밥해 주느라 땀 흘리면서 음식 하는데 너는 엄마는 안 보이냐? 강아지가 너를 낳기를 했냐 키우기를 했냐? 밥을 해주기를 했냐? 낳고 키우고 장가까지 보낸 건 엄마잖아. 근데 니네 집 강아지만도 못 하냐?' 하고 빽 소리를 질렀더니 아들놈이 글쎄 씩 하니 웃으면서 하는 말이 '엄마는 강아지가 아니잖아.' 그러더라니까 그래서 한마디했어. 내가 차라리 너희 집 강아지였으면 좋겠다고 말야."

두 분은 서로 쳐다보다가 갑자기 뭐가 우스운 건지 소리 내서 웃기 시작하더니 급기야 배를 잡고 눈물까지 흘려가면서 웃는 바람에 지나가던 다정 엄마가 쳐다보고는 "같이 좀 웃어요." 한다. 아마 연자 아주머니가 강아지가 되기에는 좀 크셨나 보다.

상처의 덫

           보험계약자와 상담 중에 문자 오는 소리가 들린다. 얼른 진동으로 해놓고 한 시간쯤 후에 확인하니 알고 지내는 지인에게서 부고 문자가 와있다. 지인이기는 하지만 나이가 비슷해서 친구 삼아 지내는 그런 분이다. 요즈음 부고 문자를 받는 일이 자주 생긴다. 친정 형제가 돌아가셨다는 얘기를 듣고 문상을 가니 슬픈 얼굴로 윤희를 보더니 운다. 어찌 위로가 될까 가만히 안아주는 거밖에 할 수 있는 게 없다. 가끔씩 차를 마실 기회가 되면 유달리 형제들 얘기를 많이 하던 사람이다. 그만큼 형제간 우애가 있는 사람이구나 하는 생각을 하게 한 친구다. 돌아가신 형제분 칭찬을 참 많이 들었던 기억이 난다. 똑똑해서 좋은 대학도 나오고, 승승장구 사회생활도 남부럽게 했던 사람이라는 칭찬을 들은 기억이 난다.

    그런데 하던 사업이 망하고 나서는 망가지기 시작하는데 가정부터 깨지더란다. 혼자 지내면서 모든 게 다 엉망이 되어버려 형제들이 조금씩 도와주면서 지내고는 했는데 그만 스스로 세상을 떠나는 일이 생긴 거다. 문상 온 사람들은 침통한 표정으로 누구도 말을 하지 않는다. 충격이 큰 표정들이다. 아무도 없는 그 밤에 홀로 세상을 등지는 그 마음은 아무도 모르고 알 수도 없는 일이다. 그 충격은 오로지 남은 형제들 몫으로 남아있게 될 거다. 부고를 보낸 친구는 매우 슬픈 얼굴로 윤희 손을 잡고는 와줘서 고맙다는 인사를 한다. 윤희도 말없이 두 손을 꼭 잡아주는 것밖에 할 수 있는 것이 없어 안타까운 마음을 전하고 나오려는데 친구가 따라 나오면서 가능한 조용히 장례를 치를 거라고, 그래야만 그나마 지켜주는 일이 될 거라면서 가신 분을 위한 최대한의 배려를 하는 모습이 보인다.

갑자기 시끌시끌한 목소리가 들려 돌아보니 문상온 친척들인 듯한데 한 분이 목소리가 크다.

"아이고, 그렇게 가는 것도 억울할 건데 자식들은 어째 안 오고 있는 겨, 어잉? 자식들 그렇게 잘 키워 유학까지 보냈으면 애비가 세상을 떠났다는데 퍼뜩 와야 하는 거 아이가!"

소주잔을 들어 입에다 탁 털어 넣고는 목소리가 조금 더 커진다.

"뱅기만 타면 오는 거지 뭐. 안 그러나? 내 알기로 어찌 지들만 잘 살면 그만인 겨, 어잉?"

"엄마! 그만둬. 여기서 그런 소리해 봤자 무슨 소용 있다고 그러는 건데. 그것두 따지고 보면 다 어른들이 그렇게 가르쳤잖아! 시집, 장가 가서 니들만 잘 살면 된다고, 니들 잘사는 게 효도하는 거라면서요? 맨날 그러시고는 어른들이 잘못 가르친 탓이지 뭐 누굴 탓해요! 오죽하면 아들 장가가면 내 아들이 아니라 며느리 거라는 말도 있더구만.

그런 말하려거든 애초부터 '결혼하면 너희들이 잘 살아야 하지만 부모, 형제와도 의좋게 잘 지내야 너희들도 행복하고 가족 모두가 행복한 거다.' 라고 가르치든가 했어야지, 안 그래요? 누구 탓할 거 없다는 말이야."

"무슨 소리인 겨? 내 눈치 보니 이 자식들이 장례 날까지 못 올 모양이구만 뭐. 둘이 갈라서고도 애비 노릇하느라 그 고생한 거 내가 다 봤는데. 뭐 에비만 잘못인 겨? 둘이 똑같지 뭐가 달라서 어잉!"

그러더니 또 소주잔을 들어 입에 털어 넣는다.
"아야, 부모들 일로 그랬다 치자. 그래도 자식잉게 지 애비 장례는 치러야 하는 겨. 그려 안 그려? 애비가 잘못혔어도 그렇게 돌아간 지 애비 장례는 치러야지. 애비가 잘못혔다고? 어잉?"

목소리가 다시 높아진다. 아마 술기운에 동안 쌓인 말을 다 털어놓고 싶으신가 보다.
이민 간 자식들이 외국에서 오느라 미처 도착하기도 전에 급히 장례를 치를 수밖에 없는 일을 놓고 화를 내고 있는 거다.
친척 아주머니와 딸인 듯한 두 분이 목소리를 높여 하는 말을 뒤로 하고 나오면서 죽음 앞에, 그것도 부모의 죽음이 살아있는 자식과 화해하지 못하는 것은 매우 슬픈 일이라는 생각을 한다. 부디 이래서 이랬다는 상처의 덫에서 벗어나 '그럼에도 불구하고' 용서하고 화해하길 바랄 뿐이다.

세상에 아름다운 죽음은 무엇일까? 하늘이 주신 생명을 다하고 부르시는 그날에 돌아가는 것만이 아름다운 죽음인가? 스스로 고단한 생을 마감하면 아름답지 않은 죽음인 걸까? 누구나 아름답게 생을 마감하고 싶을 거지만 마음대로 안 된다는 것을 안다. 다만 하늘로 돌아가는 그날에 금방 잊히는 죽음이 아니었으면 하는 바람으로 부디 나쁜 기억들은 잊어주고 좋은 모습으로 함께한 날들을 오래 기억해 주기를 바라는 마음이 든다.

하늘로 돌아가신 분을 본 적은 없지만, 기도의 마음을 담아 뒤돌아보지 말고 그저 앞만 보고 걸어가시라, 하늘 가서 만나는 그분께 잘못했다 용서 빌고 또 잘못했다 매달려 용서를 청하시라 기도한다. 홀로 지내다 감당할 수 없는 슬픔을 안고 가신 분은 남아있는 이들을 더 마음 아프게 한 일이지만, 그럴 수밖에 없었나 오죽하면 그랬을까 그렇게 이해해야 하는 일인지 사실은 잘 모르겠다.

"누구를 위해 종은 울리나."

어니스트 헤밍웨이의 소설 첫 문단에 나오는 글이다. 그러니 묻지 말라. 누구를 위하여 종은 울리느냐고. 종은 그대를 위해 울리는 것이다. 죽음을 애도하는 조종(弔鐘)은 다른 누군가가 아니라 바로 당신을 위한 것이니 누구를 위해 울리는지 묻지 말라고 한다.

이야기 하나

　　　　　보험 영업을 하면서 유독 자주 들르게 되는 집이 있다. 반기는 얼굴을 보면 가도 되는 집인지 그만 가야 하는 집인지 알게 되니 눈치만 늘어가게 마련이다. 미경 아줌마는 언제나 반기는 얼굴을 한다. 나이가 육십 넘은 분인데도 참 곱게 나이 들어가는 모습이다. 웃는 모습도 여간 이쁜 게 아니다. 지금도 그렇지만 조금 더 젊었을 적에는 꽤 미인이셨을 정도로 예쁜 아줌마. 마음 씀씀이도 착해 이웃들은 칭찬을 아끼지 않는다. 그런 미경 아줌마 남편이 십여 년 전에 심장에 이상이 생겨 병석에 누운 지 꽤 오래임에도 짜증 한 번 없이 병수발을 드는 모습은 여러 사람에게 본이 되고는 했다.

　　남편을 힘겹게 일으켜서는 좋다는 한의원들을 찾아가 침을 맞게도 하고, 몸에 좋다는 약을 구해서 어떻게든 회복시키려고 애를 쓴다. 윤희가 어느 날 남편 병간호하면서 제일 힘든 게 뭐냐고 물었다. 미경 아줌마는 예의 이쁜 얼굴에 미소를 띠면서 말한다.

　　"윤희 씨! 제일 힘든 게 없어. 사실은 다 힘들거든. 그래도 꼭 하나를 집으라면 말을 안 들을 때가 좀 힘들긴 하지. 아직도 고집이 여전하거든. 하하.

　　남편이 환자라는 걸 가끔 잊어버리고 운동 삼아 좀 걷자 하고, 남편은 본인이 환자인 걸 너무 잘 알고 안 하는 게 아니라 못한다는 것을 가끔 내가 잊어버리거든. 거기서 오는 생각 차이인 거지 뭐.

걷는 운동을 해야 한다는데 안 한다고 고집부릴 때가 그렇기는 하더라고. 지금은 걷는 것도, 일어나는 것도 힘겨워해서 부축을 받아야만 하거든. 식사도 먹여줘야 하고, 목욕이며 화장실 가는 것조차 혼자는 못 하니 하루 종일 붙어있어야 하는 것도 힘들다면 힘든 일이지만 그래도 남편이 살아있어서 다행이고 고맙지 뭐."

　여기서 또 천사를 만난 기분이 든다. 세상에는 참 날개 감춘 천사들이 많이 살고 있다.
　윤희가 지나가면 늘상 불러서 이야기도 들어주고 틈틈이 남편 나아졌다는 말도 조용조용하지만, 매번 남편 이야기로 시작해서 남편 이야기로 끝을 내고는 했다. 그렇게라도 살아있는 남편이 고맙다고 하는 미경 아줌마 남편은 참 복 받은 사람이라는 생각을 하면서 미경 아줌마가 건네준 차가운 물 한 잔에 하루의 스트레스가 다 날아가는 기분이 들었다.

이야기 둘

보험 상담으로 알게 된 신종희 아주머니가 지나가는 윤희를 부르더니 신세 한탄을 하신다. 주로 자식들 이야기다. 말끝에는 "무자식 상팔자라잖아." 긴 한숨을 토해내듯 하늘을 올려다보면서 신종희 아주머니는 늘 말끝을 그렇게 마무리하신다. 아들딸 셋을 두어 시집, 장가보냈더니 이웃사촌이 더 낫더라고 하신다. 신종희 아줌마 얘기를 들으면 안 그래도 등짝이 아픈 윤희는 가슴까지 아파오는 느낌이 든다.

신종희 아주머니 남편은 술로 하루를 보내고, 없는 살림에 노름까지 하더니 어느 겨울날 길에서 쓰러져 경찰서에서 온 연락을 받고 달려가보니 이미 세상을 떠났더란다. 그렇게 남편을 잃고 마음 둘 데가 없어 교회에 다니기 시작했고, 지금은 직분도 있어 열심히 교회를 나가고 봉사도 다니고 참 바쁘게 살고 계신 분이시다.

다른 건 아무것도 부러울 것이 없다며 경제적으로도 여유가 있어 지금은 사는 데 부족한 것이 없다고 하는데, 다만 자식들을 자주 못 보는 것이 아쉽고 서운하다고 하신다. 어느 날은 아파서 병원에 입원을 했는데 자식들이 서로 간병을 미루는 말을 몰래 들었다고 하시면서 씁쓸하기만 하더란다. 오히려 이웃집 다정 엄마가 근 한 달 동안을 왔다 갔다 하면서 음식도 만들어오고, 약이며 대소변까지도 병원에서 함께 지내며 간병을 해줬다고 하시면서 이웃사촌이 낫더라 하신다. 먼 친척보다 이웃사촌이 낫다는 말을 들은 적이 있지만, 이제는 자식들보다 이웃사촌이 낫다는 말로 바뀔지도 모르겠다. 입안이 소태 씹은 듯이 쓰다. 유난히 많이 걸은 탓인가 보다.

김선순 아주머니는 신종희 아주머니와 담 하나를 사이에 두고 사는 바로 옆집 아주머니다. 선순 아주머니는 아들 하나를 낳아 지극정성으로 키웠다고 했다. 아들이 하나뿐이니 불면 날까 꺼질까 하면서 손에서 놓지 않을 정도로 키웠다고 했다. 얼마나 애지중지 키웠는지 남편도, 친척들도 애 그렇게 키우면 안 된다고 할 정도로 꾸중 한 번 안 하고 해달라는 것은 무엇이든지 제일 먼저 비싼 메이커 옷이며 신발이며 장난감이며 원하는 것을 사다 주었다고 한다. 그렇다고 선순 아주머니는 부자도 아니었다. 공무원 남편 월급을 생활비를 쪼개 가면서 아들이 원하는 것은 무엇이나 사 주면서 키웠다고 했다. 언젠가는 꽤 비싼 겨울 오리털 파카를 친구들이 다 입었다면서 사달라는데 그걸 사주기 위해 남편 몰래 파출부 일을 3개월을 해서 사다 주기도 했다고 한다. 아들 결혼식을 치르면서는 최소한 남부럽지는 않게 해줘야겠다는 생각으로 모아놓은 노후 자금을 털어 거기에는 남편 퇴직금도 있었다고 한다. 신혼 아파트도 장만해 주고 며느리에게도 흠 잡히지 않도록 예물도 신경을 써서 해줬다고 한다. 그런데 선순 아주머니 아들이 결혼하더니 처가에 들어가 사느라 선순 아주머니 집에 안 온 지가 몇 년이 되는지도 모르겠다고 한다. 선순 아주머니는 어느 날 오십견에 자다가 아파서 컵 하나도 못 들겠다고 샤워는커녕 세수도 못 하고 있다고 전화로 말을 해도 아들은 알았다고만 할 뿐 처가에 빠져 사느라 오지도 않는다고 했다. 아마도 어깨 통증이 얼마나 아픈 건지 몰라서 대수롭지 않게 생각하는 것일 수도 있다. 정말 모르니까 그럴 수 있는 거다. 선순 아주머니는 남편이 공무원 퇴직을 하고 얼마 안 돼서 병으로 세상을 떠나고 혼자 되신 지 3년쯤 되어간다고 했다. 하나뿐인 아들바라기 하느라 소홀해서 남편이 병을 얻은 건가 하고 자책하신다. 엄마들은 제일 먼저 자식들에게 반듯하게, 부족해도 부끄럽지 않은 모습으로 최선을 다한 엄마로 남고 싶어 한다. '자식들에게 인정받으면 그거로 되지.' 그런 생각을 하기도 한다. 선순 아주머니는 남편이 죽자 공무원을 같이한 분 중에 사별한 사람이 있었는데 선순 아주머니에게 호감을 보이고 다가왔지만 이렇게 엮이고 저렇게 꼬여 자식 불편한 일 만들고 싶지 않아 거절했다고 한다. 그게 이유의 다였다고 하신다. 그러고 나니 남은 건 독거노인으로 늙어 가는 일만 남았네 하시면서 쓸쓸히 웃으시는 선순 아주머니 손을 잡아드렸는데 손이 참 따뜻하다.

윤희도 한때 친구들이 말했었다.

"윤희야! 물이 너무 맑으면 고기가 못 산다더라. 이다음 죽으면 너는 몸에서 아마 사리가 나올 거다. 심지어 그 나이에 도도하기까지 하면 넘 웃기는 거 아니냐?" 하면서 놀림 반으로 하는 말을 친구들에게 들은 적이 있다. 하지만 친구들은 모른다. 윤희가 이런저런 자격지심에 더 벽을 치고 차가운 모습을 했다는 것을 알 리가 없는 거다.

이제 와 생각을 해보면 부부로 맺어져 결혼하고 가정을 이룬다는 것이 얼마나 큰 인연인지 새삼스럽게 생각하게 된다. 남편은 결혼 후 십여 년 만에 별 추억할만한 기억도 없이 떠났지만, 그래도 가끔씩은 인연이었으니 부부로 만나 그만큼이라도 살고 떠난 것이라 생각하면 윤희 자신도 모르게 그리워한 날도 조금은 있었다는 생각을 하게 되는 것이다.

선순 아주머니 말대로 엮이고 꼬이고 해서 딸자식들 불편한 일 만들고 싶지 않아서 그랬을까? 갑자기 이 말들이 왜 생각나는 것인지 모르겠다. 그보다는 사실 딸들만 있으면 세상 부러울 것도, 부족할 것도 없다는 생각이었을 거다. 선순 아주머니의 아들 바라기는 언제쯤 끝날지 모르겠다.

이야기 셋

점순 아주머니는 아들만 둘이라고 한다. 이제 나이 오십 후반 줄이니 그리 많은 나이도 아니다. 다만 고생을 해서인지 나이보다는 조금 더 들어 보이는 모습이다. 남편과는 결혼식도 없이 만나다 보니 동거를 시작했고, 살다 보니 아이들을 낳아 혼인신고만 했다고 한다.

가난하기 짝이 없는 집에 시집을 가서는 허리띠 졸라매고 악착같이 돈을 벌어 집도 사고 조그만 땅도 사놓고 제법 좋은 차도 굴리면서 이제 아이들에게도 편안하게 공부도 할 수 있게 하고 잘 살 수 있겠다 생각했는데, 그 무렵부터 남편은 주머니에 돈이 좀 들어오니 며칠씩 집을 나가기도 하고 바람을 피우기 시작하더니 구타와 폭언을 일삼았다고 한다.

"어떻게든 견디며 참고 살다가 몸에 병이 들자 이러다가는 자식들 다 키워내지 못하고 지레 죽겠다 싶은 생각이 들어 아이들을 들쳐 업고 나와 어렵사리 이혼을 했는데, 배운 것도 없고 일가친척 하나 없이 보육원에서 자랐으니 이혼을 해도 갈 수 있는 친정조차도 없는 거야. 웬만하면 맞아 죽더라도 그냥 살 생각이었는데 어느 날 남편이 폭력을 쓰다 못해 죽으라며 소리 지르는 모습을 본 아들이 충격을 받아 한 번만 더 엄마에게 욕하고 폭력을 쓰면 다시는 아버지를 보지 않을 거라 하더라고. 그러면서 집을 나가겠다고. 아들은 화가 나서 순간 한 말이 겠지만 더는 자식들을 위해서라도 참는 것만이 능사는 아니라는 생각이 들어 그제서야 이혼 결심을 했어. 아무것도 없이 아이들만을 데리고 나왔는데 남편은 방 얻을 최소한의 위자료조차 주지 않으려고 해서 다 포기할 테니 자식들만 데리고 가게 해달라고 오히려 사정을 했지. 그것만으로도 더 바랄 것이 없었어."

우여곡절 끝에 두 아들을 데리고 집을 나와 여관으로, 월세방으로 전전하면서도 마음만은 그리 편안할 수가 없었다고 하는 말을 옆에 앉아 같이 듣던 김밥집 정민 엄마가 훌쩍 눈물을 보이면서는 아주머니 등을 토닥거려준다. 그러다가 이 시장을 알게 됐고 20여 년 홀로 시장 한 귀퉁이 리어카에다 양말을 놓고 팔아가면서 아들 둘을 대학 공부를 시키고, 모두 반듯하게 결혼을 시켰다고 한다.

새로 들어오는 며느리에게 혹여라도 시장에서 리어카에 양말 파는 시어머니를 부끄럽게 여길까 봐 결혼 날짜를 잡고는 20여 년 한자리에서 양말 팔던 리어카를 처분하고 장사를 접을 생각을 하셨다고 한다. 아들이 이제 장사 그만하고 생활비 보낼 거니 쉬라는 말도 은근 미더웠다는 것이다.

꼭 그렇지는 않아도 아주머니는 허리 디스크에 관절이 부어 더 하라고 해도 건강이 나빠져 더는 시장에서 하루 종일 서서 하는 장사는 무리가 있었다고 했다. 그렇게 키워낸 자식 둘이 결혼을 하고 몇 년쯤 지나자 전화를 바꾸어 버리고 집을 이사를 하면서도 아주머니에게는 알리지 않았다고 한다. 어찌어찌 알아낸 번호로 전화를 하니 아들이 그러더란다. 찾아오지 말라고. 만약에 찾아와도 절대 현관문을 열어주지 않을 거라고 하더란다.

"그 말을 듣는 순간 머릿속이 하얘지면서 딱 죽고 싶더라고. 그날부터 '이제 나는 없다. 죽은 사람이다.'라는 생각으로 살았어. 이런 일이 생기리라고는 꿈에도 생각을 못 하고 살았지."

옆에 앉아있던 정민 엄마가 훌쩍이면서 가만히 듣더니 점순 아줌마를 보면서 진지한 얼굴로 묻는다.

"아줌마! 근데 만약 이런 일이 생길 줄 알았다면 그때도 아들들만 데리고 나오셨을 거 같으세요? 아니면 어떻게 하셨을 거 같으세요? 그냥 아저씨한테 애들 다 주고 위자료 받아 혼자 나오셔서 홀가분하게 사시는 거로 하셨을지 궁금해서요."

윤희는 정민 엄마 말참견에 살짝 당황스러웠지만 정말 어떡하셨을지 궁금해졌다. 점순 아줌마는 단호하게 말했다.

"정민 엄마! 만약 그때 이렇게 될 줄 알았어도 나는 같은 선택을 했을 거야. 애들을 아저씨한테 맡기고 나와 내가 혼자 무슨 영화를 보겠다고 아이들을 두고 나오겠어. 그때도 지금도 자식들은 내 목숨이고 생명인걸.

아저씨가 애들 잘 키울 사람이었으면 나 이혼하려고도 안 했을 거야.

애들 키우겠다고 할 사람도 아니고, 애들 볼모로 잡고 위자료고 뭐고 안 줄 생각을 하는 게 보였거든. 그래서 다 필요 없으니 애들만 데리고 가겠다고 하니 속으로는 얼씨구나 했을 사람이야. 애들 없으면 못 살 사람이 나라는 것을 남편이 누구보다 잘 알고 있었던 거지. 그리고 말야. 나 정말 이렇게 될 줄 알았다 해도 애들 두고 나오지도 않았을 거지만, 두고 나왔다면 난 벌써 말라 죽었든가 살아있지는 못했을 거야."

그렇게 말하는 점순 아줌마 눈이 반짝이는 듯했다. 윤희는 점순 아줌마의 단호할 정도로 힘을 주어 하는 말을 들으면서 이게 엄마구나, 엄마의 힘이구나 하는 생각을 하게 된다. 온 힘을 다해 낳아 기르고 키운 자식들이 나중 엄마의 심장에 칼을 찌르더라도, 엄마는 그것을 미리 알았다 해도 자식을 선택하는 게 엄마라는 생각이 들었다. 비록 시장 한켠 리어카에 양말을 팔고는 있지만, 윤희는 배울 점이 참 많은 분이라는 생각을 하게 된다. 자식들에게도 아주머니가 모르는 그럴만한 이유가 있을지도 모르겠다는 생각을 하고 있는데 한숨을 길게 내쉬면서 윤희를 붙잡고 그동안 마음속에 있던 말을 훅하고 쏟아내신다.

"내가 무슨 생각이 드는지 알아? 어떨 때는 이런 생각이 들거든. 남편이랑 충분한 이유가 있든 어떻든 간에 이혼을 하고 혼자 사니까 위축이 되기도 하고, 자책감에 자꾸 숨게 되는 거야. 남들이 아니라 오히려 자식들한테 무시받는 건 아닌가 그런 생각도 들기도 하고 말이야. 시장 한 귀퉁이에서 리어카 놓고 양말 장사하는 엄마가, 아니면 이혼한 엄마가 부끄럽고 창피해서 그런 건가 하는 생각을 하기도 하고. 그래도 이 장사하면서 지들 대학 보내고 결혼도 시키고 했는데 말이지. 나는 먹을 거 안 먹고, 입을 거 안 입고 열심히 벌어 뒷바라지한다고 했는데 이게 무슨 일인지 모르겠다."

윤희는 급히 "그럴 리가요. 절대 그래서는 아닐 거고, 무슨 사정이 있는 거 아닐까요? 회사 일이 바쁠 수도 있고, 지금은 아이들 키우느라 정신없을 때잖아요." 이런 말이 별로 위로가 되거나 도움이 안 된다는 것을 윤희는 안다. 달리 할 말이 떠오르지 않아 그냥 하는 말이다.

휴우 하고 한숨을 길게 내쉬고는 "이제 엄마 필요 없다고 연락 끊고 엄마 버리는 자식을 난 왜 그렇게 불면 날까 꺼질까 하면서 키웠는지 몰라. 내가 어떻게 살았는지 알아? 시장에서 남이 먹다 신문지 덮어 내놓은 남은 반찬을 거둬 먹으면서도 자식들은 매일 따뜻한 밥에 반찬 새로 해서 남부럽지 않게 키웠거든. 사실 그게 내 행복이기도 했지. 자식들이 대학에 다니면서도 아르바이트 한 번 못 하게 했어. 그 시간에 공부하라고 말이야. 대신에 밤 열두 시가 넘도록 버스 정류장으로 리어카를 옮겨 가면서 밤늦도록 양말 몇 개 더 파느라 잠이 모자라 낮에 꾸벅꾸벅 졸기도 하면서 키운 자식들이거든. 그렇게 키운 자식들이니 번듯하니 이름만 대면 알만한 회사에도 들어가고, 며느리들도 능력 있는 회사에들 다니고 말이야."

아주머니는 아들 둘 다 결혼을 했으니 큰일은 마쳤다는 생각에 한시름 놓았다고 한다. '이제 손주를 낳으면 손주 보는 재미로 살면 되겠다.' 그렇게 생각을 했다고 하신다. 홀로 키운 아들들이 너무나 자랑스러웠다고. 아이들 어릴 때 이혼한 남편은 그동안에도 단 한 번도 아이들을 찾거나 보러 오는 일조차 없었다고 했다. 그러다가 어디서 들었는지 아들이 결혼한다는 얘기를 듣고 와서는 아들 결혼식에는 아버지로 참석하겠다면서 막무가내로 밀고 들어왔다고 하신다. 아주머니는 황당했지만, 아들 결혼식에 아버지 자리에는 앉고 싶은 마음을 헤아려 담 달 결혼할 아들에게 "아버지가 연락이 와서는 네 결혼식에 참석하겠다 하니 어쩌겠니? 오시라고 해야 하지 않을까?" 하고 아들 눈치를 보면서 말을 했더니 처음에는 아들이 펄쩍 뛰면서 절대 싫다고 하더란다. 무슨 아버지냐고 낳아놓으면 다 아버지냐고 엄마는 왜 그리 물러터져서는 나한테 그런 말을 하는 거냐고. "엄마 선에서 오지 말라 했어야지! 절대 안 돼. 아들은 결혼할 예비 며느리에게도 우린 이미 아버지 없다고 말했는데 이제 와서 뭐라고 해?"라고 하며 거의 울부짖다시피 화를 냈다고 한다. 아주머니는 아들을 달래고 달래서는 결국 이혼한 남편을 아들 결혼식 아버지 자리에 앉혔다고 하신다. 그런데 그 뒤가 더 황당했다고 한다. 아주머니는 또 길게 한숨을 내쉬고는 바로 말을 잇지 못하고 망설이는 듯하더니 정민 엄마가 타다 놓은 미숫가루 유리잔을 만지작거리면서 하는 말이 "글쎄 말이지 지들 아버지하고 무슨 일이 있었는지, 무슨 말들이 오갔는지는 몰라도 그렇게 싫다고 펄펄 뛰던 아들이 싹 변했거든. 이제는 나를 따 돌리다시피 하고는 지들 아버지하고 몰래 만나고 새로 여자 얻어 사는 집에도 며느리하고 들락거리더라고." 하시면서 눈물을 보이신다.

아주머니는 리어카에 어질러진 양말들을 습관처럼 가지런히 정리하면서 "그렇지만 부모 자식은 하늘이 맺어주는 인연이고 천륜이라 하지 않던가, 누가 끊을 수 있나! 지들 아버지 만나는 거야 그럴 수 있는 일이고 또 그래야만 하는 일이니 다행이라 생각하지만, 이런저런 말도 안 하고 몰래몰래 드나드는 게 괜히 속상한 생각이 드는 거지. 그래서 돈이 있어야 한다고 하는 가봐! 돈이고 집이고 다 애들 아버지한테 주고 빈손으로 간신히 애들만 데리고 나와 맨바닥에 머리 박으며 사느라 모은 돈이 있을 리가 없잖아.

　그날 벌면 그날 먹을거리에 애들 학비 마련해야 하고, 용돈이며 뒷바라지하기 바빠서 모을 돈이나 있었겠나. 그렇지만 아빠 없다고 애들 기죽이면 안 되겠다 싶어 정말 남들만큼은 아니어도 할 수 있는 건 다 해주려고 하긴 했어도 늘 모자랐을 테지 뭐.

　내가 많이 배우기를 했나, 교양이란 게 있나. 나도 마음에 다친 상처가 한 움큼이니 말을 하다 보면 애들한테 못 할 말을 많이도 했던 게 생각나더라고. 그게 애들한테는 상처가 됐을 거야. 지들 아빠하고 이혼한 것도 애들한테는 큰 상처가 됐을 건데, 간신히 하루벌이로 살다 보니 마음에 여유도 전혀 없었으니까 보듬어주지 못한 탓인 거지 뭐."
　하시면서 헛헛한 울음을 웃음과 섞어 한숨을 쉬시고는 한다. "이십여 년을 홀로 다른 생각할 겨를도 없이 시장에서 양말 팔아 먹이고 가르치고 키운 자식들이 이럴 수도 있네." 하면서 이제는 속상함을 섞어 한마디씩을 더 하기도 한다. 눈치가 있어 알면서도 모른 척 그냥 넘어가기로 했다고 한다. 그냥 모른 척하는 게 아줌마 입장에서는 최선이었을지도 모른다. 그러거나 말거나 자기 할 일만 하면 된다고 그렇게 생각을 고쳐먹으니 그제야 숨이 쉬어지고 살 만했다고 하신다.

　그런 이야기를 나누고는 아주머니와 헤어지고 나서 몇 년이 지났을까, 아주머니를 우연히 길에서 다시 만났다. "안녕하셨어요? 잘 지내셨죠?" 반가운 마음에 얼른 인사를 했다. 윤희를 알아본 아주머니도 반가운 낯빛을 하시는데 어딘가 슬픔이 묻어나는 얼굴을 하시고 있는 듯 보였다. 윤희 눈에만 그렇게 보이는 건가 하는 생각을 하는데 "아이고, 그래 이게 누구야? 반갑네! 여전히 바쁘게 지내나? 자네 지금 혹시 바쁘지 않으면 우리 집으로 가자. 내 시원한 미숫가루 타 줄게." 하시더니 윤희 손을 이끌고는 집으로 가시자고 한다. 손을 잡은 아주머니 손이 마른 장작처럼 딱딱한 느낌이 들었다. 그리고 보니 그새 많이 늙어 보이기도 했다.

거실이랄 것도 없는 작은 마루에 앉으라시며 냉장고를 열어 유리컵에 미숫가루를 듬뿍 담아 설탕을 휘둘러 뿌려서는 얼음 몇 개를 올려서는 가져다주신다. 오랜만에 보니 반갑기는 한데 어딘가 어색하기도 해서 윤희는 얼른 말을 이어가 본다.

"어떻게 지내셨어요? 건강은 괜찮으신 거죠?" 하고 의례적인 인사를 건네니 아주머니는 힘없이 앉으시면서 "나야 뭐 그럭저럭 지냈지만, 그짝은 어찌 지냈누?" 하신다.
"저도 늘 바쁘게 지냈어요. 그런데 얼굴이 좀 안돼 보이시는데 어디 아프셨어요?"
"아니 아프지는 않았지만, 큰일을 좀 겪었어." 무슨 일을 겪으셨다는 건지 알 수가 없어 다음 말을 기다리는데 "글쎄, 우리 아들이 사고가 나서 몇 년간 병원 신세를 지다가 이제는 괜찮아져서 퇴원을 했어."라고 하신다.

그동안 아들 집에 가서 아들을 돌보다가 집에 돌아온 지 얼마 되지 않았다고 하시면서 아주머니는 미숫가루 컵을 들고만 있다가 내려놓으면서 크게 한숨을 쉬시고는 한참을 말을 못 하시고 멍한 눈으로 "글쎄 아들이 차로 어딜 가다가 사고가 났다지 뭐야. 큰 사고는 아니어서 그나마 다행이었지. 에휴." 긴 한숨을 내쉬고는 물 한 모금을 입에 물고는 천천히 삼키는지 말을 멈춘다. 뭐라 위로의 말이 떠오르지 않아 가만히 다음 말을 기다리는데 "그래도 아직은 내가 해줄 수 있는 일들이 있어서 다행이고 감사한 일이지. 그리고 아들하고 얘기를 하다 보니 아들이 나한테 서운하고 섭섭해하는 일들이 많이 있었더라고. 그러면서 그동안 상처받은 얘기도 꺼내놓더라." 아들의 얘기를 들어보니 왜 그랬는지를 알게 되었다면서 아들에게 정말 미안했다고 진심으로 사과하고 나서는 아들의 다친 마음도 몸도 회복 속도가 빨라져 얼마 전에야 퇴원을 하고 이제는 집에서 통원으로 할 정도가 되었다면서 "얼마나 다행인지 몰라." 그제서야 미소를 지으신다. 그러면서도 그동안의 마음고생이 생각나셨는지 또 길게 한숨을 내뱉으신다. 아들을 다시 만나기 전에 사는 것이 너무 기막힌 마음이 들어 죽기를 결심하고 산으로 올라가 뛰어내릴 요량으로 갔다가 3일을 꼬박 산에서 목이 쉬도록 울고 밤을 새우다시피 하고는 마음을 고쳐먹고 내려왔다고 하신다.

"아휴! 잘하셨네, 잘하셨어요. 그래요, 죽으면 나만 손해라는 말도 있잖아요." 윤희는 그런 아주머니가 뭔지는 모르겠는데 갑자기 고마운 마음이 들었다. 산에서 내려와 살아주신 것이 오며 가며 밥도 먹고 가라고 하고, 허옇게 빛바랜 파란 플라스틱 의자를 내어 주고는 앉았다 가라면서 물도 주면서 '보험일 힘들 텐데.' 하며 걱정을 해주기도 한 아주머니여서 고마운 건지, 하여튼 그런 마음이 들었다. 늘 사람 좋은 얼

굴로 인사를 건네주던 아주머니인지라 "오늘은 내가 밥을 사 드릴 거
니 맛있는 거 먹으러 가요." 이번에는 윤희가 손을 잡아 일으키고는 근
처에 새로 생긴 횟집으로 모시고 가서는 오늘만 먹고 죽을 양으로 비
싼 회를 시키고 소주도 한 병씩 시켜서 마셔버렸는데, 취하지도 않고
뭔지 모르겠는데 기분이 나아졌다. 아주머니도 오랜만에 환한 얼굴로
슬픔 반 설움 반 섞은 웃음을 소주잔에 털어 넣으며 "그래! 오늘 즐겁
고 행복하면 되는 거지." 하면서 눈물 한줄기가 흐르는데도 아줌마는
웃고 있었다. "내가 말이야 이혼이란 걸 해보니 세상 사람들에게 말하
고 싶더라고. 절대로 자식 위한다는 말로 이혼하지 마라, 그냥 죽어도
이혼하지 마라. 왜? 자식들은 자기들 위해서 엄마가 이혼했다고 생각
안 하거든. 자식 핑계 대지 말라는 소리나 안 들으면 다행인 거야. 내
가 그랬거든, 내가." 소주 한 잔을 다시 한입에 털어 넣고는 한 말을 하
고 또 한다. 절대 자식 핑계 대지 말고 이혼하지 말라는 말을 중얼중
얼 주문처럼 하신다. "이제 그만 일어나야겠다." 6월의 이른 장맛비가
갑자기 내린 탓에 횟집에서 급히 얻어 쓴 우산 안으로 미처 막아내지
못한 굵은 빗물이 정수리를 타고 내려 윤희의 눈물샘으로 길을 내고
있었다.

  보험 영업을 다니다 보면 정말 부럽게 잘 사는 부부들이 있어 얼마나
보기 좋은지 모른다. 그런 집은 들렀다 나오면서 기분까지 좋을 때가
많다. 더구나 자식들이 부모에게 끔찍하게 잘한다는 말을 들으면 정말
내일인 것처럼 흐뭇하기도 하다. 하지만 남편과 불목한 얘기, 자식들 혼
사시키고 나니 분가한 후에 찾아오지 않는 자식들 얘기도 가끔 듣게 된
다. 보통은 60, 70대 아주머니들이나 아저씨들에게서 가끔 듣는 말이

다. 듣다 보면 참 치열하게들 살아오신 이야기들이 대부분이다.

　열악한 환경과 경제적 어려움이 있었지만, 자식들에게만큼은 최선을 다하신 얘기들을 주로 하신다. 하지만 과연 자식들도 그렇게 생각할지는 모를 일이다. 아마 이렇게 말할지도 모른다. 부모니까 자식들 키운게 뭐 당연한 일이지라고. 맞다. 당연한 일을 한 것뿐이다. 그렇다면 자식들도 늙어 가는 부모에게 당연하게 자식 노릇을 하면 어떨까? 최소한 안부 묻고 찾아뵙고, 그 당연한 것을 자식들은 왜 안 할까 생각해 보면 자식들은 부모에게 늘 부족함을 느끼는 존재일지도 모르겠다. 부모들이 최선을 다했다고 해서, 그렇게 살았다고 해서 집 나가 연락조차 없는 자식들이 돌아오지는 않는다. 들어보면 자식들은 참 이유도 많고 핑계도 많다. 이제 나이 들어가면서 여기저기 아픈 곳이 많아져서 지팡이에 의지하거나 의료 보조기를 끌고 스스로 병원에 가고 약으로 버티고 하시는 노인분들 이야기를 듣는 날은 맑은 하늘도 흐릿해 보일 때가 있다.

어미 닭은 병아리를 낳지 않는다

　　　　　　　　　　어미 닭은 병아리를 낳지 않는다. 아니 못한다. 그저 알을 낳을 뿐이다. 그 안에서 무슨 병아리가 나올지는 아무도 모른다.

　암컷일지 수컷일지, 노란 병아리 하얀 병아리 얼룩 병아리 어쩌면 달걀인 줄 알고 품은 것이 설령 오리 알일지라도 그대로 품어 안아 생명으로 깨웠을 것이다. 어미 닭은 그저 때가 될 때까지 이리저리 품속의 따뜻한 온기를 나누어가며 알을 품을 뿐이다. 아무도 모르는 일을, 깨어나 봐야 아는 일을 어미 닭은 죽을힘을 다해 먹지도 자지도 않고 알을 품어 깨우느라 어미 닭은 비쩍비쩍 말라가고 어느 날 노계가 되어간다.

　더 중요한 것은 알을 깨고 나온 병아리가 어떻게 자랄지가 사실은 더 궁금한 일이다. 병아리로 깨어나 어미 닭을 졸졸 따라다니면서 어미 닭 없으면 못 살 것처럼 예쁘게 따라다니던 병아리들이 조금 크면 어미 닭 곁을 떠나는데 그 모습도 각각이다. 정중하게 어른 닭이 되어 떠나는 병아리도 있고, 산으로 들로 돌아다니다가 방목형으로 자라 떠나는 자수성가형 어른 된 병아리들도 있을 거다.

　어쩌면 노란색이고 싶었는데 왜 흰색으로 낳았냐며 어미 닭을 쪼아버리는 중간 닭이 된 병아리도 있을지 모른다. 수컷 닭이 너무 사나워 어미 닭을 무수히 쪼아대 깃털이 다 빠져 속살이 보이는 아픔을 겪고 벼슬에 피가 낭자해도 아기 병아리만큼은 품에 안고 둥지를 떠난 일도, 수컷 닭이 건넛마을 붉은 암탉과 바람나 나가버린 원망조차도 어미 닭에게 할지 모른다.

그래도 어미 닭은 품어 키운 것이 병아리가 아니고 오리일지라도 그저 품어 안는다. 닭 머리라는 말을 들은 적이 있는데 돌아서면 잊어버린다는 말이다. 어미 닭은 바보인가 보다. 자꾸 잊어버린다. 쪼아대며 떠나는 병아리들을 그저 바라볼 뿐이다. 줄 수 있는 게 없어서 '꼬끼오' 하고 운다.

다시 '꼬꼬꼬' 하고 온 힘을 내어 떠나는 병아리를 부른다. 마지막으로 어미 닭은 비쩍 마른 몸에서 심장을 꺼내어 준다. 그래서 어미 닭의 눈물길은 늘 핏빛일지도 모르겠다.

해순 씨

윤희가 이곳으로 이사 오기 전 예전에 아파트에 살 때 이야기다. 그곳에서도 십 년 넘게 살다가 이사를 했는데, 아파트는 정말 옆집 윗집 얼굴 보기도 힘든 곳이다. 일을 하던 습관이 있어 집에만 있으려니 해야 할 일을 안 하고 있는 것처럼 몸도 마음도 불편할 때가 있다. 문득 해순 씨 생각이 났다. 해순 씨 하고 알고 지낸 지는 불과 2년 남짓이다. 보험 영업을 하다 보면 참 많은 사람을 만나게 되는데 정말 현모양처인 듯 얌전한 분들도 있고, 반대로 집에 있으면 몸살 난다는 아줌마들도 있다.

그중에 집에 있으면 속에서 열불이 나서 병이 날 지경이라고, 밖으로 나가 돌아다녀야 아프지 않다는 아줌마가 바로 해순 씨였다. 아는 사람들도 많고 하루가 멀다고 놀러 다니기 바쁘다. 맛집도 모르는 데가 없고, 슬쩍슬쩍 만나는 아저씨들도 있는 모양새다. 윤희 입장에서는 많은 사람을 만나야 하는 직업이라 해순 씨 같은 사람을 알아두면 도움이 될 거라는 기대감이 없는 건 아니다.

윤희 친구들은 모두 같은 과다. 끼리끼리 논다더니 놀러 다닐 줄도 모르고 무척이나 가정에 헌신적이고, 말하자면 집순이들이라 자기 얘기도 웬만해서는 수다 떨지 않는 우아하고 조용한 친구들만 옆에 있으니 시간이 나서 좀 보자 해도 남편 하루 세 끼 밥을 차리느라, 손주들 돌봄에 시간이 도통 없다. 더구나 교회도 열심히 다니다 보니 바른 생활이 몸에 밴 친구들이다. 가족들과 함께 놀러 가는 일이 아니면 큰일 나는 줄 안다. 윤희도 그렇게 몇십 년을 살았다.

차라도 한잔하자는 친구들에게서는 일 때문에 바쁘다고 빠지고, 딸 자식들 뒷바라지로 거의 평생을 바깥바람 한번 쐬러 나간 적이 없다. 이제는 윤희가 시간이 나서 보자고 해도 안 나가다 보니 잘린 지 오래이고, 더구나 술을 한 잔도 못 하니 술을 좋아하는 친구들은 아예 불러주지도 않는다.

신나게 놀던 친구들은 이제 놀 만큼 놀았다고 집콕들이다. 우아하고 고상하고 품위 있는 조금은 포장된 모습들이 숨 막히는 것처럼 답답함을 느낄 때쯤에 만난 이가 해순 씨였다.

해순 씨는 고향이 강원도 산골이다. 말로는 강원도 깡촌이라는 표현을 쓰고는 했다. 어릴 때는 배가 고파 들로 산으로 돌아다니면서 버찌도 따 먹고, 돌사과, 개복숭아로 배를 채우기도 하고, 보리를 불에 태워 비벼 먹는 법도 재밌게 말하는 해순 씨였다. 말을 하는데도 마치 윤희가 그곳에서 같이 뛰어다니는 듯한 기분이 들게 할 정도로 표현이 생생하기까지 하다.

가난한 시골집에서 배 채우고 살아내는 방법을 이미 어릴 때 터득한 해순 씨다. 들에 있는 나물 이름들, 꽃 이름들도 모르는 게 없다. 시골이라 집에서 학교가 너무 멀기도 하고 겨울이면 눈이 쌓여 학교에 못 가는 날이 더 많았다고 한다. 어린아이 걸음으로 두 시간 이상을 걸어

가야 하는 곳이기도 했지만, 해순 씨 부모님들은 딸을 공부시킬 생각은 처음부터 국민학교 졸업이 다였다고 한다. 그나마 학교는 졸업 때까지 결석하기가 일쑤였다고 하니 가방끈 짧기가 자기를 따라올 사람 없을 거라고 호탕하게 웃는 해순 씨다. 하여튼 해순 씨는 내숭이라고는 전혀 없는 사람이다. 탁 트인 사람이라는 게 맞겠지만, 너무 많이 트인 것이 흠이라면 흠이다. 모자람이 아니라 넘치는 혜순 씨다.

해순 씨는 사는 동안 산전수전 공중전 다 겪었다고 한다. 직업도 다양한 삶을 살았다. 윤희한테 얘기한 것만도 꽤 된다. 술장사도 했고, 그러다 무슨 호프집을 겸한 노래방도 해봤고, 나중에는 아파트 입주 청소 도우미 아줌마로 몇 년을 살아낸 생활력 무지 강한 해순 씨다. 하지만 그게 무슨 상관인가, 지금은 신나게 잘 놀고 잘 먹고 잘산다. 얼굴 한번 보자고 보채는 건 오히려 윤희니까 말이다. 몇 번 만나다 보니 해순 씨 아는 사람들이 많다. 해순 씨는 농담처럼 하는 말이 있다.

"윤희 씨, 내가 아는 남자가 이백 명쯤은 되거든." 눈 하나 깜짝 않고 아는 남자가 이백 명은 된다나 뻥을 친다. 물론 다 왕년에 있었던 일이라고는 한다. 내숭 그런 거 절대 모르는 해순 씨다. 뻥 빼고 줄여도 이십 명쯤은 넘으려나 모르겠다. 진짜 이백 명은 아닐 거다. 이십 명보다 어쩌면 더 많을지도 모르겠지만 하여튼 많았다고 한다. 내숭 없이 있는 대로 뱉어내는 말들은 입에서 바로 나오는 말들이다. 머리에서 거르는 법이 없다. 듣다 보면 당황스러울 때도 있지만, 은근 속이 뻥 뚫리는 기분이 가끔씩 들기도 한다.

영 판이 다른 세상에서 살다 온 사람 같다는 생각이 든다. 해순 씨도 그렇게 말을 하고는 했다. "윤희 씨는 내가 산 세상과는 다른 세상 사람이야. 결이 달라도 한참 달라 너무 고상하고 우아하잖아. 난 막살아온 사람이거든. 나랑 섞여 어울리기 힘들 거야." 그렇게 말을 하고는 했다

그래서인지 여전히 열심히 놀러 다니기 좋아하는 아줌마들과 안 가는 데 없이 놀러 다닌다. 해순 씨가 하루는 윤희를 집으로 부르더니 김치며 고추장 된장을 한가득 싸서 주는데 음식 솜씨가 정말 맛깔스럽다. 김치 담그는 건 솜씨라고 해도 좋을 만큼 맛있게 담근다. 작은 아파트에 사는데도 된장, 고추장을 해마다 담그고 김치는 사 먹어본 적이 없다고 한다. 사람 겉만 보고 모른다는 말이 맞는 거 같다. 직접 담은 모과차를 한 잔 주는데 향이 정말 좋다. 이런저런 얘기 끝에 "윤희 씨, 난 속옷을 안 입고 다녀. 이제 습관이 돼서 그런지 입으면 영 불편하더라고. 그건 그냥 습관인 거지." 한다. 속옷을 입지 않는 게 건강에 좋다는 얘기는 들었지만 그건 취침일 때 얘기인 줄만 알았지, 낮에도 그렇게 다니는 사람이 있다는 것은 사실 처음 알았다.

윤희는 여름밤에도 잠옷을 안 입으면 뭔가 허전해서 잠을 못 자는 편이라 달라도 많이 다른 해순 아줌마를 다시 한번 쳐다본다. 해순 씨는 찬물과 더운물을 번갈아 가며 윤희를 담갔다 꺼냈다 하는 사람이다.

"그럴 수 있죠 뭐!" 하고 대답을 해준다. 해순 씨는 윤희가 살아온 세상과 자기들이 사는 세상이 다르다고 못 놀아준다고 한다. "사람 사

는 게 다 거기서 거기지 뭐 크게 다를 거 없어요." 별다를 거 없다는
말을 에둘러 주절주절 부연 설명을 해가면서 윤희는 말을 길게 한다.
사실이 그렇기도 하고 그렇지 뭐! 세상 사는 게 다 거기서 거기라는 생
각을 진작부터 하고 있는 윤희였다. 해순 씨는 말한다. "일단 술을 못
하면 같이 놀 수가 없어. 술 못하는 사람은 재미없거든. 술이 들어가
야 좀 풀어져서 재밌기도 하고, 다른 사람들 술 취해서 있는데 혼자만
말똥하게 제정신이면 누가 좋다고 하나. 안 그래? 그렇기도 하고 술 안
먹는 사람이 옆에 있으면 술맛도 안 나고 부담스럽거든." 평생 먹은 술
이 농담처럼 소주 반 병이 안 된다고 말하는 윤희지만 진짜 술을 입에
도 못 댄다. 윤희 집안 내력이 그렇다. 해순 씨는 술을 못하면 자기들
이랑 같이 놀지 못한다고 딱 잘라 말한다.

  술도 배우면 되는 거고 못 먹는 회도 먹으면 되고 까이거 할 수 있다
고 했다. 그렇게 해순 씨 일당(?)들과 밥 먹는 자리에 따라가 몇 번을
만나다 보니 아줌마들의 왕년에 연애하던 이야기를 종종 듣게 된다.
하지만 듣다 보면 정말 별거 없다. 그냥 웃고 떠들다 맥주나 한잔씩하
고 오는 것뿐이다. 겉으로는 호기심 불러일으키기 딱 좋게 시작을 해
서는 속은 알맹이 없는 싱거운 얘기들뿐이다. 해순 씨와 그 일당들은
사실 모두 50대 후반을 넘어가는 아줌마들이다. 하지만 우긴다. 나이
를 속이고는 40대 후반이란다. 그러니 늘 젊은 듯 건강하게 열심히 논
다. 에너지가 엄청난 아줌마들이다. 일주일이면 몇 번씩 등산 배낭을
들고 뛰어간다. 진짜 등산을 가는 건지 알 수 없다. 그렇게 사는 거 본
적도 없고, 아마 앞으로도 못하고 살 일들을 해순 씨는 너무 신나게
한다. 그게 슬쩍 부럽긴 하다. 해순 씨는 남편 없냐고? 아니 있다. 그

또한 곡절이 많다. 해순 씨는 사별을 하고 두 번째 남편, 호적상 그렇다는 거다. 아저씨도 사별하고 난 후에 해순 씨를 만난 재혼 가정이다. 재혼하기까지 우여곡절도 많았고, 쉽지 않은 재혼 가정을 이루느라 둘 다 만만치 않은 일들을 겪었다고도 했다. 윤희가 처음 그 아파트에 이사를 왔을 때는 늘 같은 패턴으로 일을 하니 집에서 나가면 저녁 9시가 넘어서야 집에 오니 이웃들 누구도 만날 수 없는 생활이었기에 도통 어떻게들 사는지 알지 못했다. 어느 날 퇴근 후 집에 가까이 올 때쯤 소란스러운 소리에 뛰어와 보니 해순 씨가 아저씨랑 대판 부부싸움 아니 전쟁을 치르는 중이었다. 다른 사람들 같으면 현관문을 닫고 싸워도 될까 말까 한 공동주택에서 해순 씨는 아파트 현관문을 활짝 열어놓고 고래고래 아저씨한테 소리를 지르고, 아저씨는 던지고 난리를 치대는 광경을 본 거다.

삐요! 삐요! 경찰차가 왔다. 그래도 해순 씨는 화가 가라앉지 않아서인지 경찰에게 아저씨한테 맞았다면서 잡아가라고 소리를 질러댄다. 하여튼 소란을 겪은 후에야 조용해졌다. 경찰이 둘 중 누구를 잡아갔는지는 모르겠다. 그 후로도 부부싸움을 할 때면 여지없이 현관을 열어놓고 소리 지르며 동네 사람 다 들으라고 소리를 질러대는 해순 씨다. 며칠 지나 왜 그랬나 하고 물으면 술에 취해서 아무 기억이 안 난다고 한다. 뉴스에 나오는 사람들한테서 술 취해서 기억이 안 난다는 말들을 들은 적은 있지만, 사람들이 잘못을 하고 왜 그랬나 하고 물으면 술 취해서 아무 기억이 안 난다는 말을 번번이 해순 씨한테서 듣게 된다. 그러고는 다음 날이면 무슨 일이 있었냐는 듯 등산 배낭을 메고 머리는 학생 모양 짧은 단발머리를 파마도 하지 않은 생머리로 해서는 원색의 모자를 옆으로 비켜 쓰고는 씩씩하게 간다. 낼 모래 육십을 바라보는 오십 후반의 아줌마가, 말이 아줌마지 사실은 할머니라는 게 맞지만 요즘은 모두 젊게들 사니 아줌마라고 하는 거지, 옛날 같으면 지팡이 짚고 다닐 나이지 않은가? 해순 아줌마, 그 단발 생머리가 절대 안 어울린다. 그럼에도 몇 년째 짧은 생 단발머리를 파마도 하지 않은 채 뒤에서 보면 학생 아니면 아가씨라고 보이게 하고 다니는 용감무쌍한 해순 씨다.

해순 씨 스타일이니 누가 뭐라고 하겠나? 그냥 보기 좋다고, 어울린다고 말해 준다. 속으로는 제발 머리 파마라도 했으면 하지만, 안 어울린다 하고 말하고 싶지만 사람들은 모두 제멋에 산다는 것을 안다. 게다가 해순 아줌마가 누구 말 들을 사람이 아니라는 것을 이미 안다. 자기 남편 휴대폰에 본인이 또라이라고 저장되어 있다면서 호탕하게 웃는다. 해순 씨는 젊을 때보다는 지금이 좀 더 보기가 좋은 얼굴이다. 의술의 힘을 조금 빌린 듯하지만 절대 그런 적 없다고 하니 믿어주는 척한다. 그리 큰 키도 아니고 오히려 작은 키라고 해야 할 정도지만 보기 좋은 정도는 된다. 등산으로 다져진 몸매라 작은 키에 단단해 보이기까지 한다. 언젠가 허벅지를 보여주는데 정말 딴딴하다. 마른 몸인데도 근육으로 다져진 허벅지다. 웬만큼 따라 걷다 힘들어하는 윤희를 보고 자기 따라 등산 다니자고 한다. 다리 힘을 길러야 건강하다고 일장 연설을 한다.

그런 해순 씨가 갑자기 세상을 떠났다. 주말에 등산을 갔다가 내려와 하산 주라는 것을 마시고 집에 왔는데 그 밤에 세상을 떠났다는 거다. 더 황망한 건 남편이 일요일 하루 동안 해순 씨 자는 방문을 열어 보지 않아 하루가 지난 뒤에야 알았다는 말을 장례식에 온 사람 중 누군가가 아무나 들으라는 듯이 말한다. "그러니까 부부가 각방을 쓰면 안 되는 거야." 뒤에서 수군거리는 소리가 들린다. 누군들 부부가 각방 쓰고 싶겠나 그럴만한 이유가 있었을 거다. 윤희는 해순 씨 장례식장에 이틀을 꼬박 다녀왔다. 사실 윤희는 성질도 만만찮고 남편 흉이나 볼라치면 어김없이 터져 나오는 찰진 욕지거리도 그렇게 거부감 없이 들었던 것 같다. 아니면 지방 사투리를 섞어 하니 오히려 구수하게 들렸는지도 모른다. 아니면 대충 대리만족 뭐 그런 거였을지도 모르겠다. 해순 씨는 언젠가 이런 말을 했었다. 자기는 놀 만큼 놀아도 봤고, 하고 싶은 거 할 만큼 해봐서 지금 죽어도 원도 한도 없다고 했었다. 정말 그럴까? 그러면 너무나 다행이지만 아무도 없는 방에서 남편은 옆방에서 티브이를 보고 있을 때 홀로 죽음을 맞는 그 시간에 해순 씨는 정말 원도 한도 없이 죽음을 받아들였을까? 매일 지지고 볶던 남편에게 할 말은 없었던 걸까? 윤희는 그렇게 떠난 해순 씨에게 잘 가라는 인사를 한다. 그리고 산으로 들로 사계절 다니던 그 길에 나비 되어 날아라 하고 인사를 건넨다. 파출부를 하면서도 크게 웃고, 지하철 청소일로 밤늦게 오토바이를 타고 한겨울에도 씩씩하게 다니던 해순 씨!

윤희는 그런 해순 씨를 좋아했나 보다. 어느 날 친구에게 해순 씨 얘기를 했더니 같이 어울리지 말라고 한다. 아마도 내가 걱정되어서 하는 말일 거다. 하지만 자기감정에 솔직하고 당당한 모습을 가진 해순 씨의 성격을 내심 인정해 주고 싶었기 때문에 오히려 고마울 때가 더 많았다. 마음 둘 곳 없어 심란할 때 함께해 준 사람은 우아하고 고상한 친구들이 아니라 해순 씨였다.

물론 해순 씨는 윤희가 우울하다는 것을, 심란하다는 것을 모른다.
절대로 속 깊은 얘기를 나누지는 않는 탓이다. 그저 요즘 김칫거리는 뭐가 좋은가? 달랑 무가 아니면 겉절이 하기 좋은 봄동이 나왔다는데 시장 갈래? 밥 먹을까? 날씨 좋은데 잠깐 걸으러 나가지 않을래? 그렇게 소소한 일에 함께해 준 사람이 해순 씨였다. 언제나 전화를 하면 두 번 울리기 전에 받아준다. 그리고 씩씩한 목소리로 반가워해 준다. 윤희가 무슨 말을 해도 거절하는 법이 없다. 뭐라 말하지 않아도 항상 만나주던 사람도 해순 씨였다. 윤희는 소소한 이야기를 허물없이 해대는 사람이 굳이 친구라는 이름이 아니어도 괜찮았다. 그냥 그런 사람이 곁에 있어줘서 고마웠을 뿐이다.

집 앞 화단 땅 쪼가리에 커다란 화분 몇 개를 놓고 봄이면 고추 몇 종을 사다 심고 깻잎도 심어놓고는 이웃들에게 따다 먹으라던 사람이 해순 씨였다. 가끔 윤희에게도 몇 개 열리지도 않은 고추, 깻잎을 아낌없이 따서는 손에 쥐여주던 사람이 해순 씨였다. 그런 해순 씨가 떠나고 나서는 화분에 잡초가 무성이다. 아무도 고추를 심거나 하지 않는다. 그랬던 해순 씨가 가장 가까운 이웃이 이런 일을 당하니 말 그대로 황망스러웠던 기억이 난다. 그래서 사람 앞일 누구도 모르는 거라고 하는가 보다. 후회할 일을 만들지도 말고 만들었다면 지금 용서하고 화해해야 한다는 생각을 하게 된다. 그러니 하루하루 잘 살아야 한다. 행복하게도 살아야 하고, 나눠야 할 일은 기쁘게 나누면서 언제일지 모르는 그날을 준비하는 마음으로 살아야 한다는 생각을 깊게 하던 때가 바로 어제 같은데 벌써 계절이 바뀌고 있다.

달항아리

지금 사는 아파트로 이사 온 지 얼마 되지 않았을 무렵 어느 날에 아파트 앞에서 만난 이웃, 명희 어머니가 있다. 좋은 모습으로 나이 들어가는 아주머니라는 생각이 드는 분이셨다. 알고 지낸 지도 벌써 십수 년이 지나간다. 주말에 운동 삼아 둘레 길이나 같이 걸어보자고 한다. 얌전한 분이신데 혼자는 걷기가 그러니 같이 좀 가달라는 얘기다. 그러마 하고 약속을 하고는 주말 어느 날에 둘이서 같이 둘레 길을 걸어가다가 나무 벤치에 앉아서 명희 어머니께서 이런 말을 한다. 한 달 뒤에 자식들이 있는 필리핀으로 가게 될 거라고, 이제 이곳 집도 정리하면 다시 한국에는 못 올 것 같다고 하신다. 뜻밖에 이사 가신다니, 그것도 한국이 아닌 필리핀에 아예 이민을 가신다는 거였다. 그러면서 가기 전에 주고 싶은 게 있다고 하신다. "윤희 씨! 동안 오며 가며 우리 오래 봤잖아요. 젊은 엄마가 참 열심히도 사는구나 하는 생각을 했지. 가끔 힘들어 보이네 하면서도 따뜻하게 밥 한 끼 못 해줘서 가끔 미안하더라고. 그래서 말이야 이번에 짐을 정리하면서 이건 꼭 윤희 씨한테 주고 가고 싶은 게 있어서 그런데 받아줄 테야요? 별건 아니고 오래전부터 갖고 있던 백자 항아리야. 보통은 달항아리라고들 하기도 해요.

우리 집에서도 할머니 때부터 물려받은 거라 얼마나 오래된 건지는 나도 몰라. 그냥 물려받고 하다가 내가 갖고 있게 된 거라 윤희 씨가 받아주면 좋겠어서 그런데 받아줄래요?" 하신다. 윤희는 화들짝 놀라면서 "그런 귀한 것을 제게 주신다니요? 너무 감사하지만 저는 명희 어머니께 뭐 하나 해드린 것도 없는데 예뻐해 주시는 것만으로도 늘 감사하는 마음이었거든요."라고 말했다. 정말 그랬다. 명희 어머니는 예의 그 고운 얼굴로 지나가는 윤희 손을 따뜻하게 잡아주시거나 어깨를 톡톡 해주시면서 말로가 아니라 마음으로 위로해 주시던 분이셨기 때문이다. 윤희는 정말 감사하는 마음으로 주시면 잘 간직하도록 하겠다고 말씀드리고는 다음 날 백자 항아리를 받아와 거실 반닫이 위에 올려놓으니 맞춤인 듯 어울리기까지 한다.

주말이 되면 가끔 명희 어머니와 함께 앉았던 둘레 길 벤치에 가고는 한다.

백자 달항아리를 주고 가신 것 때문이 아니라 사실은 건강이 안 좋아지셔서 필리핀에 있는 자식들 곁으로 가신 거라는 걸 나중에야 알았기 때문에 걱정되는 마음이 들기도 해서 벤치에 가서는 건강 회복하고 계신지 마음으로 안부를 묻고는 한다.

갑자기 크게 웃는 소리에 앞을 보니 등산복들을 챙겨 입고 저만치에서 웃고 떠드는 소리가 들린다. 들어 보니 그저 별 시답잖은 말들인데 재밌다고 박수까지 쳐가면서 조금은 시끄럽다는 생각이 들 정도로 목소리들이 크다. 그냥 오늘이 즐겁고 행복하다는 얼굴들이다. 그래, 지금 그렇게 행복하면 되는 거다. 그냥 저렇게 웃고 떠들고 각자 집으로 가면 다시 만나는 일도 별로 없을 것 같은 만남일지라도 말이다.

얼마 전 보험계약을 하면서 알게 된 영란 씨한테서 전화가 온다. 지쳐서 집에 돌아온 윤희는 간단히 샤워하고 쉴 생각이었는데 고객의 전화는 일 순위다. 무조건 받아야 하는 전화다. "윤희 씨 집에 있어? 그럼 잠깐 나와봐." 영란 씨는 대답을 듣기도 전에 전화를 끊어버린다. 쉬고 있던 윤희는 '무슨 일이지?' 하는 마음에 나가보니 하는 말이 요즘 라인댄스를 배우는데 같이 가보자고 한다. 무슨 라인댄스라고 하는데 예전에 들어본 적이 있는 말이기는 하다. '뭐지?' 하는 내게 무조건 가보자고 한다. 하여튼 영란 씨는 알게 된 지는 얼마 안 되지만 참 씩씩하고 아는 것도 참 많다. 먹고 노는 쪽으로는 모르는 거 빼고 아는 게 많기는 하다. 덕분에 새로운 세상을 배우는 느낌이 들기도 한다.

평생 집하고 일하는 것밖에 모르는 윤희는 그런저런 이유로 가끔은 고맙다는 생각도 들 때가 있다. 차가 없는 영란 씨를 태우고 라인댄스 배우는 곳으로 가봤다. 구민회관에서 저렴한 강의료를 받고 부담 없이 구민들에게 내어 주는 강당에서 취미로 하는 곳이기는 했다. 영란 씨를 알게 되면서 요즘 배우는 것이 하나둘 늘어가는 중이라 사모님 모시듯 뒷자리에 태우고는 구민회관으로 갔다. 여기도 보니 너무 과격한 운동이나 어려운 춤은 배우기 힘든 육십 대쯤 되어 보이는 아주머니들이 부드러운 동작으로 따라 하기를 하고 있다. 얼핏 보면 학생 때 배운 포크댄스 같은 동작이다. 무조건 영란 씨가 하자는 것은 해보자 하는 윤희였다. 보험을 들어준 고마운 고객이니까 말이다. 라인댄스 클럽은 거의 삼 개월 이상은 해야 조금 따라갈 수 있을 것 같다. 사람마다 차이는 있겠지만 윤희는 워낙에 몸치 중의 몸치라 삼 개월만 해보자 하는 생각을 했다.

그렇게 시작을 하긴 했는데 이것도 그리 즐겁다는 생각은 안 들었다.

그저 운동 삼아 하는 정도였다. 바깥에서 운동 삼아 라인댄스라도 하려면 혼자는 하는 게 제대로 없으니 이렇게라도 따라다녀 보는 거다. 뭐를 해도 그리 재미있지도, 즐겁지도 않은 것은 움직이는 것과는 취미가 안 맞아서일 거다. 가끔은 자신이 한심하다는 생각도 들기는 한다. 이제는 꼼짝없이 라인댄스라도 따라다녀야 할까 보다.

아이고 너무 좋다. 그래 뭐 해보자. 그렇지만 성격 어디 가겠나. 구역구역 몇 번을 따라다니다가는 이 핑계 저 핑계 대고는 빠지기 일쑤다.

도대체 세상에서 재미있다는 것이 왜 재미가 없는 건지 모르겠다. 영란 씨가 막걸리 모임이 있다면서 윤희를 불러냈다. 전에도 한 번 모임에 참석한 적이 있어 낯설지 않은 모임이다.

요즈음 부쩍 신세계(?)를 경험하는 윤희로서는 한 번으로 끝낼 수는 없으니 두 번째도 따라나섰다. 하지만 친화력 떨어지고 별로 말없이 앉아있는 윤희는 그저 이방인이다. 누구도 먼저 말을 걸지는 않는다. 어려워 죽겠다는 얼굴들이다. 그럴 거면 왜 와서 앉아있냐는 핀잔들이 얼굴에 써 있다.

그러거나 말거나 중년 넘은 아줌마들 이렇게들 살고 있고 이렇게들 노는 모습들이구나 하며 보는 것만으로도 어찌어찌 힐링(?)이 된다. 윤희도 불편하지 않은 것은 아니다. 주는 술도 모셔만 놓고 쳐다만 보고 있고, 오고 가는 술잔에 술 한 번을 안 따라주니 영 재미없다는 얼굴들을 한다. 사실은 일부러가 아니라 술 먹는 자리에 익숙하지 않아 주도라는 것을 아예 모르기도 하거니와 누구 술잔이 비었는지 미처 알지를 못하기 때문이기도 하다. 술 먹는 자리에서 절대 술 따르지 않는 기생 노릇을 하고 앉았으니 누가 좋다고 하겠는가? 그러니 당연히 불편하기 짝이 없긴 하겠지. 그날 이후로 윤희는 영란 씨를 따라나서지 않았다. 아무리 해도 그 놀음에 적응이 되지 않았다. 그래, 물고기는 물에서, 산새는 산에서 놀아야 되는가 보다.

오래전 기억

　　　　　보험 영업을 하기 위해 소개받은 집으로 미리 약속을 잡고 어느 집을 방문하였는데 가보니 아는 얼굴이다. 서로 어색한 웃음으로 아는 척을 하긴 했지만 친하게 지내지 않아 함께한 기억이 그리 많은 친구는 아니었다.

　보험 영업을 하다 보면 뜻하지 않게 만나지는 사람들이 있다. 이럴 때가 간혹 있어 난감할 때가 있지만 애써 차 한 잔 마시고는 의례적인 인사를 나누고 나오려는데 "윤희야! 혹시 현선이 소식은 아니?"라고 묻는다.

　"현선이? 너도 현선이를 아는구나. 소식 못 들은 지 오래돼서 어떻게 지내는지 나도 몰라. 너는 어떻게 현선이 소식을 알고 있니?"

　우연히 친구들 모임에 나갔다가 현선이 소식을 들었다고 한다. "그랬구나. 언제부터인지 모르겠지만 서로 소식 끊은 지가 오래여서…" 말끝을 흐리면서 친구 집을 나왔다. 그 친구에게서 현선이 소식을 들으니 한편 반갑기도 하고, 궁금하기도 했다.

　친구 집을 나오면서 아주 오래전 어릴 때 친구 현선이가 생각이 났다. 윤희를 '달래야!'라는 이름으로 놀림 반으로 불러준 친구가 현선이었다. 현선이는 참 예쁜 얼굴을 가진 아이였다. 웃으면 한쪽 뺨에 볼우물이 살짝 패는 보조개가 너무 예뻐 일찌감치 남학생들이 줄을 섰다. 우리는 만나면 남학생 누구가 따라왔다느니 쪽지를 주고 갔다느니 하는 말을 현선이에게 들으면 박수를 쳐가면서 웃었다. 그저 낙엽 굴러가는 소리에도 깔깔 웃는 정말 순수한 여학생이었던 거다. 그러다 얼마 남지 않은 중간고사 준비를 하느라 공부에 집중하던 어느 날인가 부엌에서 연탄불을 갈고 있는데 현선이가 들이닥치듯 내 이름을 불렀다.

"윤희야! 윤희야!" 평소답지 않은 놀란 듯한 목소리 울음이 섞인 목소리에 깜짝 놀란 윤희는 "무슨 일이야?" 하며 현선이를 보니 하얀 여름 하복을 입고 있었는데 교복을 보니 피가 묻어있다. 손등이며 팔뚝이 피투성이였다. 영문을 모르는 윤희는 놀란 가슴을 진정시켜가며 현선이를 건넛방으로 데리고 가서 우선 피 묻은 손이랑 팔뚝을 씻기고, 교복을 벗기고는 서랍장에서 옷을 꺼내 갈아입히고 피 묻은 교복을 급히 빨았다. 영문을 모르지만, 직감적으로 나쁜 일을 겪었다는 것을 알 수 있었다.

치마에는 마이깡이라고 치마를 여미는 고리 장식이 있는데 현선이 교복치마 마이깡이 뜯겨있고 치마는 찢어져 있었다. 손등이며 팔에 묻은 피를 닦아주는 내내 현선이는 울고 있었다. 마침 윤희 엄마가 시장을 가셨는지 집에 안 계신 것이 다행이라면 다행이었다. 하지만 곧 돌아오실 것을 아는 윤희는 현선이를 달래서 뚝방으로 데리고 나갔다. 가는 동안 윤희는 아무것도 묻지 않았다. 뚝방에는 우리만 아는 놀이터 한쪽 한적한 곳이 있는데, 그곳에 앉히고는 가만히 안아주었다. 잠시 울음을 그친 현선이는 울먹이며 말을 하기 시작했다. 동네 아는 오빠를 만나 논밭이 있는 곳으로 조금 걸어가면 야트막한 민둥산이 있는데 그곳으로 끌려가 일을 당한 거라 했다.

윤희 역시 생각지도 못한 일을 들으면서 둘 다 어린 학생이니 뭘 어떻게 해야 하는지 알 수 없었다. 어른들한테 말하면 무척 혼날 거리는 막연한 생각에 그냥 무섭다는 생각을 했던 것 같다. 윤희는 우는 현선이를 달래 주는 거밖에 할 줄 아는 게 없었다. 현선이가 따라간 오빠라는 이는 사실 윤희도 아는 동네 건달 같은 남자였다. 밤이 늦어 어른들이 걱정하니 일단 집에는 들어가라 하고는 집까지 바래다주고 집에 돌아와 어머니께 된통 혼이 났다. "늦게까지 어디 갔다 왔느냐? 또 현선이랑 놀다 왔느냐?" 하시면서 꾸중을 하셨지만, 평소와 달리 어머니의 꾸중이 귀에 들어오지 않고 머릿속이 복잡하기만 했다. 다음 날 현선이는 학교에 오지 않았고 하굣길에 현선이 집에 들르니 현선이는 몸살로 끙끙 앓고 있다가 윤희를 보더니 엉엉 울기만 했다. 너무 어린 우리는 그때 어떻게 해야 하는지를 알 수 없어 같이 부둥켜안고 울기만 하는 게 다였다.

그때는 그게 얼마나 큰일을 겪은 건지, 인지조차 못 하는 나이였기 때문에 그저 무서운 일을 겪었다는 것만은 알았으니까 윤희는 해줄 수 있는 말을 총동원해서 현선이를 위로하고 있었다. 그런데 문제는 그다음이 더 컸다. 그 동네 건달 오빠는 매일 현선이를 불러냈고, 현선이는 무서워하면서도 부르면 마지못해 나가 만나고는 했기 때문에 얼마 안 가 현선이 부모님이 사실을 알고 난리가 났다. 현선이 엄마는 현선이 머리를 빡빡 깎아버리고 집 밖에를 못 나가게 하셨다. 윤희는 잘못한 것도 없는데 현선이 엄마한테 혼이 나고 만나러도 오지 못하게 하셨다. 현선이를 절대 못 만나게 하신 것은 물론이고 학교도 그만두게 하셨다. 현선이 엄마는 미용실을 하셨기 때문에 머리 깎는 일은 아마 할 수 있는 최선이었을 것이다. 그렇다고 이미 남자를 알아버린 현선이는 얌전히 집에 있지를 않았다. 빡빡 깎은 머리에 모자를 뒤집어쓰고 몰래 나가 남자를 만나고는 했다. 그러더니 기어이 가출을 해버렸다. 그렇게 친한 윤희한테도 아무 말 없이 집을 나가버린 것이다. 너무나 걱정이 되었지만 할 수 있는 게 없다. 전화도 없을 때였고, 주소를 알려주지 않으면 찾아낼 방도가 없던 때였으니까 말이다. 그저 현선이 집에 찾아가 돌아오지 않나 멀리서 집 안을 들여다보는 게 다였다. 그렇게 몇 달이 지났을까 현선이가 돌아왔다. 이쁜 얼굴이 핼쑥해졌다. 살도 빠져 어디 많이 아픈 사람처럼 얼굴색이 좋지 않았다. 현선이는 윤희를 불러내더니 뚝방 놀이터 한쪽으로 가서는 담배를 꺼내 물었다. 몇 달 사이 현선이는 많이 달라져 있었다. 꽃으로 치면 봉오리도 채 맺지 않은 나이였다. 학교를 그만두었으니 선생님께 걸린다 해도 뭐라 들을 말은 없을 수도 있지만 참 낯선 현선이의 모습을 조금 놀라기는 했어도 아무렇지 않다는 듯 바라보았다. 가치담배 하나를 어디서 사 왔는지 종이에 싼 담배 한 개비를 꺼내더니 어설프게 담배를 피우기 시작한다.

그때는 가치담배를 팔기도 하던 때였다. 윤희도 아버지 심부름으로 백조 담배, 청자 담배 가치를 몇 개비 사 오라고 하면 사러 다니고는 했기 때문에 알고 있었다. 반쯤 남은 담배를 현선이 이내 끄고 말을 하기 시작했다.

건달 오빠가 집을 나오라고 했고, 따라오라고 해서 갔더니 부산 어딘가로 데리고 가서 여인숙에 데려다 놓고는 다방에 취직을 시켜 일을 시켰다고 했다. 현선이는 예쁜 얼굴에 보조개까지 있어 눈에 띄는 아이였다. 거기다 화장까지 해놓으니 나이보다 훨씬 성숙해 보였을 거다. 그렇게 돌아온 현선이는 얼마간 집에만 있었다. 윤희는 아무 일도 없었던 것처럼 학교를 마치면 곧장 현선이네 집으로 가서 또래 아이들처럼 학교에서의 일을 얘기해 주고 궁금해하는 친구들 얘기, 선생님 얘기로 수다를 떨기도 하면서 놀다가 집에 오곤 했다.

현선이는 다시 가출을 하지는 않았다. 아마 나가서 내가 알지 못하는 힘든 일을 겪었다는 것을 짐작만 할 뿐이었다. 모르긴 해도 집 나가면 개고생이라는 말이 맞는가 보다. 그렇게 2년쯤 지났던 거 같다. 현선이 만나자 해서 나가 놀이터 한쪽 구석으로 가서는 우물쭈물거리기에 "뭐야! 빨리 말을 해. 이제 못 할 말이 뭐가 있냐?" 하고 다그치니 그때서야 조그만 입을 들짝거리더니 "나 시집간다." 하는 거다. 순간 윤희는 잘못 들었나 했다.

"무슨 소리야, 시집이라니? 너 나이가 몇인데 시집을 간다는 거야? 어이가 없네. 우리 아직 고등학생이야." 현선이는 전에 가출했던 일로 학교를 그만두긴 했지만 우린 아직 고등학생 나이고, 시집이라는 건 꿈도 못 꾸고 다음 달 있을 마지막 기말고사 준비에 새벽에 일어나기도 하고 밤늦도록 시험 준비에 매달리고 있던 때였다. 못 믿어 하는 눈으로 현선이를 쳐다보니 현선이는 다시 말을 이어간다. "사실은 아버지가 나 시집보내려고 사방으로 알아봤나 봐. 나이는 좀 많은데 사업을 하니 먹고사는 데 지장이 없대. 시집가면 사모님 소리 들으면서 살 거라고 결혼 날짜를 잡아 오셨단다. 나 어떡해?"

당황해하는 현선이 손을 잡고 윤희가 침착하게 물었다. "그쪽 나이가 몇 살인데?" 나이가 좀 많다는 말에 대뜸 궁금해져서 물었다. "나이가 나보다 15살이 많다나 봐." 기가 막혀 어이없어하는 목소리로 "뭐! 근데 좀 많다고? 15살이면 좀 많은 게 아니잖아." 현선이는 윤희 손을 잡더니 고개를 떨군다. 나이 어린 딸이 가출이다 뭐다 해서 동네방네 시끄러웠으니 학교에도 동네에서도 소문이 나 있기도 했고, 이미 남자를 알아버려 다른 데 시집가기는 틀렸다 싶었는지 현선이 아버지는 딸을 동네서 먼 데로 시집을 보내버리기로 한 모양이다.

어쨌든 결혼 날은 다가왔고, 유일하게 현선이 결혼식에 갈 수 있는 친구는 윤희 혼자였다. 현선이 집에서도 하객이라야 형제들하고 몇몇 친척들만이 참석하는 아주 조촐한 결혼식이었다. 동네 사람들에게는 청첩을 돌리지 않아 아무도 오지 않았고, 가능한 동네 사람들은 모르게 하려고 한 것이란 생각이 든다.

"어찌 됐든 현선이 이제 시집갔으니 잘 살면 되는 거지 뭐." 혼잣말을 하면서 결혼식 후 시내 어딘가로 드라이브 가는데 굳이 같이 가자고 붙드는 현선이 말을 뿌리칠 수 없어 따라갔다가 복잡한 마음을 안고 돌아왔다. 현선이 시집을 간 것이 잘한 건지 아닌지는 윤희도 나이가 어리니 뭐라 판단을 할 수 없었기도 했지만, 다만 친한 친구를 이제는 자주 못 보겠다 하는 생각에 조금은 우울했던 기억이 난다.

친구 중에 제일 먼저 시집을 간 친구가 가장 친한 현선이었던 것이다. 현선이 시집을 가니 만날 일이 거의 없었다. 집에 전화가 없던 때이기도 했고, 편지를 주고받을 만큼 현선이가 한가하지도 않을 거라 생각을 했다. 윤희는 기말고사 준비로 공부에 매달렸고, 아마 현선이는 나이 많은 남편을 만났으니 사랑받고 살고 있겠지 하는 생각을 가끔 할 뿐이었다. 현선이 결혼을 하고 몇 달이 지났을까 방학을 하고 집에 있는 윤희를 현선이 찾아왔는데 이번에도 현선이 꼴이 말이 아니었다. 어찌 된 일인지 신발은 짝짝이로 신고 있고, 얼굴은 통통 부어있다. 지금 이 꼴로 그 먼 데서 여기까지 왔나 싶은 게 이해가 되지 않았다. 이게 무슨 일인지 윤희가 영문을 몰라 쳐다보니 현선이는 윤희를 끌고 뚝방 놀이터 한쪽 구석으로 데려가더니 엉엉 운다. 말도 없이 울기만 하니 윤희는 그때처럼 그냥 안아주면서 등을 토닥이고만 있었다. 그러면서 현선이 울음이 가라앉는 듯하기에 물었다.

"말해 봐! 무슨 일이 있었던 건데? 신발은 이게 뭐냐, 짝짝이로 신고. 여기까지 버스를 타고 왔다는 거야? 옷은 또 왜 찢어진 건데?" 한꺼번에 많은 말을 묻고 있는 자신을 잠깐 누그러뜨리고는 다시 하나씩 물었다. 현선이는 아직 눈물이 눈에 그렁한 채 떨리는 목소리로 말했다.

"나 두들겨 맞았어, 주먹으로 때리고 욕하고 구둣발로 채이기도 하고. 너무 무서워서 도망 나온 거야."

"왜? 왜? 맞은 건데? 대체 이유가 뭐냐고!"

화가 난 윤희는 목소리가 높아졌다. 현선이는 고개를 푹 숙이고는 작은 입을 오물짝거리면서 겨우 한마디를 한다. "결혼한 첫날밤 남편이 처음이 아닌 것 같다면서 욕을 하더라구."

아무것도 모르던 어린 나이에 원하지 않은 일을 그렇다고 말을 할 수는 없어 욕을 하는데도 가만히 있었다고 한다. 나이 많은 신랑이 몇 달 동안을 같은 말을 하면서 매일 때리고 욕을 하고 했다는 거다. 그 말을 들으면서 윤희는 "이런 나쁜 놈." 자기도 모르게 욕을 내뱉고 만다. 사실 윤희는 욕을 할 줄 모른다. 기껏해야 개새끼라는 말을 하는 게 최고 수위가 높은 욕이었다. 어린 나이에 학교도 그만두고 몰래 시집간 현선이가 그저 잘 살기만을 바랐는데 이건 또 무슨 상황인지 어이가 없었다.

현선이는 다음 날 자기 아버지와 같이 신랑한테 가서는 오히려 손이 발이 되도록 빌고 다시 살기로 했다. 하지만 그 일이 그렇게 넘어갈 일이었다면 어린 신부에게 처음부터 때리지도, 욕을 해대지도 않았을 거다. 현선이는 참고 살면서 십 년 동안 아들만 셋을 낳고 이제는 조용히 잘 사나 싶었는데 어느 날엔가 병원에 있다는 연락을 받고 가보니 약을 먹고 음독을 하려고 했다는 거다. 현선이 신랑 폭력은 여전했던 모양이다. 그 끝에는 첫날밤 일을 녹음기 틀 듯 틀어대니 정신 멀쩡한 사람도 돌기 딱 십상이다. 폭력 끝에 늘 같은 말을 하니 어찌 사람이 살겠는가 말이다. 다시 살아난 현선이는 결국 이혼을 결심하고 지난하고 지겨운 싸움 끝에 이혼을 했다고 했다.

아이들은 남편이 절대 못 준다고 해서 아이들을 떼어놓고 집을 나오니 현선이는 거의 정신이 나가있었다. 어느 날은 살이 너무 쪄서 얼굴을 알아보지 못할 정도로 부어있고, 어느 날은 살이 너무 빠져 있고 신경 정신과에 다니면서 힘든 생각을 잊으려고 약을 먹고 자는 날이 매일이라고 한다. 그동안 술도 늘고 어린 날 어설프게 피우던 가치 담배도 이제는 제법 깊게 피는 것이 동안의 현선이 살아온 날들을 엿볼 수 있게 하는 것이었다. 그렇게 예쁘고 세상에 둘도 없는 친구였던 현선이는 어느 날부터 윤희를 피하고 안 만나기 시작했다. 연락도 끊고 연락을 하지도 않았다. 처음에는 배신감 같은 어쭙잖은 생각이 안 든 것은 아니었지만 이해하려고 했다. 너무나 많은 현선이 일을 알고 있는 윤희가 부담스러웠을 수 있다. 그럴 수 있다 하는 생각을 하면서 간혹 바람결에 들리는 현선이 소식은 재혼해서 이제는 편하게 살고 있다는 소식을 듣고는 있다. 현선이 재혼을 할 무렵 그때쯤이었을 거다. 연락을 끊고 연락하지 않을 때가 바로 그쯤이었다는 생각을 **한다.**

하지만 윤희는 안다. 어느 때인가는 다시 놀이터 한쪽에서 만나 가랑잎 굴러가는 소리에도 깔깔거리며 웃어 재끼던 그날로 돌아가 웃기도 하고 울기도 하게 될 거라는 것을 말이다. 그런 날이 오게 되면 아주 오래전 이야기지만 현선이에게 해줄 말이 있었다. 지금껏 혼자 가슴에 묻고 누구에게도 말하지 않은 말을 해주고 이제는 그때 그런 일이 있었지 하면서 털어버릴 거라 생각한다. 지금도 기억하고 사는 것은 아니지만, 현선이를 만나 시원한 아이스커피라도 한잔하게 되는 날이 온다면 하게 될 말일지도 모른다. 사실 현선이 집에서 부모님들이 감금 비슷하게 머리를 깎아 못 나가게 할 때 그 건달 오빠가 윤희를 찾아왔었다. 현선이 소식이 궁금하다면서 친한 친구가 윤희라는 걸 알고 현선이 좀 만나게 해달라면서 찾아왔는데 현선이 집 밖에는 못 나온다고 부모님들이 지키고 있다고 하니 그럼 잠깐 얘기 좀 하자면서 나오라고 하니 현선이 얘기를 하자는가 보다 하고 따라나섰는데, 논둑길쯤으로 가길래 기분이 이상해서 그냥 집으로 가겠다 하니 건달 오빠라는 사람이 윤희를 잡아끌었다. 윤희가 놀라서 소리를 질렀는데 건달 오빠는 막무가내로 잡고 놔주지 않았다. 더 크게 윤희가 소리를 질렀는데 그때 어떤 남자 목소리가 들렸다.

"경찰이다. 저쪽으로 간다, 잡아!"

하는 소리가 들리니 건달 오빠는 놀라서 도망을 가버렸다. 그러고 나서 한 남자가 나타났는데 다친 데 없느냐고, 이런 데 해 지면 오면 안 되는 거라고 한다. 윤희가 엉엉 울면서 대충 얘기를 하니 그 남자는 윤희를 집에까지 데려다주었다. 윤희는 정말 다친 데도 없었고, 끔찍한 일도 그분 덕분에 아무 일도 겪지 않을 수 있었다. 지금도 그 남자의 목소리를 오랜 시간이 지나 희미하긴 하지만 기억한다. 굵고 따뜻한 목소리였다. 집에까지 데려다주었으나 얼굴은 기억이 나지 않는다. 그날 일을 생각할 때마다 그 남자는 천사였을 거라는 생각을 꼭 한다. 혼자서는 그 상황에서 윤희를 구해주기가 어렵다는 생각을 해서 여러 명이 잡으러 온 것처럼 지혜롭게 도와주었다는 생각을 지금도 하는 윤희였다. 그때는 윤희도 어린 학생이었고 너무 무섭기도 했지만 힘들어하는 현선이를 보면서 차마 친구한테 그 말을 할 수가 없었다. 비록 지나간 일이고 까마득히 오래전 일이지만 그런 일이 있었다고 언젠가 현선이를 다시 만나게 되는 날이 오면 '현선아! 그날 나는 천사를 만났단다.'라는 말을 하게 될 것 같다. 현선이를 만나 이야기를 하다 보면 그분을 찾고 싶다는 생각을 하게 될 것도 같은데, 그때 그곳은 지금 논둑길도 민둥산도 아닌 아파트단지로 바뀌었지만, 그곳 어디쯤에 현수막이라도 걸고 싶은 마음이 들 때가 있다.

"경찰이다. 저쪽으로 간다, 잡아!"라고 오십 년 전 따뜻한 목소리로 사람 말을 했던 천사를 찾습니다. 천사를 찾습니다.

딩동딩동 현관 벨 소리가 바쁘게 들린다. 보나 마나 택배일 것이다.

똑같은 벨 소리인데도 택배 아저씨가 누르는 소리는 뭔가 모르게 바쁘게 들린다. 며칠 전 주문한 박스가 배달되어 왔다.

받아보니 조립하는 거다. 제일 어려워하고 못 하는 게 조립이다.

당황스럽다. 그대로 반품할까? 고민을 한다.

조립 잘하는 친구에게 부탁을 해볼까 하다가 바쁘겠지 싶어 혼자 포장을 끌러본다. 까짓거 종이박스 조립이라는데 해보자.

펼쳐보니 난감하다.

설명을 봐도 모르겠다. 몇 번을 끙끙대다가 나사를 잘못 연결해서 몇 번을 다시 빼고 이번에는 박스를 뒤집어 나사를 박았다. 이런 된장! 박스 하나 조립하는 데 이렇게 낑낑거리는 모습에 울컥한다.

조립하는 데 몇 시간을 소비했지만 결국 해냈다. 이 없으면 잇몸이라더니 갑자기 이 말이 왜 생각나는지 모르겠다. 아주 오래전에 한 번쯤 생각이 났던 말인데 오늘 박스 조립하면서 뜬금없이 주저앉아서는 한심스러운 생각을 하고 있다. 두 번째 박스는 처음 실수를 반복하지 않아 조금 수월하게 조립을 해냈다.

실패는 성공의 어머니라더니 박스 하나 조립하는데, 실패를 몇 번 했더니 성공의 언니쯤은 된 거 같다. 모두 네 개의 박스를 주문했다.

이 박스에는 이제 무엇을 담아둘까 잠시 생각에 머문다. 박스에는 아마도 딸아이들에게 남길 물건들, 아니 추억을 담는다는 것이 맞을 것이다. 남들이 보면 별 쓸데없는 물건들이겠지만, 나와 아이들이 함께 간직한 오랜 추억을 담아 자식들에게 미주알고주알 이야기를 적어 글로 남기고 담으리라 생각하면서 주문한 박스다. 아이를 낳아 기르고 키우다 보니 사십여 년의 추억을 회상할만한 자질구레한 추억들이 생

겼다. 함께했던 지난 이야기들을 간직한 채 얌전히 있을 것이지만 이
제 차 한 잔 테이블에 올려놓고 수다 삼아 꺼내어 볼 생각이다.

한국도자기 홈 세트

벌써 사십 년이 넘었다. 결혼 날을 받아놓고 신접 살림을 하나씩 사서 집에 들일 때쯤이었을 거다. 어머니께서 커다란 박스에 담긴 그릇 세트를 사가지고 오셔서는 윤희를 앉혀놓고 말씀하셨다. "이 그릇에 맛있는 음식을 담아 먹으면 너희들 건강할 거고, 행복도 함께 담길 그릇이니 꼭 이 그릇으로 음식을 담아 먹어야 한다." 그런 말씀을 하시면서 사 주신 한국 도자기 홈 세트 접시가 싱크대 서랍장 구석 끝쯤에서 눈에 보인다. 조심히 꺼내어 손에 들고는 그 오래전 이 그릇을 마냥 좋아 철없이 받아 들었던 그날에 잠시 생각이 머문다. 접시를 들고 보니 그날 엄마의 목소리가 그대로 들리는 듯했다. 말씀대로 그렇게 살고 싶었고, 당연히 그렇게 살게 될 줄 알았으니까 말이다. 윤희는 생각을 털어내듯 머리를 한 번 흔들고는 하나씩 말끔히 닦아 박스에 담아본다. 한국도자기를 기억하는 사람들은 지금쯤 거의 육십이 넘은 사람들일 거다. 그 시절 결혼할 때는 거의 다 이 홈 세트를 시집갈 때 구입했던 거 같다. 결혼한 친구들 집에 가보면 어김없이 한국도자기 그릇을 볼 수 있었기 때문이다. 이제는 오래되어 그릇 만든 회사가 없어졌을지도 모르겠다 싶은데 아니었다.

혹시나 하는 마음에 인터넷을 찾아보니 지금도 한국도자기 홈 세트가 판매되고 있었다. 반가운 마음이 든다. 왜 그런지는 모르겠는데 반갑다. 윤희가 그랬듯 지금도 누군가는 시집을 가면서 결혼 날을 받아

놓고는 이 홈 세트를 구입하고 행복할 꿈에 젖어있을 것 같긴 하다.

그동안 쓰지도 않으면서 싱크대 서랍에 40여 년이 넘도록 한자리 차지하고 있었지만 오래전부터 쳐다보지도 않은 그릇들이다. 세제를 풀어 묵은 먼지를 씻어낸다. 마른행주로 물기조차 말끔히 닦아내고는 한참을 바라보았다. 문득 정겨움이 느껴진다. 세트라지만 안방과 주방을 날아다니다가 깨지고, 쓰다 보니 금 간 것들을 버리고 난 터라 접시 몇 개밖에 남아있지는 않지만 시집가는 날 어머니가 사 주신 그릇이니 추억이다.

시집가는 딸에게 보낼 홈 세트 그릇을 준비하시면서 무슨 생각을 하셨을까? 가서 잘 살아라 하는 마음을 담으셨을까? 어머니가 아직 살아계시니 이번에 뵈러 가면 여쭈어봐야겠다. 그렇지만 아마 생각 안 난다고 하실 게 틀림없다. 윤희는 딸들에게 남길 박스에 일명 뽁뽁이를 두르고 종이 타월을 덮어 시집올 때 친정어머니가 사 주신 접시를 조심스럽게 담아둔다.

딸아이 시집갈 때 윤희 어머니가 그러셨던 것처럼 딸아이에게 홈 세트 그릇을 결혼 선물로 준비했다. 시집가는 딸에게 홈 세트를 선물해 주고 싶어 참 오래 돌아다닌 생각이 났다.

좋은 기억은 대물림이 되는가 보다. 지금 사는 이 그릇이 아주 오랫동안 남아서 내 딸의 딸이 시집갈 때 딸아이도 몇 개쯤은 깨트리고 남은 홈 세트를 보면서 내가 기억했던 것처럼 엄마 이야기를 하게 되지 않을까 하는 생각에 쉽게 사지 못하고 고민을 거듭하면서 구입한 홈 세트였다. 전체적으로 깨끗한 흰색에 금테를 사방으로 둘러 꽤 고급진 느낌의 홈 세트였다. 진짜 금으로 둘렀다고 했다. 믿거나 말거나지만 굳게 믿고 사긴 했다.

큰딸 아이가 유학 중에 사귀던 한국 청년과 결혼하겠다 했을 때 윤희는 사실 반대하는 마음이 있었다. 딸들만을 보고 살아왔던 윤희는 미국으로 시집을 가는 딸을 자주 못 볼지도 모른다는 생각에 반대하고 싶었지만, 겉으로 말을 하지는 못했다. 딸아이가 좋다는데 그리고 윤희가 반대한들 결혼을 안 할 것도 아니니 결국 심정만 상할 것이란 생각이 들자 슬쩍 '한국에 들어와 살면 안 되는 거니?' 하고 말하고 싶었지만 목울대를 넘지는 못했다. 사위 되는 청년은 참 반듯한 모습이 잘 자란 인상을 주었다. 미국에서 공부하고 그곳에서 대학교수가 되기란 정말 쉽지 않은 일이었을텐데 사위는 그 힘든 일을 해내고도 몸도 마음도 매우 건강한 청년이었다. 무엇보다 딸아이에게 보내는 눈빛이 사랑으로 가득 차 있어 마음을 놓을 수 있기는 했다. 물론 윤희에게도 지극한 사랑 담긴 마음을 수시로 표현하고는 했다.

사위는 윤희가 혼자되고서도 딸들을 잘 키우고 기른 정성을 알아주는 멋진 청년이었다. 한국에서 간단히 결혼식을 올리고 미국으로 시집을 가면서 짐을 싸서 부칠 때 다른 짐들도 많아 꼭 쓸 것만 챙기고는 가져가지 못해 남은 금테 두른 그릇 세트를 함께 담았다. 금으로 두른 거란 말이 왜 자꾸 쓸데없이 생각나는 건지 모르겠다. 박스에 조심스럽게 종이 타월을 감아 담는다. 잘 보관했다가 언젠가 한국에 들어올 때 전해줘야겠다. 어쩜 직접 전해주지 못할지도 모르겠다. 남아있는 사람 누군가에게 전해 받을지도 모를 일이다.

밥솥단지

아주 깊숙한 싱크대 안에 어두워서 잘 보이지도 않는 곳에 작은 솥단지가 보인다. 들어내어 보니 까맣게 잊고 살았던 신혼 때의 밥솥단지였다. 새삼스러운 마음이 들어 싱크대 문을 닫아버렸다. 그러고는 한동안 싱크대를 벽 삼아 등을 기대고 앉아 눈을 감았다.

그러고는 얼마간 싱크대 문을 열지 않았다. 차마 쉽게 꺼내지 못했던 기억이 난다. 아마 재래시장 그릇 가게 어디쯤에서 샀을 밥솥단지였다. 도시가스라는 주방 연료가 들어오기 한참 전에 연탄불에 처음으로 두 식구 밥을 하던 밥솥이다. 얼마쯤 후에는 석유곤로에도 밥을 했었을 거다. 솥단지 아래는 거무튀튀한 그을음이 채 닦이지 않은 채, 마치 마음에 난 상처 딱지처럼 남아있다.

얼마쯤 후에는 아이를 낳아 두 딸아이의 밥도 같이했을 작은 솥단지. 이걸 아직 갖고 있었나 새삼스럽던 기억이 솥뚜껑을 여니 그 안에 그대로 머물러 있었다.

방문을 열면 바로 부엌이다. 비닐장판 깔린 마룻바닥 옆에는 찬장이 놓여있다. 아마 초록과 흰색이 더러 섞여있던 거 같다. 불투명 유리로 된 찬장 문을 옆으로 밀어 열면 삼 층으로 된 칸이 기억이 났다. 밥그릇이며 접시들이 옹기종기 덧대어 칸마다 누워있었다. 비닐장판 마루를 밟고 나가면 산에서 내려오는 물을 연결한 수도 파이프에 커다란 자주색 통을 놓고 물을 받아둔다. 물을 가라앉혀야 밥물을 할 수 있다. 산에서 내려오는 물이라 모래도 가라앉혀야 했고, 가끔은 가느다란 지렁이가 수영을 하고 있기도 했기 때문이다.

그렇게 밥을 했던 작은 밥솥단지를 수십 년 만에서야 싱크대 저 구석에서 만났다. 딱지 앉은 상처를 어루만지듯 다시 한번 행주질을 친다. 딸에게 보낼 홈 세트 박스에 같이 담아본다. 딸아이는 이게 뭔지 모르고 의아해할 것이다. 신혼 때 연탄불에 밥해 먹이던 솥단지를 딸에게 보내고 싶은 마음이 왜 드는지는 사실 잘 모르겠다. 그저 오래 간직했고 엄마냄새 나는 거라 그래서 보내는 마음인 건가? 아마 다시 꺼내볼 일은 없을 것 같다.

딸아이도 아마 싱크대 깊숙한 곳 어딘가 넣어놓았다가 까맣게 잊어버리고 엄마 나이쯤 되었을 때 서랍 정리라는 것을 하다가 문득 꺼내볼지도 모른다. 그때쯤에 엄마 생각을 한 번쯤 하지 않을까 모르겠다.
어머니가 윤희 시집보내는 그날에 사 주셨던 홈 세트 그릇, 밥솥단지를 보다가 문득 윤희는 어머니의
옛날이야기가 생각이 났다.

지금이 마지막인 것처럼

"엄마, 외할머니 이름이 뭐야?"

"몰라. 기억이 안 나는데."

"그럼 이모 이름은 뭔지 기억나?"

"몰라. 기억이 안 나는데."

"아버지 이름은 기억하지?"

"아버지 이름 뭐였지?"

"엄마 남편 이름 말이야."

"몰라. 어떡하니? 니 아버지 이름
도 기억이 안 난다."

홀어머니 이름도, 하나뿐인 피붙이였던 바로 위 언니 이름도, 남편
이름도 장말댁은 다 잊었다. 기억이 안 난다며 하얗게 소리 내어 웃으
신다.

다만 자식들 이름은 잊지 않으시고 자주 찾아가는 딸들을 알아보시
고는 갑자기 "고맙습니다." 하면서 뜬금없는 인사를 한다.

장말댁! 사람들은 스무 살이 채 안 된 나이 어린 신부를 그리 불렀
다고 한다. 지금은 번화해져서 신도시로 바뀐 지 이미 오래지만, 그 옛
날 아주 시골이었던 장말이라는 마을이 있었다. 장 마을이라는 말이
맞는 거 아닐까 하는데 어른들은 항상 장말이라고만 했었다. 장 씨들

만이 모여 사는 집성촌이었다. 그곳에서 나고 자란 이가 어머니, 장말댁이다. 전기도 없고 물이라야 마당 한쪽에 놓인 우물물이 다였고 웬만한 건 우물물을 길어 해결했지만, 너무 많은 빨래는 몇 날을 모아둔 옷가지들을 광주리에 담아 한참을 머리에 이고 가야 나오는 개울물에 양잿물 비누를 발라 빨랫방망이로 두들겨 패면서 해결해야 했다. 그때는 뭐 다들 그렇게 사는 거니 크게 불편을 느끼지도 못하면서 시골 살림을 살았을 거다.

방학 때면 외할머니 댁에 내려가 마당 가운데 있는 우물물을 두레박으로 길어 올려본 적이 있는데, 처음에는 신기하고 재미있어 해본 거지만 두레박 물을 끌어 올릴 때면 너무 무거워 우물 안으로 딸려 내려갈 것만 같아 무서웠던 적이 있었다. 하지만 그것도 잠시, 우물 안을 가만히 내려다보면 파란 하늘과 하얀 구름이 우물 안으로 놀러 와 있을 때도 있었다. 여름 하복을 곱게 입은 중학생 단발머리 윤희 얼굴도 우물물에 비쳐 보일 때가 있는데 '안녕!' 하고 구름에게 인사를 건네는 모습이 보인다. 우물 안으로 주먹손을 모아 "같이 놀자!" 하고 소리를 지르면 우물은 메아리로 답을 하고는 했다. 두레박과 우물, 참 오랜만에 기억나는 이름이다.

아주 어린 날에 서울 손녀인 윤희는 오빠 손을 잡고 작은 기차역에서 내려두어 서너 시간 동안을 눈앞에 보이는 논둑길, 밭둑길을 걸어가다 보면 어느새 짧은 해는 지고 반딧불이 날아다니고는 했다.
어느 집 개가 발짝 소리를 듣고 여기저기서 크게 짖는 소리가 들리면 그때 서야 마을 입구에 다다랐다는 것을 알게 된다. 조금 더 깜깜

해진 밤에 걷다 보면 어디선가 불덩이가 날아다니는 게 보이기도 했다. 무서움에 달려가 외할머니 품에 안기면 놀리시느라 그러셨겠지만 도깨비불이 나왔나 보다 크게 웃으시면서 팔 벌려 품에 안아 토닥여 주셨다. 외할머니는 늘 무명 앞치마를 하고 계셨는데 안기면 거기서 할머니 냄새가 나곤 했다.

정말댁 이야기를 하다 보면 키 작아진 외할머니 생각이 난다.
많은 농사일로 허리 굽고 키 작아진 외할머니는 참 부지런하신 분이셨다. 새벽이면 제일 먼저 일어나 부뚜막 앞에 앉아 아궁이에 불을 때시고는 가마솥에 달궈진 따뜻한 물에 마당 한가운데에 있는 우물에서 두레박으로 갓 길어온 우물물을 섞어 얼굴을 씻겨주시기도 하고, 전날 감춰두었던 누룽지를 몰래 주머니에 넣어주시기도 하셨다.

그곳에는 멀리서도 보이는 마을 이름을 적어놓은 커다란 돌이 하나 서 있는데, 마을 입구를 가리키는 동구 밖을 알려주는 이정표였다. '동구 밖'이란 '동네 입구, 동네 어귀'라는 뜻이라고 한다. 동구 밖을 일러주는 이정표인 돌 안으로 들어갔다고 해서 다 온 것은 아니었다. 그곳에 들어서서도 또 한참을 샛길로 걸어가야만 나오는 곳이 장 씨들이 모여 사는 집성촌 장말이다.

외할머니는 딸 둘만을 낳아 애지중지 어여삐 키우는 재미에 가난한 살림살이에도 부러울 것이 크게 없었다고 한다. 외할머니는 어린 과부셨는데 홀로 딸 둘을 키워 큰딸은 이미 시집을 보내고, 남은 막내딸을 데리고 살고 있었지만 먹여 살릴 식구라야 막내딸 하나뿐이니 그만그만한 밭도 있고 논도 있어 틈틈이 남의 집 밭일, 논일을 품앗이로 하면서 먹고사는 데는 그리 어렵지는 않은 살림살이였다고 했다. 윤희는 외할아버지에 대한 기억이 전혀 없다. 일찍 돌아가신 탓도 있지만, 외할머니도 할아버지 얘기를 하신 적이 거의 없어 들은 바가 없었다. 그러던 어느 날 마을 중매쟁이 아줌마가 아주 부잣집으로 막내딸을 시집보내는 게 어떻겠느냐는 말을 듣고는 아직은 아니 보낸다고 거절했지만 중매쟁이는 마음대로 중신을 서고는 채 준비되지 않은 어느 날에 사주단자를 보내왔다고 한다.

채 스무 살이 되지 않은 막내딸을 외할머니는 사주단자를 받으면 시집을 보내야 하는 줄 알고 그리로 시집을 보냈다고 한다.

그날 그렇게 하얀 목련이 툭툭 떨어지는 어느 4월에 장말댁은 시집가는 게 뭔지도 모르는 그 어린 나이에 홀어머니를 뒤로하고는 시집이라는 걸 가게 되었다고 한다. 철없는 장말댁은 마냥 좋았다. 불 밝은 전기가 들어오는 부잣집이라는 것도 좋았고, 우물을 길어 밥을 하지 않아도 된다는 말에 마냥 신이 났다.

시집을 가면 일하는 아주머니들이 많아 손끝에 물 한 방울 묻히지 않고 산다는 말에 안 좋을 수가 없었다. 제일 좋은 것은 늘상 부러워하던 과수원이 있는 집이라는 말에, 그것도 끝이 안 보일 정도로 포도밭이며 과수원이 크다는 말에 홀어머니가 뒤에서 우는 것도 모르고 마냥 좋아하기만 하는 장말댁이었다.

장말댁이 시집이라는 걸 가 보니 시댁 식구들이 정말 많았다고 한다. 마음 좋은 장말댁 남편은 돈도 많았지만 어렵게 사는 친척들을 모두 안아 들였을 거다. 그제서야 장말댁은 홀어머니가 왜 그렇게 뒤에서 눈물을 훔치셨는지 대충 짐작을 한다. 장말댁은 정말 아무것도 모른 채 부잣집이라는 말과 신랑이 훤칠하니 잘생겼다는 말만 듣고는 더 아는 것이 없이 시집을 갔다고 한다.

홀어머니에 딸 둘만 있는 막내딸로 자란 터라 시집가기 전에도 막내딸을 애지중지 키운 데다 위로 하나 있는 언니 역시 세상 하나뿐인 피붙이 동생을 불면 날까 그렇게 위함을 받으며 자랐으니 세상이 다 그렇게 자신을 위해 존재하는 줄 알았던 장말댁이었다. 외할머니 입장에서는 막내 사위 되는 남자가 막내딸보다 훨씬 많은 나이라는 것만 이해한다면 정말 좋은 혼처임에는 틀림이 없다. 그때는 나이 차이가 크게 나는 것이 흉도 아닐 때였으니 큰 문제는 아니었을 거라 짐작을 한다. 사실은 이리저리 따져봐도 분에 넘치는 사윗감이었다.

시골도 아주 시골이었던 집성촌 장말에서 그렇게 좋은 신랑감을 찾기는 쉬운 일은 아니었을 것이다. 나이 어린 장말댁은 시집 잘 갔다는 소리를 들으면서 부유한 살림살이에 그야말로 손에 물 한 방울 묻히지 않고 살았다.

시댁 군식구들이 바글거릴 정도로 많았지만, 시집살이를 한 기억도 없다. 어린 신부를 아끼는 남편의 든든한 배려도 걱정 없는 생활을 하는 데 크게 작용을 했을 거다. 매일매일 돈다발을 군용 백에 가득 담아 들고 들어오는 신랑 덕분에 그 시절 아무나 탈 수 없는 지프차를 타고 하루가 족히 걸리는 친정 나들이를 몇 시간이면 다녀오는가 하면

넓디넓은 과수원에서 양산을 쓰고 일하는 인부들을 돌아보는 것도 매일의 즐거움이고, 당시에 최고의 행복을 누리고는 했을 것이다.

커다란 셰퍼드 두 마리가 집을 지키고 있어야 할 정도로 집 안에는 현금다발이며, 금붙이들이 당시에는 흔치 않은 금고에 가득가득했다고 한다. 그 셰퍼드 두 마리의 이름을 윤희는 지금도 기억한다. 다키와 럭키, 아주 잘생긴 멋진 셰퍼드였다. 세퍼드의 윤기 나는 검은 털의 촉감은 지금도 생각나는 일 중 하나이기도 하다. 나중에 강아지를 기르게 되면 다키와 럭키라고 이름을 지으리라 생각하면서 커갔다.

장말댁은 시집 잘 간 덕분에 홀어머니에게는 비단으로 한복을 지어 보내드릴 수도 있었을 거다. 평생을 농사짓고 밭일하시던 외할머니께서 그 비단옷을 몇 번이나 입으셨을지는 모르겠지만 그야말로 집성촌 장말에서는 개천에서 용 났다는 말을 들을 만큼 모자람이 없이 부유한 살림을 살고 있던 것이다. 장말댁 신랑은 정말 인물이 훤하고 당대 최고 미남 배우 부럽지 않은, 요즈음 말로 하면 차도남이었으니 모두의 부러움을 한몸에 받으면서 그렇게 살았다. 키도 훤칠하니 큰 데다가 군살 하나 없이 늘씬한 멋진 신랑감이었다. 목소리도 남자답고 수다스럽지 않은 멋짐이 풍기면서도 과묵한 사람이다. 평생 뱃살 한 번 나온 적 없이 자기관리 또한 잘하는 그런 사람이었다. 그런 데다가 머리도 좋아서 사업 수완이 별날 만큼 좋은 사람이었다. 하는 일마다 사업은 승승장구하고 돈이 돈을 벌어 땅도 남부럽지 않을 만큼 사들였다. 미처 자리 잡지 못한 친척들은 은근슬쩍 들어앉아 나갈 생각들을 하지 않았다. 그래도 상관없었다. 원래 낙천적인 성격인 데다 예민한 성격도 아니었던 터라 마냥 좋기만 한 신혼을 보내고는 했었으니까 말이다. 그야말로 손에 물 한 방울 묻히지 않고도 그 큰살림을 맡아 하는데 재미 들어 그야말로 도낏자루 썩는 줄 모르고 살고 있었던 거다. 돈이 새는지 땅이 넘어가는지 정말 아무것도 모르고 그렇게 살았다.

장말댁 남편은 어느 날부터 사업을 해서 큰돈이 벌어지고 생기고 하다 보니 딴생각을 하고 있는 줄도 모른 채 말이다. 남편은 정치를 해보겠다면서 날이 새기가 무섭게 나가고는 밤이 늦어서야 돌아왔다. 가진 돈을 모두 들고 나가 정치에 돈을 대느라 정신이 없었다. 그것도 모자라니 땅을 팔아대기 시작했지만 아무것도 모른 채 하루가 좋기만 했다. 하지만 결과는 낙방이었다. 어디 정치인이 되기가 만만한가 말이다. 돈도 땅도 다 날리고 그야말로 하루아침에 내려앉아 갈 곳이 없어질 형편이 되었던 거다. 엎친 데 덮친다더니 당시에 화폐개혁으로 인해 현금은 그나마 돈이 아니라 휴짓조각이 되고 말았단다. 더 이상 고향에서는 못 살겠다는 생각에 아무 의논도 없이 남은 것을 정리하고는 서울 어딘가로 도망치듯 남산 밑 어느 동네로 숨듯이 이사를 해버렸다.

그리고는 혼잣말로 다시는 고향에 발을 들이지 않을 거라 결심을 했단다. 정말 그 결심은 죽을 때까지 지켰다. 아마 그렇게 큰 부자로 살던 장말댁 남편은 낙방을 하고 초라해진 모습을 고향 사람들에게 절대로 보이고 싶지 않았던 모양이다. 평생 살면서 고향 사람을 만나거나 그때 알고 지냈던 친구조차도 단 한 번도 만나지 않고 살았다. 고향 근처에 장모님이 계셔도 장모님 생신날이 되어도 장말댁만 보내고는 절대 내려가지 않았다. 그것이 하나 남은 지켜야 하는 자존심이었는지도 모르겠다. 덕분에 자식들은 아버님 고향 친구도, 친척들도 아예 모르고 살았다. 자식들은 아버님이 돌아가시고 난 후에야 고모가 살아계시다는 것을 알았을 정도였으니 얼마나 자존심이 강한 분이셨는지 짐작을 할 뿐이다. 그래서인지 자식들도 아버님을 어느 정도는 닮아있다.

그사이 장말댁은 아들도 낳고 딸도 순풍순풍 낳아 이미 일곱 아이의 엄마가 되어있었지만 세상 모르고 산 덕분인지 살림이 거덜이 났어도, 큰 과수원이 남의 것이 되고 생전 살아보지 않은 낯선 곳으로 왔어도 근심도 걱정도 하나 하지 않는다.

원래 걱정 없는 성격 탓일 수도 있지만, 그저 남편 하나 믿는 마음만은 바윗덩어리마냥 든든했기 때문일지도 모르겠다. 세월이 한참을 지나 그때 그렇게 부자였다는 말을 무슨 전설의 고향에 나오는 부잣집 망한 이야기를 말하듯 하는 장말댁에게 자식들이 모이면 하는 말이 있다.

그럼 그때 아버님 모르게 돈을 좀 감춰두시거나 땅을 어머니 이름으로 바꿔 놓지 그랬나 하면 장말댁은 예의 천진한 막내딸 얼굴을 하면서 누가 그렇게까지 망할 줄 알았냐고 한다. "그러다가 다시 돈이 들어올 줄 알았지 뭐냐!" 그러신다. "그럴 줄 알았으면 정말 돈을 좀 감춰둘 걸 그랬다. 땅도 이름을 바꿔둘걸!" 하시면서 참 명랑하게도 깔깔거리며 웃으신다. 하지만 알았어도 절대 돈을 감춰두거나 땅 이름을 바꿔두실 분이 아니라는 걸 자식들은 안다. 이재에 밝거나 재산을 불린다거나 하는 걸 워낙 못 하시는 분이라는 걸 자식들은 아는 거다. 그저 벌어다 주는 돈으로 딱 그만큼만 할 줄 아는 천진한 장말댁이기 때문이다. 그래도 참 다행이다. 언제나 막내딸처럼 웃고 사니 말이다.

장말댁 어린 스무 살 새색시에서 어느덧 아흔 살이 되었다. 그리고 지금은 남은 생을 마감할 준비를 하고 있는 것이다. 자식을 일곱 두었으나 남편과 아들 셋을 먼저 떠나보내고 '이제 곧 베드로 영감 곁으로, 너희들에게 갈 거니 기다려다오.' 하는 얼굴을 하고 있다.

없는 정신에도 습관처럼 손에는 묵주를 들고 있다. 예전에 젊었을 적부터 장독 위에 정안수 떠 놓고 기도하던 모습에서 크게 달라져 보이지는 않는다. 그때는 맑은 물 한 그릇에 비는 상대가 그저 하늘이기만 했다면 지금은 비는 상대가 하느님이고 성모님이라는 것만이 달라졌을 뿐이다. 물론 그 차이가 얼마나 크게 나는지는 모르겠지만 분명 다름은 틀림이 없다.

장말댁은 매번 같은 말을 하는데, 마치 외우고 있는 것처럼 똑같은 말을 되풀이하고는 한다.

"날 좋을 때, 자식들 고생하지 않게 베드로 영감님한테 얼른 가게 해달라고 기도한다." 하시면서 아이처럼 깔깔깔 웃으시며 말씀하신다. 장말댁은 남편을 베드로 영감이라 부르시고는 하는데 그 말이 참 정겹게 들리기도 한다. 장말댁이 그리워하는 베드로 영감도 같은 마음일지는 모르겠다.

'로사 할멈, 그만 좀 따라다녀! 피곤해.' 그러시려나?

오랜만에 아버지 묘소를 찾았다. 봄이 지나고 이제는 여름이 코앞에 온 듯 그리 높지 않은 묘소에 올라가는데도 땀이 나는 걸 보면 더워지는 것이 몸으로 느껴진다. 윤희는 얼마 전 아버지 묘비석을 바꿔드렸다. 전에 세운 묘비석에는 손주들 이름이 몇 명 빠져있어서라는 게 핑계였지만, 사실은 윤희 자신의 묘비석을 만들었다는 게 맞는 말일 거다.

어느 날 동생이 자기는 이다음 죽으면 아버지 산소에 화장해서 뿌려 달라고 이미 조카들에게 말해 놓았다고, "오빠도 그러고 싶다는데." 그 말을 듣는데 속으로 조금 덜 외롭긴 하겠다. 그런 생각이 들었다. 이미 오래전 어느 날부터 시한부라는 코사지를 옷깃에 달게 된 그날에 윤희는 아무도 모르게 하나씩 준비를 하고 있었다. 일단은 이름은 남겨야지, 이곳에 내가 있다는 표식은 해두고 싶었나 보다. 무슨 마음인지 사실 윤희 자신도 딱히 설명할 말은 없다. '그냥'이라는 표현이 맞는 거 같기도 하고. 다만 아버지 곁으로 가고 싶다는 생각을 막연하게나마 하고 있었는지도 모르겠다.

그런데 동생이 먼저 말을 꺼내니 조금 더 구체적으로 준비를 해도 되겠다 싶었나 보다. 윤희는 사실 무서움을 많이 타는 자신을 너무 잘 안다. 농담처럼 산에 묻히면 너무 무서울 것 같다고 언젠가 자식들에게 말한 적이 있어 아이들 곁 가까운 곳에 있고 싶다 생각을 했었지만 이제 그런 일은 없을 것 같다. 너무 멀어져 버린 까닭이다.

아버지 묘소 앞에 서서 인사를 드리고는 찬찬히 묘비석에 쓰인 이름을 바라본다. 특별한 일이 생기지 않는 한 형제들은 이곳으로 모일 것이다.

덜 외로울 거고, 덜 무서울 테지. 다행이다.

바람이 분다. 4월 중순에 비바람이 불어 바깥 공기가 차갑다.

계절이 바뀌려는지 날씨가 하루하루 몸살을 한다. 겨울 끝자락에서 봄을 만나려니 겨울 아이가 마지막 시샘을 하나 보다. 이제 시작인데 봄이 오려면 아직은 멀었다는 생각이 들지만 혹시나 하고 창문을 열어 본다. 4월의 이른 봄바람이 차갑게 방 안으로 노크도 없이 들이친다.

얼마 전부터 주변 친구들이나 지인들을 만나면 이제는 정리를 하는 때라고들 한다. 옷도 정리하고, 사진도 그릇들도 꼭 필요한 것만을 남겨두고 모두 나누어 주거나 버리고 있다고들 한다. 윤희는 그들보다 조금 더 빠른 것뿐 입장은 다르지만, 그 말에 깊은 공감을 하고는 한다.

시간은 얼마 남지 않았는데 마음만 바쁘다. 손이 빨라 무슨 일이든 하루에 몇 가지 일도 순식간에 해치우고 24시간이 짧다면서 번쩍번쩍하던 일들이 이제는 한 가지 일도 하루에 다 못 끝내고 며칠씩 걸리곤 한다. 예전에는 늘 마음이 바빠 집안일도, 바깥일도 해놓지 않으면 자려고 누웠다가도 벌떡 일어나 밀린 설거지를 하고 세탁기를 마저 돌리고 마른빨래를 개켜놓고 했다. 할 일을 미루고는 잠을 못 자던 윤희였다.

어차피 오늘 하지 않으면 결국

은 모든 것은 윤희가 할 일이고, 해야만 하는 일이었다. 안 한다고 미루난다고 해서 누구도 도와주는 것은 아니었으니까 말이다. 문득 버릴까 하다가 놔둔 커다란 김치냉장고 김치 통들이 박스 구실을 하겠다 싶어 결혼 후 얼마쯤에 사둔 그릇들을 김치 통에 종이 타월을 감아 넣어본다. 제법 박스 구실을 하는 모양새다. 비싼 그릇은 아니지만 오래 쓴 거니 담아둔다. 언젠가 지방에 시장 사람들 몇 명하고 같이 여행 갔다가 사 온 도자기 접시들이 보인다. 도자기나 예전 그릇들, 민화 그림이나 이어 붙인 조각보 같은 것을 보면 사거나 그러지 않을 때는 오래 서서 만져도 보고 눈으로 보고 오기도 한다.

그래선지 인사동에 나가 구경하는 걸 좋아하기도 하고, 정겨운 옛것들을 보면 마음이 편안해지기도 한다. 얼마 전까지만 해도 인사동에서 한지 카드나 편지지를 일 년 쓸 것을 사서는 친구들에게 편지를 쓰거나 성탄 때 또는 딸들 생일 카드로 쓰고는 했다. 이제는 그럴 일이 많이 없다. 언젠가부터 성탄에도 카드를 안 쓴 지 오래인 듯하다.

예전에는 때가 되면 카드가 집으로 날아들기가 매일이더니 이제는 핸드폰 이모티콘으로 대신한다. 뭔가를 잃어버린 듯한 허전함이라고나 할까. 자꾸만 익숙해져 가는 문명이란 친구에게 슬쩍 눈을 흘겨본다.

도자기 그릇은 살짝살짝 부딪칠 때의 소리가 일반 그릇들과는 다르다. 그 소리가 참 듣기 좋다. 딸아이들이 집에 오면 꼭 그 접시들을 꺼내 쓰고는 했다. 좋은 그릇에 사랑과 정성이 담긴 음식을 나누는 게 얼마나 큰 행복인지 너무나 잘 알지만 이제 딸아이들과 이 그릇에 음식을 담아 나눌 일은 쉬이 오지 않을 것 같다.

싱크대 맨 위에 찻잔 다기가 보
인다. 귀하게 여긴 녹차 다기였
다. 경북 문경이란 곳으로 일부러
이 다기를 사러 달려간 기억이 있
다. 서툰 운전으로 달려가 고민
끝에 사 온 차 다기였다. 경북 문
경이란 곳은 태어나 처음 가 본 곳이다. 오직 이 다기 하나 사겠다고
낯선 문경에 갔던 거였다. 돌아오는 길이 흐뭇했었다. 그렇게 나설 수
있는 무모함에 슬쩍 웃음이 났던 날이 있었다. 어느 날 티브이를 보다
도공 도천 선생의 도자기를 보게 되었는데 문경 가마터에 가면 만날
수 있다 해서 주말을 기다려 무조건 달려갔던 거였다.

왜 그날 그분의 도자기를 보고 싶었는지…. 예전부터 옛것을 좋아해
서 그랬는지도 모르겠다. 가보니 그분의 도자기를 구경하고 사려는 사
람들로 북적였다. 도천 선생님이 앞에 앉아계시기에 가격을 물어보니
내 수준에는 금액이 높아 간이 콩만큼이나 작아 못 사겠다. 그래도 여
기까지 왔는데 그냥 서울로 돌아가기엔 좀 아쉬운 생각이 들어 망설이
고 있으려니 도천 선생님께서 옆에 따님(천경희) 작가의 도자기를 전시
해 놨다 하시며 안내를 해주셨다.

대를 이어 도자기를 굽는다는 말에 보러 가보니 녹차 다기와 퇴수
잔 정도는 살 수 있겠다 싶어 깨질세라 품에 품고 서울로 돌아온 기억

이 있는 녹차 다기 잔이다. 오래전이라 도천이란 이름이 생각나지 않아 인터넷으로 검색하니 선생은 얼마 전 영면에 들었다는 기사를 보게 되었다. 그때 인사를 하고 사인도 받아두었는데 사인은 어디 있는지 모르겠다.

박스에 담아둔 천경희 작가 다기가 나로부터 몇 대쯤 지난 후에는 혹시 티브이에 나올지도 모를 일이다. 도자기 그릇과 다기는 둘째 딸에게 보내야 할까 보다. 지금은 커피를 주로 마시고 있지만 이다음 녹차의 깊은 향을 느끼면서 윤희가 남기고 간 다기에 차를 마시게 될지 누가 알겠는가. 아니면 뭐 싱크대 어디쯤에 넣어둔들 내가 알리도 없을 거고, 그저 남기는 것에 의미를 둘 뿐인 것을 말이다.

이다음 엄마가 남긴 다기가 가끔 눈에 보이거든, 이른 봄에 나오는 우전이나 세작이란 이름의 작설차(녹차)를 사 두었다가 가끔씩 따뜻하게 마셔보렴. 햇녹차 잎을 덖은 작설차(녹차)의 향 머금은 단맛이 입안에 오래 머무는 것을 느낄 수 있을 거란다.

특별히 아플 일이 없는데도 어깨 통증이 뭐라 표현하기 어렵게 아프다. 오십견은 이미 오래전 두세 번을 앓았으니 그건 아닐 것 같은데 뭔지 모를 통증이 계속 잠을 못 잘 정도로 괴롭게 한다. 병원 처방 약도 이제는 들지를 않는다.

파스를 덕지덕지 붙여본다. 예전에 친구들이 모이면 농담처럼 나이 들면 파스 붙여줄 사람이 있어야 한다고 했다. 만약 없다면 그럴 때는 파스를 벽에다 붙여놓고 등짝을 갖다 대라 하면서 웃기도 했는데, 지금 그 생각을 하고 있다. 이런 된장!

벽에다 파스를 붙이고 등짝을 갖다 대봐야 하나 하다가 너무 웃기겠다. 싶어 대충 등짝을 찾아 파스를 던지듯 붙였다. 어쨌든 파스는 등짝에 가 붙었다. 그렇게 해서라도 통증이 가시면 좋으련만 별로 나아지는 기미는 없다.

추억 하나

　　이제 다시 정리하지 못한 일들을 조금씩 나누어 해야겠다. 봄이 오나 보다. 그릇 정리, 서랍 정리, 옷장 정리 서둘지 말고 하자. 몇 개월일지 모르지만 의사가 말한 일 년은 아직이니까 말이다. 아주 오래된 서랍이 있다. 예전에는 침대 옆에 머릿장으로 쓰고, 지금은 소품들을 담아두기도 하는 하얀색 작은 서랍장이다. 유리를 깔아 둔 서랍장을 열려다 보니 서랍장과 유리 사이에 성서 구절을 잘라 넣어둔 것이 보인다. 그 위에 난 화분을 놓았더니 물이 흘러 종이가 얼룩이 져 있다.

　"두려워 말라, 내가 곁에 있다."

　홀로서기를 시작하면서부터 매일매일 하루에도 수십 번씩 매달려 붙들었던 성서 구절이다. 이십여 년이 넘도록 이 말씀을 붙잡고 살았던 거다. 매일매일이 두려웠다. 그럴 때마다 마음속으로 부르짖고 부르짖었다.

　그렇게 기도하고 기도했던 청함의 기도, 눈뜨면 기도하고 잠들지 못하는 날이면 밤새 붙잡고 두렵지 않게 하시라 매달렸다. 더불어 물질 축복을 눈처럼 비처럼 내려주시라고, 눈이 오면 눈송이만큼 비가 오면 내리는 비만큼. 추해지지 않도록, 누가 되지 않게 딸자식들 부족함 없이 살필 수 있게 도와주시라 절실한 마음으로 기도했고, 그럴 때마다 서러움에 울었다.

무서웠고 두려운 마음을 어디에도 보일 수도, 말할 수도 없었기에 그렇게 버티고 살았던 날이다.

살아가는 동안 예상치 못한 두려움이 문득 찾아올 수 있다. 또 다른 두려움에 이 말씀을 붙잡고 사는 일은 없었으면 하는 바람이다. 마음대로 된다면 두 번은 정말 사양이다.

조심스럽게 서랍을 열어보았다. 몇 년 만에 열어보는 건지 모르겠다. 꼭꼭 닫혀있던 서랍을 열어볼 일이 그리 많지 않았기 때문이다. 요즘에는 그냥 눈에 띄는 것만으로도 충분히 하루를 사는 데 아무 문제가 없다.

오래전 생각으로 이제 하나하나 넘어가 봐야겠다.

기도 초 몇 개 오래 들고 기도하다가 끊어진 묵주 모은 것들이 작은 보석 상자 안에 담겨있다. 어림잡아 대여섯 개쯤이다. 성수 통도 보이고 여권이 보인다. 언젠가 어버이날에 딸아이가 선물과 함께 주었을 편지글도 있다. 뜬금없는 건 화투와 다듬이 방망이였다.

아주 오래 간직한 한지를 곁에 둘러 손 글씨로 기도문을 적어 정성스럽게 만들어 선물 받은 초가 보인다. 반쯤 남은 거 보니 이 초에도 불을 켜고 기도했었나 보다. 반쯤 남은 것은 초 겉에 쓴 한지 글씨가 타서 없어지는 게 아까워 어느 날부터 서랍에 넣어두었던 기억이 났다. 친구는 아마 준 것조차 잊어버렸을지도 모른다. 이제 반쯤 남은 초를 다시 켜고 기도해야겠다. 간직하라기보다 기도하라 준 것일 테니까 말이다.

묵주 끊어진 것을 모아둔 상자를 열어보니 기억나는 묵주가 있었다. 오래전 예전 본당 신부님이 김수환 추기경님께서 로마에 가셨다가 교황님께 선물 받은 묵주라시며 주신 묵주였다. 신부님이 주실 때 두 손으로 받으면서 경건한 마음이 들었던 날이 생각난다. 그 묵주를 들고 얼마나 오랫동안 기도했는지는 모르겠는데 묵주 알이 몇 개는 없어져 짧게 이어져 있다. 아마 끊어졌어도 간직하려고 이어놓았던 거 같다. 교황님도, 김수환 추기경님도, 묵주를 선물로 주신 신부님도 지금은 모두 하늘나라에 가 계신다.

그분들을 기억하며, 천국에서 편안한 안식을 누리소서.

또 하나의 묵주는 장미 나무 묵주다. 장미 묵주를 간직하게 된 일은 정확히 기억나지 않는데, 프란치스코 성인께서 인간적인 생각을 거두시기 위해 장미나무 가시덩굴 위에서 기도하시면서 구르셨다는 얘기를 들은 기억이 있다. 그래서 그곳에서 나는 장미 나무는 프란치스코 성인의 피가 배어 나무 속이 붉은 핏빛색이라 들은 적이 있다. 장미 묵주는 지금도 붉은 핏빛이다. 이 묵주도 오래전에 끊어져 상자 안에 보관되어 있었다.

무심코 끊어진 묵주를 들어내어 손에 쥐어본다. 살짝 거칠다. 오랫동안 손을 타지 않아 그런 모양이다.

이 묵주를 손에 쥐고 참 많은 소망을 담아 기도했을 거다. 보통의 엄마들이 그렇듯이 가정의 평화를 위한, 기도 자식들을 위한 기도를 가장 많이 담았을 터였다. 힘 드는 일이 있을 때는 힘듦을 걷어가 주시라고도 했겠지. 속상한 일이 있을 때는 눈물을 적셔가며 기도했던 날들도 있었을 거다. 나라를 위한 기도나 이웃을 위한 기도를 했는지도 모르겠지만 아마 생각나지 않는 걸 보니 눈앞에 보이는 자식들만을 위한 기도만 했던 거 같다.

통 크게 나라를 위한 기도를 하든가
세계평화를 위한 기도를 할 걸 그랬나 보다.

화투는 별 의미는 없는 거지만 명절에 딸들이 사위와 함께 왔을 때 밥 먹고 얘기하다가 심심해질 때쯤 시간 보내기 하느라, 내기 삼아 팔목 때리기를 했던 화투다. 거의 내가 맞은 생각이 난다. 승부 근성이 없기도 하지만 조금만 하면 허리가 아프고 하여튼 재미를 못 느끼는 터라 몇 번 하면 그만하자고 먼저 일어나 버린다. 그러면서 판을 엎어버리고 일어나니 뭔 재미로 사는지 모르겠다. 음주 가무가 일단 안 되다 보니 인간적인 즐거움을 어디서 찾아야 하는지도 모르겠다. 친구들은 술을 배우라 하는데 일단 몸에서 받지를 않으니 그것도 쉽지 않다. 술은 맛이 없어 하면 술은 맛으로 먹는 게 아니란다. 서랍 정리나 해야겠다.

추억 둘

                    티브이 받침으로 쓰고 있는 고가구 서랍도 정리를 해야겠다. 틈틈이 필요한 것만 꺼내고는 바로 서랍 닫기 바빠 뭐가 들어있는지 모르고 살고 있다. 오랫동안 닫혀있는 서랍을 열자 눈에 보인 것이 하늘색 훈증기였다. 원래 색은 연한 녹색이었는데 세월에 색이 바래 녹색도 아닌 것이 하늘색도 아닌 것이 애매한 색으로 변했다. 그것도 세 개다. 이것을 산 지는 사십 년 전 처음 아파트로 이사 가서 근처 마트에서 산 거로 기억한다. 가격도 저렴한, 모기향 피우는 전기 훈증기다. 여름이면 방마다 하나씩 전기를 꽂고 홈 매트를 올려놓으면 밤새 모기로부터 안심하고 잘 수 있었던 고마운 제품이다. 진짜 오래된 것인데 지금도 여름만 되면 잘 쓰고 있는 전기 훈증기다.

  오랫동안 모기로부터 물리지 않도록 지켜준 사십 년 전에 산 훈증기가 고장 한 번 없이 지금도 멀쩡히 쓰고 앞으로도 얼마나 더 오래 쓸지 모르겠지만 혹시 이 회사 망하지 않았나 모르겠다. 요즈음 가전제품 들은 몇 년이면 자동으로 수명이 다돼서 새로 구입해야 하는 것도 많이 있다는 말을 들었는데 사실인지는 모르겠다. 아무튼 이것이 없었다면 모기가 달려들 때 자기 얼굴을 손바닥으로 쳐서 때려잡거나 얼굴뿐 아니라 다리도 때리고 발바닥도 비벼댄다.

  그러다 결국은 형광등 스위치를 올리고 자다 말고 일어나 모기 잡는다고 베개을 천장에 던지기도 하지만 모기는 못 잡고 형광등 위에 먼지만 뒤집어쓰기 일쑤였다. 아니면 모기가 나 잡아봐라 하면서 도망가는 거로 끝을 낸다. 어쩌다 잡으면 누구 건지 모르는 빨간 피가 손바닥에 묻어있는 것을 보는데 자다 일어나 귀찮기도 하니 모기가 뜯어먹어 손에 묻은 피를 휴지로 쓱쓱 문질러 닦고는 다시 잔다. 비누로 손 닦고 오라면 부부는 자다 말고 싸움하기 일쑤다. 문득 사람의 관계로 연결 지어보았다. 모기에 물리지 않도록, 제 얼굴 손바닥으로 치지 않도록, 자다 말고 일어나 싸우지 않도록 우리는 중간에 훈증기를 놓아줄 사람이 필요한 건 아닐까 싶다.

추억 셋

        서랍 정리와의 전쟁이다. 다음 서랍에는 무엇이 들어있을까? 나오는 것이 어떤 물건일지 뭐가 나오던 다 추억일 거다. 뒤져보자 서랍 깊숙한 곳에 비디오 테이프가 몇 개 있다. 큰아이가 6살 때 찍은 재롱잔치를 비롯한 작은딸아이 무용 콩쿠르 비디오가 보이고, 아이들 어릴 때 티브이에 출연한 것을 녹화해 둔 몇 개의 테이프도 보인다. 그중 가장 오래된 것이 큰아이가 유치원 때 찍은 재롱잔치 비디오다. 그 안에는 여섯 살 아기의 모습이 그대로 남아있다. 네 살배기 딸아이의 모습도 그대로 멈춰있다. 그 안에 멈춰있는 딸은 지금 그때 자기들 나이만큼의 아들딸들을 키우고 있다.

    지금 이 모습들을 보면 아이들도 나중에 그러겠지. 세월 참 빠르다.

    아직 젖살이 채 빠지지 않은 통통한 아기의 모습이 그 안에 있다. 젖 냄새가 가시지 않은 천사 아기의 얼굴로 꼭두각시 율동 따라 하기를 정말 잘한다. 귀엽다는 말로는 부족할 만큼 눈이 부시다. 의사 옷을 입고 연극도 한다. 세상에서 제일 예쁜 아이가 엄마를 찾는다. 품어 안는다.

    서른이 채 되지 않은 앳된 윤희도 그 안에 있다. 공단으로 지은 색동 한복을 입고 있다. 아이들 재롱잔치에 유치원 원장은 굳이 한복을 입고 오라고 했는지 모르겠다. 더구나 한겨울에 하는 재롱잔치인데 말이다.

결혼 때 입은 한복이다. 어느 달력에 여배우가 입은 한복이 유난히 예뻐 보여 맞춤한 한복이다. 왜 그때 색동 한복이 예뻐 보였는지 모르 겠지만, 나이 어린 탓으로 슬쩍 돌려야겠다.

지금 입어보라 하면 전혀 안 어울릴 한복이다. 할머니가 색동저고리 를 입었다고 생각해 보라. 코미디도 아니고 얼마나 우스운 모습일지 짐 작이 간다. 그때는 결혼 한복이 연두색 저고리에 빨간 치마를 입는 게 다반사였는데 친구들도 다들 그런 색감의 한복을 입었다. 무슨 생각 으로 색동저고리를 맞춰 입었는지. 배우가 입은 한복에 눈이 멀었었나 보다. 문득 저고리의 안부가 궁금해졌다. 그 한복이 언제 어느 때 없어 졌는지 생각이 나지 않는다. 어디로 갔을까? 누굴 준 거 같긴 한데 기 억이 나지 않는다. 뭐 기억나지 않는 게 그뿐이겠나. 돌아서면 잊어버 리는 것이 얼마나 많은지 모른다.

많은 일이 잊히고, 잊었고, 기억 저편 어딘가로 사라져 버린 지 이미 오래다. 생각이 난다 해도 다시 지울 기억들이다.

웬만한 건 모두 40년 정도의 나이를 먹은 물건들이 꽤 많이 있는 편 이다. 물건을 잘 고장 내지 않는 편인지 아니면 물건이 워낙 튼튼해서 좋은 탓인지는 가전제품 회사 망하기 딱 십상이다.

비디오 가전이 아직 티브이와 연결이 되어있다. 연결만 되어있을 뿐 테이프 넣고 본 지는 십수 년이 지났다. 십 년 전쯤인가 큰아이가 신랑 감으로, 그때는 예비 사위 딱지가 붙어있었다. 예비 사위가 집에 왔을 때 틀어주고 같이 보면서 한껏 웃고 떠들면서 '이랬단다. 저랬단다.' 하며 아이의 어린 시절을 추억하는 윤희를 보며 사위는 딸의 어린 시절 모습에 꽤 즐거워하면서 함께 본 기억이 난다. 그 후 지금껏 꺼내본 적이 없다. 즐거워 웃고 떠들던 그날의 웃음소리가 거실에 남아있는 듯 착각을 한다. 딸들도 이제는 집에 있는 자신들의 물건을 찾지 않는다. 아마도 새로운 신상 물건들로 채워진 자신들만의 공간에 오래 묵은 추억 어린 물건들은 그저 짐일 수 있다. 하지만 지금 장만한 신상들도 이다음 묵은 추억이 된다는 것을 그때는 알게 되겠지. 지금은 말해도 모를 일이다. 윤희가 그랬듯이 말이다.

아이들이 중히 여기는 것과 윤희가 중히 여기는 것이 다른 탓이다.

그렇다 그렇게 지나간 일이다. 그러다 보면 또 어느새 몇십 년이란 시간이 지나갈 것이다. 한때는 시간이 왜 이리 더디 가나 하는 생각을 한 적도 있다. 지나간 시간은 화살을 쏜 듯 빠르게 지나가고, 오는 시간은 더디 오는 듯하지만 시간은 지금도 똑같이 흐르고 있는 거다. 다만 의식을 못 하고 살고 있을 뿐이다. 윤희는 요즈음 시간을 아껴 쓰려고, 허튼 시간을 줄이려 한다. 시간을 소중하게 여기는 마음이 여기저기 담겨있다.

집 서랍에는 특별히 열어볼 일이 없을 때는 몇 년 전인지도 모르게 묵혀진 물건들이 있다. 이제 와 새삼스럽게 열어본다. 서랍을 열어보니 고구마 줄기처럼 들려 올라오는 것들을 하나씩 손에 담아 눈으로 묻는다. '이게 언제 적 것이더라. 이것이 여기 있었구나.' 오랜 시간이 지났어도 버릴 수 없는 물건들이 손때 묻은 기억 저편 어디쯤에 함께

했던 추억이 기다렸다는 듯 하나씩 하나씩 손에, 눈에 담겨 틈새에
보인다.

추억 넷

작은 상자가 눈에 보인다. 뭐가 들었는지도 모르는 상자 뚜껑을 열어보니 카메라가 두 대 들어있다. 삼성 카메라와 소니 브랜드 카메라였다.

삼성 카메라에 분홍색 메모지가 붙어있다. 딸 이름이 적혀있고, 아기였을 때 찍어주려고 결혼 후 처음으로 산 거라 쓰여있다. 써놓고도 까맣게 잊고 있던 메모 글이다. 얼마나 오랫동안 서랍을 열어보지 않았는지, 시간이 이렇게 지나갔는지도 모르고 살고 있

다. 그러니 이 카메라도 사십 년이 훌쩍 넘은 물건인 거다. 카메라를 보니 기억이 났다. 하나는 배터리 들어가는 곳이 망가져 닫히지 않아 수리점에 가져가니 오래된 것은 부속이 없어 고치지 못한다 해서 얼마쯤 후에 벼르다가 새로 산 카메라가 소니였다.

그때는 모두 카메라로 사진을 찍고 인화해서는 앨범에 놓고 보던 때였으니 찍은 필름도 대부분 간직하고는 가끔 불빛에 비춰보면 흑백으로 어렴풋이 무슨 사진인지를 알고는 다시 앨범에 넣어놓고는 했다. 지금도 앨범에는 필름이 몇 장 있다. 언제 적 것인지도 모르겠는데 시커

먼 필름이 무슨 무성영화처럼도 보인다. 실루엣을 보니 아이들 사진이
다. 명함판 사진필름도 있다. 불에 비춰보니 아이들 어릴 때인 것 같
다. 카메라 셔터를 눌러본다. 소리가 안 나는 것이 배터리가 없나 보
다. 아! 맞다. 카메라에는 필름을 넣어야 하는데 필름이 없어서인지도
모르겠다. 소니라는 일본 제품이
라 작동법이 익숙지 않아 전에도
사진을 찍을 일이 있을 때는 설명
서를 보고 간단히 셔터 누르는
방법만을 익히고 찍었던 기억이
났다. 이제 그마저도 잊어버렸는
지 할 줄을 몰라 그런 건지 모르
겠다.

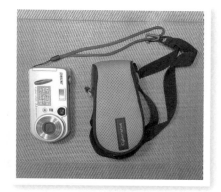

   요즈음 며칠 전 일도 기억이 나지 않는다. 그래서 앨범을 찾아보기
로 했다. 사실 앨범에는 옛날 카메라 사진만 있어 앨범을 본다 한들
이 카메라로 찍은 건지, 저 카메라로 찍은 건지 알 수가 없다. 분명한
건 아이들 아기 때 찍은 사진은 분명 삼성 카메라였을 거다. 얼마나 찍
어댔으면 배터리 뚜껑이 망가질 정도였을까. 하지만 결국은 못 고쳐서
그렇게 작은 상자 안에서 지금껏 바깥 숨도 못 쉬고 뚜껑이 닫힌 채
서랍 속에서 카메라는 제 탓인 양 숨죽이고 있었나 보다.

추억 다섯

맨 앞에 윷이 보인다. 일부러 인사동에 나가 사 온 것이다. 조각보 주머니에 넣어져 있다. 인사동 티가 난다.

딸아이가 결혼 전 예비 사위를 데리고 왔을 때 한국의 놀이문화를 보여주고 알려주고 체험하게 하고 싶어 인사동을 빙빙 돌아 찾아내고는 흐뭇해했던 윷이다. 순간 생각나는 기억을 더듬어 글을 쓰려니 윷에 받침이 뭐지 순간 모르겠다. 받침 실수를 줄이는 데는 한글백과 찾기를 봐야 한다. 무식을 슬쩍 감추는 데도 도움을 받는다.

아무튼 윷이라는 받침은 'ㅊ'이라는 것을 알았다. 윷놀이를 사위와 함께 던지고 게임 방법을 알려주고 거실이 떠나가라 웃고 떠들던 그날을 기억하고 생각나는 대로 적어보자. 아마 새해 첫날이었을 거라는 생각이 났다.

큰아이가 있었고, 딸, 사위 그렇게 가족이란 이름으로 모여 윷을 던지고 오랜만에 예비 사위 덕분에 윷판을 깔고 던지며 시끌벅적하니 명절답던 날이었다. 평소 명절이라도, 아니 한국 사람들도 사실 요즈음은 그렇게 많이는 하지 않는다. 예전에는 정말 겨울이면 둘러앉아 굳이 명절이 아니어도 친구들끼리 형제들끼리 즐겨 하곤 했다. 겨울이라 나가봐야 춥기도 하지만, 놀거리가 많지 않았던 그때는 따뜻한 아랫목에 둘러앉아 부모님들과도 함께 놀던 놀이 문화지만 지금은 굳이 윷을 놀지는 않는다. 정월 보름이나 명절이 다가오는 날이면 동네 마당에서 어른들이 가마니를 깔아놓고 이웃들끼리 윷을 던지고 한편에 자그마한 양철통에 동네서 주워온 나무들을 집어넣고 장작불을 피우고는 시린 손을 데워가면서, 차가워진 손을 다시 주머니에 넣었다 뺐다 하면서도 해 지는 줄 모르고 놀던 놀이였지만, 언제부턴지 명절이 되어도 마당에 골목에 사람들이 조용하다. 예비 사위는 게임 방법을 금방 익혀 제일 잘했던 거로 기억이 나는데, 늦게 배운 도둑이 날 새는 줄 모른다더니 꽤 오랜 시간을 함께 놀았다. 그땐 그랬다. 딸과 결혼 후 미국으로 날아간 사위는 그날 윷놀이를 함께했던 시간을 기억하려나 모르겠다.

4월 어느 꽃 지던 날에

이렇게도 살다 보니
4월 어느 날 작은 꽃잎 지던 날에는
아주 조용히 접힌 날개 펴고 날아보리라
그리 멀리 날아오르지는 못할지라도
금빛 날개 퍼덕이며 날아보리라

이렇게도 살다 보니
4월 하얀 목련 나무 꽃가지에 앉아 볼 수만 있다면
그곳까지만이라면
은빛 날개 펴고 날아올라 보리라
하얀 목련이 날개 아래 꽃잎을 떨군다.

이렇게도 살다 보니
5월 어느 날 라일락 향이 온몸에 배이던 날에는
금빛 날개 펴고 날아보리라
은빛 날개 펴고 날아보리라
보랏빛 라일락 날개 위로 하늘을 안는다.

식탁과 밥상 사이

집이 참 조용하다.

강아지 한 마리를 키워볼까?

감성적이기도 하지만 이성이 조금 더 앞선 윤희는 티브이를 켜놓은 채 멍하니 티브이에 눈을 맞추고는 머리로는 '강아지 털이 날리겠지. 사료값도 들 거고. 예방접종에 아프면 동물병원을 들락거려야 할 거고, 더 아프면 수술을 하게 될지도 모를 일이고.' 하고 생각한다. 강아지 키우는 데 그런 일들이 비일비재하다는데 그러다 무지개다리를 건너는 일이 생기면 그 슬픔은 말로 표현할 수 없어 우울증에 시달린다는 말을 들었다.

예전에 딸아이들이 강아지를 키워보라 했을 때가 있었다. 자기들이 떠나면 외로울 거라면서 강아지랑 함께하면 덜 외로울 거라면서. 그때 윤희는 "너희들 키우는 데 쏟을 사랑과 정성은 있어도 강아지 키우는 데 나눠줄 사랑이나 정성은 없는 것 같거든. 남은 게 있으면 그것조차 너희들에게 해야지. 강아지 키우지 않을 거야. 강아지 밥이나 간식 살 돈으로 너희들 오면 과일이라도 사고, 특히 너 좋아하는 체리 사야지. 강아지한테 영양제도 먹이고 그런다는데, 그 돈 있으면 너희들 영양제 사서 보낼 거야." 하고 말했다.

가만히 윤희 말을 듣고 있던 작은아이가 하는 말이 "엄마! 지금은 그래도 우리 둘 다 시집가고 나면 엄마 강아지 키우고 싶어질 거야. 혼자 있으면 외로울 거니 그때는 내가 강아지 사다 줄게. 우리 키우듯 강아지한테 밥도 주고 안아도 주고 그러면서 지내면 덜 외로울 거야. 그때는 엄마 강아지 키워 봐!"였다. "아니야. 강아지 키울 마음 없어. 괜히 나한테 왔다가 밥도 못 챙겨주면 불쌍하기만 하지! 너희들 키운 것만으로도 충분하거든." 윤희는 진심으로 그렇게 말했다. 물론 딸은 그렇게만 말하고 정작 강아지를 사다 주지는 않았다. 윤희 성격을 아는지라 아마도 사다 준다 해도 마다했을 거라 생각했을 것이다. 윤희는 아직도 강아지를 안 키우고 있는 걸 보면 자식을 키우면서 어미의 사랑을 남김없이 쏟아낸 탓에 속에 남아있는 것이 없어서인지도 모르겠다. 사랑은 샘솟는다는데 내 안의 사랑은 퍼낼 대로 퍼내어 이제 남은 것이 없어 메마른 탓인지도 모르겠다. 누군가 마중물이라도 부어준다면 모를까.

식탁과 밥상 사이가 십 리는 되는 듯, 마냥 멀게만 느껴진다. 아주 오랜만에 식탁에 상을 차렸다. 일 년도 더 지난듯하다. 시장에 들러 반찬 몇 가지를 샀다. 그동안 뭘 먹고 살았는지 생각도 나지 않을 만큼 반찬을 한 기억이 없다. 일식 일찬이었으니 굳이 식탁에 앉을 일이 없기도 했다. 아이러니하게도 반찬을 남겨 버리는 일이 거의 없어졌다. 조금씩 사기도 하지만 음식을 남기는 일이 없이 두세 번 식사에 깨끗하게 해결하기 때문이다. 집에서 반찬을 하거나 국을 끓이면 미처 다 먹지를 못해 남는 음식이 많아 버리는 게 반이었다. 그래, 뭐 생각을 바꾼다고 세상이 바뀌지는 않겠지만, 긍정적으로 생각하면 이것도 나쁘지는 않은 식사라 생각해 보자. 티브이 앞 테이블에 두 가지만 놓으면 식사 해결이다. 이런 모습의 식사 풍경은 아마도 독거노인 밥상이 이렇지 않을까 싶다.

윤희 집 식탁은 6인용이다. 아이들 결혼 전에 살던 아파트 평형이 80평이 넘는 큰 평수이다 보니 주방 공간이 따로 있었고 꽤 넓었다. 친구들이 가끔 집에 놀러 오면 나갈 때 현관문을 못 찾아 "어디로 나가는 거냐?" 하고 묻던 일도 있을 만큼 문이 많았다. 방문이 네 개, 중간 문, 주방 문에 베란다 문까지 있으니 나갈 때는 헷갈릴 만도 했다. 널따란 주방 공간에 몇 년을 쓰던 4인용 작은 식탁은 분위기가 영 아니기도 했지만, 참 분위기 어지간히도 따질 때였다. 식탁을 바꿔야겠다는 생각으로 몇 날 며칠을 수입 가구점으로, 이태원으로 돌아다니면서 까다롭게 구입한 식탁이 지금 주방 한자리를 차지하고 있는 식탁인 거다.

하지만 지금은 전혀 아니다. 오히려 작은 밥상이 그리운 나이가 되었다. 나이를 먹는다는 건 자꾸만 줄이고 걸러내고 덜어내고 있어야 할 몇 가지만 있으면 언젠가 세상을 떠나 하늘로 돌아가는 날에 남은 이들에게 부담이 덜 할 것 같은 마음이 요즈음 부쩍 많아졌다. 더구나 윤희 자신은 이미 시한부가 아닌가 말이다. 그랬다. 나이 오십을 넘기면서부터 덜어내기, 줄이기, 더 이상 물건 사지 않기, 사진 찍지 않기, 찍어도 인화하지 않기 등을 조금씩 실천하고는 했다.

남은 이들을 위한 작은 배려라 생각했나 보다. 아이들이 결혼을 하고 집을 떠나기 전 6인용 식탁을 사둔 이유가 있었다. 앞으로 새로 들어올 가족을 생각해서였다. 식탁은 정말 많은 곳을 돌아보다가 깐깐하게 골랐다. 당시엔 흔하지 않은 고급진 수입 식탁을 구입했다. 원목을 깎아 디자인한 것이 제법 비싼 티가 나 보이기도 했다. 의자는 고급스러운 패브릭을 깔아 주방 분위기를 조금 더 살려주는 듯도 했다. 식탁뿐 아니라 뭐든 오래 쓸 것을 구입할 때는 쉽게 사지 못하고 오만 군데를 다 가보고 몇 날 며칠 고민 끝에 선택하는 결정 장애도 조금은 있는가 보다.

이 식탁은 아이들과 함께 밥을 먹고 새사람을 들이면서 사위를 보고 손자 손녀도 같이 앉아 밥을 먹었던 식탁이다. 그러는 사이 꽤 오랜 시간이 지났다. 아이들이 모두 떠나고 너무 큰 식탁이 한때 부담스러워 가구점에 팔려고 내놓으니 헐값에 바로 가져갔다. 4인용 식탁이 또 하나 있어 그 자리에 놓으니 주방이 갑자기 초라해 보였다. 널찍한 식탁을 치우고 작은 식탁을 그 자리에 놓으니 뭔가 푹 꺼진 듯 영 마음에 들지 않는 것이다. 도대체 어울리지가 않는다.

며칠을 고민하다가 팔았던 논현동 가구점에 가서 가져간 금액보다 오히려 웃돈을 얹어주고 다시 사 오는 해프닝을 하기도 한 추억이 있는 식탁이다. 이 식탁은 나중 딸아이가 가져가 오래도록 썼으면 하는 마음이다. 내가 그랬듯 딸의 아이들이 앉아 식사를 하고 이다음 손녀 사위도 앉아 식사를 하면서 가끔 내 이야기를 해주면 좋겠다.

식탁 위에는 작년 생일에 친구가 사 준 노란 프리지아가 마른 채 유리병에 담겨있다. 문득 식탁 옆 닫혀있는 방문을 열어본다. 딸아이가 시집을 가고 나서부터 빈방이 된 지 꽤 오랜 작은 방이다. 세워놓은 장롱을 열어본다. 이 장롱은 흰색 하이그로시 장롱인데 삼십 년 전에 꽤 유행하던 가구였다. 이집 저집 하이그로시로 장롱을 바꿀 때 유행에 뒤질세라 시집올 때 가져온 원목 장롱과 차 단스라 불리던 장식장 세트를 친정으로 보내버리고 깔끔한 하이그로시로 들여놓은 거다. 지금 생각해 보면 몰라서 그랬다는 생각이 든다. 원목 장롱이 좋은 거고 하이그로시는 재생 합판이라는 것을 당시는 몰랐으니까. 장롱을 흰색으로 산 건 생각이 있어서였다. 이제는 흰색이 바래져 약간 누래지기는 했어도 흰색이었다는 것은 알 수 있을 정도다. 안방에 놓고 쓰다가 아이들이 크면 아이들 방으로 옮겨줄 생각이었는데 차일피일하기도 했고, 하이그로시가 워낙 무거워 남편도 없는 윤희가 장롱을 이 방에서 저 방으로 쉽게 옮길 수 있는 것은 아니어서 세월은 흘렀고, 옮겨주기 전에 결혼하고 집을 떠났기 때문이다. 아마도 이 장롱은 윤희가 세상을 떠나거나 특별히 다른 일이 생기지 않는다면 주민 센터에서 버려지는 스티커 한 장을 발부받아 집 앞 벽에 세워놓을 거고 그러면 재활용 가구를 거두어 가는 아저씨들이 들고 가 부수거나 재생해서 다시 누군가의 집으로 팔려 갈지도 모르겠다. 장롱 자체는 특별히 추억이랄 게 없으니 그리 버려져도 아쉬울 건 없을 것 같다.

이런저런 정리를 하려니 갑자기 외로움이란 게 몰려오는 기분이 든다.

외로움이란 사실 혼자만이 느끼는 것은 아니라는 법정 스님의 시가 생각난다.

세상 사람 누구나 자기 그림자를 이끌고 외롭게 살아간다는 오히려 외로움을 느끼지 못한다면 그는 무딘 사람이라고 하던가. 때로는 옆구리께를 스쳐 가는 시장기 같은 외로움을 느껴야 한다고, 시장기 같은 외로움이 아니라 지금은 몹시 배고픈 외로움이 몰려오는 기분이다.

이부자리와 방석

장롱을 열어보니 그대로 개어놓은 이부자리가 보인다. 시집올 때 친정어머니가 목화솜을 타서 손수 꿰매 주신 이부자리다. 결혼 후 침대를 쓰다 보니 사실 펴고 잘 일이 그리 많지는 않았던 이불이다. 신혼 때 침대 위에 요를 깔고 두꺼운 목화 솜이불을 덮고 자곤 했었는데 남편이 이불 덮고 자다가 숨 막히겠다고 농담을 할 정도로 두껍고 무겁기도 했다. 침대를 쓰면서부터 요와 이불이 너무 크고 두꺼워 언젠가 솜틀집에 맡겨 얇게 만들어 두고 손님이 오거나 하면 깔아주던 이부자리다. 시집오기 전 신혼 이불을 꿰매시는 것을 직접 보았는데 동네 아주머니들과 함께 이불을 꿰매시면서 말씀하신 게 기억이 난다.

"윤희야! 시집가는 딸에게 꿰매 주는 이불은 아무한테나 꿰매라고 하는 게 아니란다. 가정이 평안하고 잘 살아온 사람들에게만 꿰매 달라고 하는 거란다." 그런 말씀을 하신 게 생각이 났다. 이불 가운데는 공단으로 기억하는데 빨간색과 초록색에 자수가 놓였던 것으로, 겉을 싸고 있는 것은 옥양목 홑청이라는 흰색이었다. 이미 오래전 다 뜯어내고 그냥 덮어씌우는 것으로 바꾸어 놓은 지 오래다. 빨강과 초록이라 색은 화려하지만 잔잔한 꽃무늬 자수가 놓였던 이불 공단은 이불 집에서 안 가져온 건지 그 이후로 본 적이 없다. 생각해 보니 이불을 같이 꿰매신 아주머니 중에 가정이 평탄치 않은 분이 몰래 꿰매셨나? 남편과 사는 동안 윤희는 그리 편안치 않았던 결혼 생활을 누군가 인지 모를 아주머니에게 가당치 않게 슬쩍 돌려본다.

개어있는 이불을 오랜만에 꺼내다 보니 그 아래 파란색 공단에 기계 수가 놓인 방석 커버가 눈에 보인다. 까맣게 잊고 있었던 방석 커버다. 이것도 시집올 때 친정엄마가 사 주신 거로 기억하는데 혼수는 홀수로 하는 거라면서 세 개를 사 주신 거 같다. 그것도 방석이 너무 두껍기 도 하지만 거실에 소파를 쓰다 보니 내놓고 앉을 일이 없어진 지 오래 다. 소파가 없던 신혼 때 잠깐 다니러 오는 친척들이나 친구들에게 신 혼 티 내느라 꺼내놓은 적이 몇 번 있었지만, 거실에 소파를 들이면서 부터는 장롱에서 나온 적이 없다. 방석 속은 언제인지 모르겠지만 두 꺼운 방석 세 개가 장롱 자리를 너무 많이 차지하는 터라 빼버리고 공 단 방석 껍데기만 남아있다. 문득 방석 껍데기를 가볍게 만져본다. 공 단의 보드라운 촉감이 좋다. 두꺼운 방석 솜이 빠져나간 껍데기는 이 제 쓸모가 없어졌다. 그냥 그렇게 장롱 한쪽에 개켜져 있다가 언젠가 버려질지도 모르겠다. 문득 사람도 그렇게 되는 건가 하는 생각을 한 다. 두꺼운 방석 속을 자리만 차지하니 필요가 없어지자 버려버리고 껍데기만 남았다가 그도 필요가 없어지면 왜 있었는지 뭔지도 모르면 서 누군가의 손에서 버려질 것 같은 설움이 울컥 솟는다.

서둘러 딸아이에게 보낼 박스에 언젠가 받아둔 황금색 선물 보자기 에 덧대어 접어 곱게 담아둔다. 누군가의 손에 버려질 거라면 딸아이 에게 보내고 그 아이가 버린다면 그나마 괜찮을 것 같다는 생각을 한 다. 사람도 물건도 버려지지 않기 위해서는 무언가 새로운 모습으로 탈바꿈을 해야 한다.

표구점에 가져가 표구를 해둘까? 그러면 버려지는 일만은 막을 수 있겠다는 생각이 들었지만 남기고 가는 일이 번거롭기만 하다.

탯줄, 배꼽 자리

"엄마, 이거 뭐야?"

"뭔데? 아! 그거 너희들 탯줄이야. 엄마랑 너희들 심장을 연결해 주던 탯줄이지. 그걸 통해서 너희들이 엄마 밥을 나눠 먹기도 했을 거고.

아마 거의 다 너희들이 뺏어 먹었을걸. 그래서 지금도 엄마가 이렇게 말랐나 보다. 탯줄을 통해서 엄마는 너희들 심장 소리를 들을 수도 있었고, 너희가 엄마 태중에 있을 때 동화책도 읽어주고, 태교에 좋다는 클래식 음악을 들려주기도 하고, '아가야!' 하고 불러보기도 하고. 엄마 수다를 들으면서 너희가 컸던 거란다. 그때부터 엄마가 그만 수다쟁이가 되었지 뭐니! 하하."

"이걸 여태 가지고 있는 거야?"

"그럼. 그게 얼마나 소중한 건데, 당연히 잘 간직하고 있었지.

옛날에는, 약이 별로 없었을 때 말이야. 어른들이 그러더라고. 아기가 태어나서 자라는 동안 혹시라도 어디가 아파서 약을 쓸 수가 없을 정도로 아프거나 하면 이 탯줄을 태워 가루로 만들어 먹이면 낫는다는 말이 있었어. 그래서 지금껏 가지고 있기도 했지만, 너희들이 아프지 않고 잘 자라줘서 이 탯줄을 태워 먹일 일이 없었던 거지 얼마나 감사한 일이니?"

진심으로 감사하다는 말이 자기도 모르게 불쑥 튀어나왔다. 그날 이후 내내 하늘을 보고도, 땅을 보고도, 길가에 난 풀 한 포기에도 감사하는 기도를 윤희 자신도 모르게 하게 된다.

딸아이가 장롱 아래 공단으로 만든 옛날 작은 복주머니를 꺼내서는 뭐냐고 묻는 말에 윤희는 그만 다시 수다쟁이가 되어 40여 년 전 아이들을 태중에 품었을 때의 이야기를 재미있는 옛날이야기처럼 하고 있으니 딸아이는 눈을 동그랗게 뜨고는 말한다.

"아유! 엄마는 그게 언제 적 애긴데 아직까지 외우고 있어! 나 지금 시집가서 아기 낳은 엄마가 되었단 말이야." 뭔가 살짝 부끄럽다는 듯이 예쁜 눈을 흘긴다.
태중의 아이들과 심장을 이어주던 탯줄을 산부인과 의사로부터 받아서는 지금껏 간직하고 있는 걸 보면 무던해서가 아니라 그냥 세월이 빠르게 지나간 것뿐이다. 윤희는 가끔 아이들에게 말하고는 한다.

시간은 기다려주지 않는다고, "지금이 너무나 귀한 시간이니 허투루 쓰지 말아야 한다." 그러면 작은딸아이는 귀를 막는 시늉을 하면서 "엄마, 그 말 한 번만 더 하면 백 번째야." 그러면서 입을 삐죽 내밀고는 한다. 너무 뻔한 말이라 아이들 귀에는 안 들릴지도 모른다. 그때의 우리 모두 그랬으니까.

그러나 지금 해야 하는 것들을 놓치지 말고 해야 한다는 말을 윤희는 또 하게 될 거다. 그런 말은 세월을 지나온 사람들만이 알 수 있고, 할 수 있는 말일 뿐이다. 아무리 얘기해도 지금 젊은 친구들은 알 수 없는 말이기는 하다. 마냥 시간이 기다려주는 줄 알지만 그건 후회라는 이름에 보태는 시간이 될 것이니까.

윤희가 그랬듯이 딸들은 그러지 않았으면 하는 마음에서 말을 하다 보니 잔소리처럼 들리겠지, 문득 후회스러운 일이 생각이 났다.

사실 딸아이들과 여행을 많이 다니고 싶었다. 자식들에게 좋은 추억을 남겨주는 것이 가장 좋은 유산이라는 말을 들은 적이 있어 함께 여행하면서 많은 이야기도 나누고 좋은 기억을 남겨줘야지 했었는데 그만 아무것도 못 한 채 그렇게 시간이 지나가 버리고 곁을 떠나는 일이 생긴 거다.

아마 전화로라도 같은 말을 백한 번째, 백두 번째 분명 또 하게 될 거다.

내 아기들과 나를 이어주던 탯줄은 공단 복주머니에 담긴 그대로 큰 아이에게 보낼 박스에 담아야겠다.

이불장 맨 아래 주황색 아기 담요가 보인다. 두 마리의 토끼가 그려져 있고 애드벌룬을 타고 있는 두 아이의 모습이 찍힌 아주 귀여운 아기 담요다. 주황색이 참 따뜻해 보이는 색이라는 걸 새삼 보고 알았다. 누가 사 준 건지는 기억이 나지 않지만, 큰아이가 태어났을 때 선물 받은 것은 틀림없을 것 같다.

아기 때 보로 싸서 안고 다니기도 했고, 잠을 잘 때는 덮어 키운 아기 담요였다. 담요로 싼 아기 때 찍은 사진도 몇 장이 남아있는 걸 보면 그 담요 한 장으로 두 아이를 키워냈으니 두 아이에게도 특별한 담요였다. 아기였던 자식들 나이가 사십이 넘었으니 담요 또한 사십 년이 넘어간다는 얘기다. 그때처럼 포근한 느낌은 많이 없어지고 따뜻한 느낌만이 그대로다. 장롱 안에 보관하다 보니 참 오래도 간직한 귀하게 생각하는 것 중 하나인 것만은 틀림이 없다.

오랜만에 꺼내어 아직도 남아있을 것만 같은 아이들의 냄새를 맡아본다. 내 아기들이 젖 먹고 토하기도 하고 뒤집기도 했을 거고 앞으로 기어 보기도 했을 아기 담요를 윤희는 지금껏 간직하고 있다. 큰아이가 아기를 낳아 윤희를 할머니로 만들어 주었을 때 손자 아기를 그 옛날 그랬던 것처럼 보에 싸서 사진을 찍어주었다. 대를 물린 아기 담요인 거다.

사진을 찍는 윤희는 감개가 무량하다. 딸아이는 떨떠름한 얼굴로 못마땅하다는 표정을 짓는다. '담요가 촌스러운데…' 하는 표정이다. 요즘 하도 좋은 아기용품들이 많다 보니 아주 오래된 낡은 아기 담요가 뭐 그리 대수롭겠는가 하지만 세월 지나면 너희도 잘 찍어 놨다고 할지 모른다.

윤희는 이 담요를 절대로 버리지는 않을 거라 마음먹는다. 아이들 어릴 때 입었던 배냇저고리나 커가면서 입었던 옷들은 큰애가 입고 작은애가 물려 입다 보니 낡아 버리기도 하고, 괜찮은 아기 옷들은 이웃 엄마들이 찜하고는 기다렸다 받아 가는 바람에 남은 것이 없는 게 늘 아쉬웠는데 이나마 간직하고 있는 게 새삼스럽게 감사하다.

손자 아기가 자라 결혼을 하고 아기를 낳으면 증손자가 되는 거겠지. 3대를 물린 아기 담요를 그때 다시 꺼내어 증손 아기의 사진을 똑같이 보에 싸듯 사진을 찍어주리라 생각해 본다. 물론 그럴 일은 일어나지 않을 것이라는 걸 안다. 시한부라는 코사지가 · 옷깃에 달려있으니 말이다.

잠시 숨을 고른 윤희는 벽에 기대어 눈을 감는다. 조롱조롱 아기 때 이야기를 예쁜 카드에 적어 주어야겠다. 오래전 어느 날 큰아이가 어릴 때 물었던 말이 생각이 났다. "엄마 힘든데 나 왜 낳았어?"라고 물었다. 문득 원망이 느껴졌다. 힘들었나 보다. 아니면 윤희가 힘들어하는 모습을 보면서 속상해서 그랬을지도 모른다.

"아기는 하늘에서 보내준 축복의 선물로 네가 엄마에게 온 거란다. 부모가 아기를 선택하는 것도 아니고, 아기가 부모를 선택해서 오는 것도 아니라 하늘이 주는 선물이어서 기쁨이었고 너무나 큰 선물이 아가야! 너였단다.

엄마는 그저 축복의 선물로 주신 아기를 감사한 마음으로 받아 사랑으로 너를 기르고 키운 것뿐이지. 그럴 수 있는 힘도 하늘에서 주신 거란다.

그런 말 있잖니? 하느님이 너무 바빠 세상에 엄마를 대신 보낸 거라는 말, 들은 적 있지? 바쁘다는 핑계로 부족한 돌봄에 엄마 역할을 잘 못한 것만 같아 너무나 미안했다. 비어있는 아빠 자리를 채워주는 데는 한계가 있었을 거다."

사랑할 줄만 알았지, 지혜롭지는 못했음을 아이 앞에서 고백한다.
얼마나 힘들었으면 그런 말을 했을까, 순간 너무나 당황스럽기도 하고 부끄러웠던 기억이 나서 밤새 아이 모르게 주황색 아기 담요에 얼굴을 묻고 그렇게 울었다.

모시 조각보

거실을 휘둘러본다. 벽 한쪽에 조각보가 걸려있다. 보험계약자들이 많아 자주 가는 시장에 거의 매일 들르고는 했는데, 미용실 하는 원장님 가게를 특히 많이 들렀다. 미용실에 시간 날 때마다 수시로 드나드는 아주머니들도 있고, 매일 출근 도장을 찍듯 오시는 아주머니들도 있어 항상 북적이는 곳이다. 미용실 오시는 아주머니들은 워낙에 오랜 이웃이기도 해서 오면 그냥 웃다가 놀다가 가는 곳이기도 했다.

아주머니들은 우스운 말로 자기들은 양기가 입으로 올라와서 그런다면서 어떨 때는 듣기 민망한 농담들을 할 때도 많지만 그런 말들을 하면서 배를 잡고 웃는 그 모습들이 오히려 정겹게들 보이기도 한다. 그러면서 민망해하는 윤희를 보면서 영순 아주머니는 "우리 이러고들 살아요. 인생 뭐 있수? 그냥 웃고 살면 복이 온다니 웃느라 그러는 거라우." 앞니 빠진 입을 슬쩍 가리면서 "그 짝도 웃으면서 살라고, 웃고 말아요." 하는 분이시다.

동네 미용실이다 보니 밥때가 되면 집에서 반찬 한 가지씩 들고 와 같이들 밥도 먹고, 국수도 삶아 김치 한 가지에 수다는 한 바가지씩을 하고 가는 동네 사랑방 같은 곳이 이곳이었다. 집에서 반찬을 좀 했다고 들고 오는 선자 아줌마도 있고, 제사 지냈다고 전이며 나물이며 먹을 것을 들고 오는 경순 아줌마도 있고, 하여튼 미용실에 가면 항상 먹을 것도 많지만 이 집 저 집 소문도 많아 믿거나 말거나 하는 말들이 둥둥 떠다니는 곳이기도 하고, 이런저런 말들이 파마 롤에 말려 들어가기도 하는 곳이 미용실이기도 했다.

그래서 또 헤프게 웃기도 하고 마음에 담기는 말들은 별로 없는 곳이기도 하다. 동네 아줌마들이 모여 떠들고 웃다 보면 스트레스가 풀리는 곳이 동네 미용실이었다. 그러다가 때가 되면 밥 한 그릇 얻어먹고 오는 일도 있었다. 윤희도 미용실에 갈 때는 간식거리를 사 가지고 가고는 했는데 어느 날은 과일을, 어느 날은 빵을 사 가지고 들리고는 하는 곳이기도 했다. 미용실에 가면 원장은 한 명인데 거드는 일손은 매일 바뀌기도 한다. 어느 날은 정자 아줌마가, 어느 날은 순임 엄마가 어느 날은 두세 명이 원장 옆에서 파마하는 일손을 돕기도 한다. 머리를 자르고 파마를 하면서도 기다리는 그 시간이 절대 지루하지 않아 오는 손님도 미용실도 늘 시끌벅적 웃고 떠드는, 말하자면 입으로 스트레스를 날려버리는 곳이 이곳 미용실이다.

미용실에 가면 언제나 만나는 명자 아주머니가 있다. 성격도 괄괄하고 어디 하나 맺힌 거 없이 입으로 다 풀면서 사는 분이라 세상 스트레스는 없겠다 싶은 아주머니. 처음에는 워낙 목소리도 크고 말도 거칠고 해서 아주머니가 무슨 말을 해도 옆에서 듣고 웃기만 하고 대꾸하지 않았다. 잘못 대꾸라도 했다가는 머리채 잡힐 것 같은 사나움도 있을 것 같아서였는데 미용실 원장이 제일 반기는 분이 명자 아줌마였다. 워낙 손도 크고 음식도 맛깔지게 잘하고 고향이 전라도 구례 어디쯤이라고 했던 것 같다. 아줌마는 입담이 워낙 좋고 하니 아줌마가 오면 손님들이 더 많이 오기도 했기 때문인 것 같았다. 늘 사람을 끌고 다니는 명자 아줌마였다. 몇 년을 미용실에서 보다 보니 하루는 아줌마하고 단둘이 얘기할 기회가 있었는데 사람이 겉만 보고는 모른다는 말을 이럴 때 하는 건가 싶은 마음이 들었다.

사연이 구구절절이다. 지금 남편과는 재혼을 했는데 남편한테도 아줌마는 세 번째 부인이라고 한다. 위로 전처가 두 명이나 더 있었는데 이혼하고 자기가 세 번째라고 한다. 오다가다 만나 그냥 살림 차리고 살다 보니 두 번째인지 세 번째인지도 모르고 살았는데 나중 알고 보니 세 번째더란다.

혼인신고도 안 하고 살다가 십 년이 넘어 그제서야 혼인신고를 했다고 한다. 처음에는 언제 보따리 싸 들고 나갈지 몰라 서류로 얽혀 나중 헤어질 때 복잡해질까 봐 안 했는데 이제 빼도 박도 못할 나이가 되었으니 얼마 전에야 혼인신고를 했다고 한다.

참 그 아저씨 얼굴은 못 봤지만 요즘 말로 능력 있다 하는 건가 모르겠다. 먼저 부인들이 낳은 자식들도 있고 재혼, 삼혼 두 분 다 능력자다. 그냥저냥 산 지 십 년이 넘어간다고 하는데 아줌마한테도 사별한 남편에게서 낳은 아들이 하나 있는데 지금은 지방에 가 있어 가끔 전화만 하는 정도라고 한다. 거칠고 입담도 세고 하기에 마음에 상처 하나 없이 할 말 다하고 사는 분인 줄 알았는데 알고 보니 상처가 깊은 아줌마였다. 지금 남편과도 그리 사이가 좋지 않아 이틀이 멀다고 싸운다고 했다.

한번은 심하게 싸우다가 이웃에 사는 누군가가 경찰에 신고해서 경찰이 달려오기도 하고, 술로 화를 푸느라 매일같이 술로 살기도 했다고 한다. 아줌마하고 얘기하면 반이 남편 욕이다. 욕을 참 찰지게도 한다. 듣는 데 그리 큰 거부감은 없다. 말하자면 욕쟁이 할머니가 욕을 하면 그게 욕처럼 안 들린다는 말과 비슷한 거 같다. 말끝에는 남편과 안 살 거라고 하는데 절대 그럴 거 같지는 않다. 왜냐하면, 시어머니가 꽤 알부자인데 큰 건물을 갖고 있다고, 말하자면 건물주 시어머니인 거다. 지금은 노환으로 거의 사람을 못 알아보고 돌아가실 때가 다 되어간다고 한다. 그런데 아줌마가 남편한테는 재혼도 아니고 삼혼째 부인인데 자기 아들하고 같이 사는 며느리이기는 하지만 시어머니는 무슨 생각인지 며느리로 인정을 안 하고 오지도 말라고 했다는 것이다. "그냥 자기 아들하고 같이 사는 여자 정도로만 생각하고 있겠지. 아니면 금방 보따리 싸 들고 나갈 거 같으니 그럴지도 모르지 뭐." 그렇게 말하는 아줌마 입술이 떨리고 있다. 남편하고 산 지가 그렇게 오래되었는데도 시어머니는 절대 아줌마를 안 보고 살았다고 했다.

아줌마도 시댁에 간 적이 한두 번 정도밖에 안 된다고 한다. 명자 아줌마 말로는 얼마나 좋은지 모른다고, 명절이고 뭐고 갈 일이 없으니 일도 안 하고 좋다고는 하는데 정말 그럴까 모르겠다. 아무튼 남편이 시어머니에게는 하나뿐인 아들이니 건물을 상속받을 거라고 하는데 헤어진다고? 설마 아닐 거다.

험하게 살았다고는 하지만 아무리 머리가 나쁘다고 해도 계산하면 뻔한 답이 나오는데 "이제 헤어지면 바보 아니냐?" 옆에서 듣던 미용실 원장이 한마디를 거들었다. 어쩌면 아줌마는 원장한테 그 말을 듣고 싶어서 지금까지 장황하게 얘기를 한 거 같기도 하다. 그동안 아줌마가 미용실에서 그렇게 거친 입담으로 목소리 높여가며 말을 많이 한 이유가 조금은 이해가 되었다. 속에 화가 많은 것을 그렇게 말로 풀어냈는지도 모르겠다.

　윤희는 거의 매일이다시피 미용실에 들러 한쪽 플라스틱 의자에 앉아 쉬었다 가기도 하고, 머리 하러 오는 손님들하고 이런저런 이야기도 하고 시간을 보내기도 하고는 했다. 미용실에 갈 때마다 오시는 할머니가 계셨는데 어느 날 옆구리에 보자기로 싼 무언가를 들고 오셨다. 할머니는 윤희를 부르시더니 "내가 손수 만든 조각보인데 이거 자네한테 주고 싶어서 가지고 나왔어. 자네 다니면서 애쓰는 것도 그렇고 고맙기도 하고 그래서 말이야! 맨날 나를 보고 반가워 해주는 것도 고맙고, 빵이며 과일이며 챙겨준 것도 고맙고 해서 말이지." 할머니는 고맙다는 말을 몇 번씩이나 하시면서 색 바랜 낡은 보자기를 끌러 내놓은 것은 모르긴 해도 섬세한 솜씨로 이어 붙인 예쁜 조각보였다.

　"어머! 할머니, 이렇게 예쁜 조각보를 그냥 파시지 그러세요. 살 사람이 있을 것 같은데요. 아니면 제가 팔아드려도 되고요. 이렇게 예쁜 걸 제가 어떻게 그냥 받아요." 윤희는 얼굴이 빨개졌다. 보험영업을 하면서 다니다 보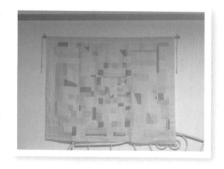면 주는 것보다 받는 일이 더 많을 때가 있지만 익숙하지가 않은 윤희였다. "할머니, 얼마 받을지만 얘기해 주세요." 윤희는 조각보가 너무 예뻐서 돈을 드리겠다고 말씀드렸지만, 할머니는 팔기는 싫다고 하시면서 "사실 자네가 나한테 늘 고맙게 의자도 내어주고, 더운 날 음료수도 사 주고 해서 이걸 주고 싶었는데 오늘 마침 여기 있는 거 보고 집에 가서 갖고 나왔어. 그러니까 부담 가질 거 없어요. 주고 싶어 그러는 거니까 받아도 되는 거야." 할머니는 비록 연세는 있으시지만 참 고운 분이셨다. 곱게 나이 드셨다는 것이 더 맞을 것 같다. 윤희는 너무 민망해하면서도 "할머니도 가끔 나오셔서 저 심심할 때 같이 있어 주셨잖아요. 제가 오히려 감사한 걸요."라고 말했다. 윤희는 진심으로 그렇게 생각하고 있었다. 서울 끄트머리 어려운 사람들이 서로 모여 사는 동네이기도 했지만, 시장을 나오는 사람들은 제일 싸고 많이 주는 곳으로 가야만 며칠을 살아내니 연세 드신 어르신들은 생활비가 떨어지거나 하면 며칠을 시장을 돌며 뜯어버린 배춧잎을 거둬가 국을 끓이거나 하면서 사시는 분들도 있었다. 하지만 할머니는 그런 분은 아니셨다. 자식들 혼사시키고 할아버지와 단둘이 의좋게 지내시는 모습을 가끔 볼 수 있었기 때문이다.

할머니 말이 워낙에 젊을 적부터 손재주가 있어 한복을 지어 오셨다고 한다. 한때는 할머니 한복을 입으려면 주문하고도 꽤 오래 기다려야만 할머니 한복을 받아 입을 수가 있었다고 하셨다. 한복을 하다 보니 남은 조각들을 모아 틈틈이 조각보 만드는 일을 오래 해오셨다고 했다. 젊었을 적에는 주문을 받아 만들어 보내기도 했다고 하신다. 하얀 모시 조각을 이어 붙인 거라는데 전체적으로는 아주 연한 갈색이라고 해야 하나, 천연소재인 모시를 군데군데 붉은색 염색한 것을 섞어 참 분위기 있게 만든 조각보가 너무 예뻤다. 작은 조각들을 이어 틈이 비어있지 않게 네모로 이어 붙인 것이 신기했다. 조각들은 긴 네모도 있고 짧은 네모도 있고 사각이지만 길고 짧은 사다리꼴도 있고 정교하게 이어 붙인 전통미 물씬 나는 고급스러운 조각보였다. 그걸 내놓으시면서 할머니는 고생하는 자네한테 주는 거니 받으라 하는데, 윤희는 그럴 수가 없다고 정 주시겠다면 얼마간의 돈을 드리겠다고 해도 할머니는 막무가내로 "아니야. 그러려고 가져온 게 아니니 내 말대로 그냥 받아도 돼요." 하신다.

아무리 그래도 이렇게 수공이 많이 들어간 걸 그렇게 받을 수는 없다고 생각해서 얼마간의 돈을 할머니가 들고 온 검정 비닐봉지에 몰래 넣어드렸다. 뜻하지 않게 귀한 선물을 받아 기분이 너무 좋기는 했지만 할머니께 미안하기도 하고 감사하기도 한 윤희였다. 할머니는 그냥 주고 싶어 가져오셨다고는 하지만 윤희는 보험을 하는 동안 힘든 일들도 많이 있었는데 뭔지 모를 위로를 받는 기분에 울컥한다.

그렇게 얻은 조각보가 거실 한쪽 벽면에 몇 년째 걸려있다. 그렇게 할머니가 주고 가신 후 생각해 보니 한 번도 세탁을 안 한 게 이제야 생각이 났다. 늘 그 자리에 그것도 벽에 걸려있으니 떼어 세탁할 일이 없었기도 했지만, 세탁 후 천연 모시라 했으니 풀을 먹여 다림질을 해야 하는 거 아닐까 싶은 생각이 든다. 벌써 날이 더워지는 6월 중순이다. 이번 기회에 벽에 걸린 조각보를 떼어내 묵은 먼지를 세제로 조물조물 손세탁을 해서는 풀을 먹여 다림질까지 해야겠다고 마음먹는다. 이 조각보는 아마도 큰아이에게 보낼 박스에 담아두게 될 거 같다.

순더기 아주머니와 병어회

　　　　　며칠에 한 번씩은 미용실을 드나들며 만난 아주머니가 계시는데 이름이 순더기라고 한다. 아마 순덕인데 우습게 부르느라 그런 건지 모르겠다. 순더기 아주머니는 병어회를 즐겨 드신다. 다른 생선회도 많이는 모르지만, 병어회는 조금 낯설다. 아주머니가 병어회를 가끔 제철에 드시는 이유를 말씀하시는데 들어보니 돌아가신 시어머니께서 병어회를 좋아하셨다고 한다.

　　그때 함께 먹은 것이 오랜 추억의 음식이 되었나 보다. 그러면서 돌아가신 시어머니는 이북에서 월남하신 분이신데 생활력이 엄청 강하신 분이셨다고 하면서 재래시장 한 귀퉁이에서 채소를 받아다 팔아가며 여섯 자식을 키워냈다고 한다. 시아버지는 돈이라고는 벌 줄도 모르고 가져다 쓰기만 하시는 분이셨고, 생전 직장이라고는 가져본 적도 없다고 한다.

　　그렇다고 시장 일이나 집안일을 도와주는 것도 아니면서 늘상 채소 판 돈을 얻어다 술을 마시거나 노름을 하시고는 하니 시어머니 마음고생이 말이 아니었는데 그 와중에도 자식들을 잘 키워내고 며느리 사랑이 각별하셨단다.

　　순더기 아주머니는 시어머니에 대한 추억을 얘기하는데 그중에서도 특히 기억나는 건 이북 냉면과 만두라고 한다. 냉면은 한겨울 얼음물에 육수를 내서는 입안이 얼어붙을 정도로 차가운 냉면을 좋아하셨다고 하시는데 시장에서 장사하다 보니 냉면은 자주 못 해 드셨지만, 외식이라도 할라치면 늘 냉면집으로 가셨다면서 시어머니를 그리워한다.

이북 만두는 명절이면 만드시고는 했는데 아주 큰 왕 만두라 한두 개만 먹으면 배불러 못 먹을 정도였는데 만드는 것을 제일 잘 배운 며느리가 순더기 아줌마였다고 한다. 시어머니가 돌아가셔 안 계시니 지금은 만두피를 사다가 만들지만, 그때는 직접 밀가루 반죽을 홍두깨로 밀고 양은 냄비뚜껑으로 찍어내서는 온 식구가 둘러앉아 만두를 빚으면 시어머니는 연탄불에 솥을 얹어서는 끓는 물에 쪄내고는 하셨단다. 덕분에 명절에도 다른 음식 만드는 일은 거의 없고 만두만 빚으면 그걸로 명절 음식은 다했다고 하신다. 꽤 많은 양의 만두를 빚어놓고는 만둣국으로 먹거나 팬에 구워 군만두로도, 찐만두로도 먹으면 며칠은 반찬을 안 해도 좋았다고 하시면서 이북 시어머니 덕분에 일가친척이 거의 없어 시집살이도 모르고 살았다고 한다. 그래서인지 명절 무렵에 미용실에 가면 순더기 아주머니 솜씨 있는 만둣국을 얻어먹을 수 있었는데 어느 맛집에서도 맛볼 수 없는 귀한 음식이었다. 순더기 아주머니는 자주 시어머니 얘기를 하시고는 비록 많이 배운 분도 아니고 이북에서 내려와 시장 모퉁이 장사를 하신 분이지만 사랑도 많으시고 지혜로운 분이셨다면서 며느리로서 사랑받은 기억을 가끔씩 꺼내놓으신다. 그런 얘기를 옆에서 듣던 미용실 손님들은 참 부럽다. "옛날 시어머니가 그런 분 흔치 않은데 복 받은 거지, 복 받은 거야!" 한마디씩 하면서는 "다음번에는 나도 만둣국 맛 좀 보여줘." 하면 순더기 아줌마는 사람 좋은 얼굴로 "그러마." 한다. 순더기 아줌마의 착한 수다로 윤희는 행복함으로 마음을 채웠다. 발걸음이 유난히 가볍다는 것은 이럴 때 하는 말인 듯하다. 윤희는 하늘 한번 바라보고 누군가에게 모를 웃음 띤 얼굴로 미용실 문을 나섰다.

래나 아줌마

"윤희 아줌마시죠?"

앳된 목소리의 아가씨가 래나 아줌마 전화로 윤희를 찾는다.

"네 맞는데요, 누구세요?"

"저 래나 아줌마 딸인데요, 저희 엄마가 지금 호스피스 병동에 와 있는데 윤희 아줌마 얘기를 하셔서요. 혹시 잠깐 오실 수 있으세요?"

"그럼요, 가야죠. 갈 수 있어요. 어디로 가면 되나요?"

윤희는 떨리는 목소리로 장소를 알아내고는 급히 택시를 잡아타고는 애꿎은 택시 기사님에게 빨리빨리 가달라고 재촉을 한다.

윤희는 래나 아주머니가 암 판정을 받았다는 이야기를 전해 들었을 때부터 몸에 좋다는 약이나 약초들을 이것저것 구해서는 인편으로, 택배로 보내 드리면서 쾌차하시라 인사를 놓치지 않았다. 래나 아주머니 역시 윤희와 마찬가지로 시한부로 길면 일 년 아니면 그 이전일 수도 있다는 얘기를 건너 들었던지라 윤희는 마음이 급해졌다. 병원에 도착하니 아들인 듯한 청년이 윤희 아줌마 왔다고 큰 목소리로 엄마를 부른다. 아들은 목소리가 너무 크다고 생각했는지 윤희를 보면서 "이렇게 크게 말해야 엄마가 들을 수 있거든요. 지금은 엄마가 들을 수만 있다고 해요." 말하자면 몸의 많은 부분이 살아있지 않다는 말이다. 간신히 들을 수 있는 귀만 살아있다는 말일 수 있다. 윤희는 조용히 래나 아주머니를 안고는 "아주머니, 윤희가 왔어요. 제 목소리 들리세요?" 하는데 주르륵 눈물이 흐르는 것도 모르고 래나 아줌마 손을 잡고 말없이 울었다. 그때서야 눈꺼풀 들어 올릴 힘도 없다는 말이 무슨 말인지를 알 것 같았다. 래나 아주머니는 정말 눈꺼풀을 들어 올릴 힘이 없어 눈을 뜨지 못하셨다. 아무 말도 못 하고 누워있었지만, 얼굴은 너무나 평온하고 깨끗한 모습이셨다. 그리고 래나 아줌마는 다음 날 하늘로 돌아가셨다.

윤희 집 거실 벽에는 산수화 두 점이 걸려있다.

보험영업을 하면서 알게 된 래나 아주머니가 어느 날 윤희를 부르더니 저녁을 먹고 가라고 한다. 날개 없는 천사라고 할 정도로 선하고 착한 분이시라 음식이나 김치를 담그면 항상 넉넉히 담아 이웃들에게 나눠주기도 하고, 열무김치를 맛있게 담으신 날이면 국수를 삶아 이웃들을 불러 먹이시고는 하셨다. 래나 아줌마는 김치 담그는 날이면 일부러 윤희를 불러 싸 주시고는 하셨다. 잘 알지 못하는 이웃들에게도 어려운 일이 있으면 제일 먼저 달려가 살피는 분이 래나 아줌마다.

미국에서 살다가 와서 래나 아줌마라고 부르는 거라 윤희는 짐작할 뿐이다. 사실 윤희는 레나 아줌마에게 많은 것을 의지하고 기대고 있었다. 그냥 목소리만 들어도 힐링이 되는 밝은 웃음으로 언제나 따뜻하게 안아주신 분이시기도 하다. 영업하느라 힘에 겨워 전화를 하면 달려와 주시기도 하고, 어느 날은 집으로 오라 해서는 아무 말도 묻지 않고 밥을 차려주시고는 하셨던 분이다. 미국에서 오래 살다가 오시기는 하셨지만 원래 고향은 전라도라 들은 기억이 있다. 그래서인지는 몰라도 일단 음식이 너무 맛있다. 정말 솜씨가 있다. 하루 종일 걸어 다니다가 밥 먹고 가라고 부르면 사양하지 않는 집이 래나 아줌마 집이다. 어느 날 밥을 먹고 난 후 차를 한잔 마시는 날이 있었는데 래나 아주머니가 그림 두 점을 꺼내 주시면서 이건 "윤희 씨한테 주고 싶은 건데 괜찮으면 가져가요." 그림을 볼 줄도, 아는 것도 없지만 무조건 "너무 감사합니다." 하면서 냉큼 받은 것이 산수화가 그려진 그림이다. 모르긴 해도 사계절을 그린 것 같은데 윤희에게 주신 것은 여름, 가을을 그린 두 점의 그림이다. 누가 그린 건지도 모르겠고 그림에 대해 알려주신 것이 없어 몇십여 년을 거실에 걸려 있는 그림이다. 『진품명품』에라도 나가 봐야 하나 우스운 생각을 가끔 한다. 그림에 대해서 아무것도 모르면 어떤가? 그저 래나 아줌마가 주신 거니 소중하게 간직하고 있을 뿐이니까 말이다. 대를 물려 내려가다 보면 언젠가 티브이 프로그램에 나갈지도 모르겠다.

겨울 이야기

　　　　　　12월의 어느 날 하루 종일 겨울비가 내리고 있다. 윤희는 추위를 많이 타는 편이라 겨울이 오기 전부터 몸을 사리고는 한다. 청춘이었던 어느 날에는 누군가가 계절 중에 어느 계절이 가장 좋으냐고 물으면 그때는 하얀 겨울이라고 했던 기억이 나서 왜 그랬을까 하고 실소를 머금는다. 아마도 눈이 내리는 하얀 겨울이 순결한 듯 아름다워 보여 그랬을 거다. 그런저런 생각이 아주 오래전으로 내려갔다가 다시 올라오기까지 밤이 늦은 시간이지만 결코 잠이 오지 않는다.

　가슴에서 통증이 일어 약으로도 가라앉지를 않는 모양새다. 이제는 약으로 다스릴 통증이 아니다. 가슴이 아픈 건 몸이 느끼는 것이지만 사실 마음이 더 많이 아프다. 다시 일어나 밖을 내다본다. 비가 그쳤나 하고 창문을 열어보니 아직도 가로등 불빛을 받아 은빛으로 내리는 굵은 실 같은 겨울비를 내려다본다. 벌써 3년 전쯤 딸아이들이 떠나던 날을 붙잡고 생각이 날아가고 있다. 공항 가는 내내 윤희는 아무 말도 하지 않았다. 다만 마음으로만 많은 생각을 하고 있었을 뿐이다. 많은 생각이 꼬리를 물어 떠나보내는 아쉬움과 슬픔을 어찌할 수가 없었던 기억에 머무르고는 한다.

　왜 그렇게밖에 못 했을까? 잘못이 잘못을 물어내어 되돌릴 수 없는 시간들이 안타깝기만 했다. 뒤에 앉은 딸아이들은 미국에 가서 해야 하는 자기들의 이야기들을 하느라 윤희의 슬픈 얼굴을 눈치채지 못하고 있는 것이 다행이라는 생각을 했다. 미국에 도착하면 딸들은 서로 의지하면서 잘 지낼 것을 안다. 큰애는 동생이라면 끔찍할 만큼 챙기는 아이라 걱정을 덜 하는 마음이 들기도 하지만 노파심이 드는 것은 어찌할 수 없는 어미의 마음인가 보다.

  공항 가는 길은 내내 뉘우침의 시간이었다. 어릴 때 사 달라는 장난 감을 못 사 준 것부터 예쁜 인형을 품에 안겨주지 못 한 일도 아주 오래전일 인데도 기억하고 있다. 그럼에도 잘 자라주고 자기들만의 넓은 세상으로 한 걸음 나서는 딸들이 고마우면서도 가정교육이라는 이름으로 훈육이라는 이름으로 상처 준 일들이 뭉텅이처럼 한가득이다. 말로 상처 준 것도, 기억하지 못해서 답답하게 했던 일도, 아이들이 소중하게 생각하는 물건들을 생각 없이 남에게 주거나 치워버린 일도, 물질로 채워주지 못한 일까지도, 일찍 잃은 아빠도 모두 윤희 탓인 듯 딸아이들에게 잘못하고 미안한 일들만이 보따리로 하나씩이다. 차로 달리는 동안 그 보따리를 풀어내어 생각하느라 가는 길은 후회와 뉘우침의 시간이 되고는 했었다. 사는 동안 같은 일들이 일어나지 않기를 바라는 마음이고 아이들도 그때만큼 어리지도 않지만, 만약 같은 일을 겪게 된다면 사랑으로 지혜롭게 상처가 되지 않는 말이나 위로하고 격려하는 말로 아이들을 품어 안아줄 거라는 다짐을 하다 보니 어느새 공항에 도착했던 그날들이 어제인 듯 생생하게 기억이 났다. 한 겨울밤은 차가운 비를 뿌리면서 그렇게 지나고 후회로 가득 채운 시간은 새벽이라는 이름으로 밝아 오고 있었다.

세탁기

　　　결혼하고 친정 부모님이 혼수로 사 주신 가전제품
이 세탁과 탈수가 따로따로인 반자동 세탁기였다. 그런데 상수도가 연
결 안 된 주택이고, 수돗물이라는 것이 산에서 내려오는 자가여서 수
압이 약해 세탁기가 있으나 마나 한겨울에도 연탄불에 물을 데워 손
빨래를 해야 했다. 너무 큰 겨울옷은 가끔 친정집에 가져가 세탁기로
빨아 말려서 가져오기도 했다. 쓰지도 않고 세워두었던 세탁기는 아파
트로 이사하면서 지금껏 쓰고 있었다.

　그런데 갑자기 세탁기에 급수가 되지 않는다. 겨울이라 호수가 얼었
나 싶어 더운물을 부어도 보고 드라이로 녹여보라 하기에 몇 날 며칠
을 세탁기 호수 녹이느라 씨름했건만 여전히 통은 도는데 급수는 깜
깜이다. 서비스 센터로 전화하니 모델 넘버를 부르란다. 그제서야 모델
명을 찾아보니 20년이 훨씬 지났다는 것을 알았다. 세어보니 어느새
25년이라는 세월을 함께한 세탁기였지만 정말 잘 만들었다는 생각을
지금 와서야 한다. 남들이 몇 년에 한 번씩 최신형 드럼 세탁기로 바꾸
고, 이제는 건조기까지 딸린 가전으로 바꾸고는 너무 좋다고 잘 바꿨
다고 할 때도 전혀 부럽지 않을 만큼 참 괜찮은 세탁기였다. 사실은 이
번에 고장 나지 않았으면 몇 년을 썼는지도 모르고 지나쳤을 일이고,
오래 쓴 세탁기인데도 전혀 문제없는, 디자인에 싫증 나지도 않는 모던
한 세탁기였다. 서비스 센터에서도 못 고친다 해서 꼭 고치고 싶은 마

음에 인터넷을 뒤져 세탁기 전문 수리점에 연락했지만 모두 고개를 가로젓는다. 이제 부속도 없어졌고 수명이 다 돼서 못 고친다는 얘기다. 윤희는 세탁기가 있는 작은 베란다에 앉아 세탁기를 만져주면서 고마웠다. 인사를 한다. "조금만 더 버텨주지, 조금만 더 기다려주지." 그저 바람을 담아 혼잣말을 해본다. 윤희 집 가전제품들은 기본이 20년이다. 한 번 사면 고장 나는 일이 별로 없다. 고장 내지 않으려고 유난히 조심하는 것도 아닌데 가전을 잘 만든 회사 덕분이기도 하겠지만 윤희의 조심성이 더해져서 인지도 모르겠다. 세탁기를 떠나보내는 날 아주 친한 친구를 잃은 것처럼 서러운 느낌이 드는 것은 뭔지 모르겠다. 가전은 수명이 다 되면 아무리 오래 집 안에 있었다 해도 쓰는 동안은 그리 고마운 줄도 모르고 고장이 나서야 아쉬워하는 마음이 든다. 그리고는 주민 센터 스티커 한 장 붙여 집에서 버려지거나 나가게 된다. 그러면서 문득 드는 생각이 혹시 사람도 수명이 다 돼서 집에서 나갈 때가 되면 고마운 줄 모르고 살다가 그때서야 아쉬워하는 마음이 들게 되는 것은 아닌지. 그렇다면 그때 어떤 스티커가 붙여지려나?

세탁기 내보내면서 공연한 설움에 별 쓸데없는 생각이 다 든다 싶어 생각을 지우려 티브이 소리를 한껏 크게 트는 날이다.

세 번째 성탄

　　　　아이들이 떠나고 홀로 맞는 성탄이 세 번째이니 그새 3년이라는 시간이 지났나 보다. 어쩌면 마지막으로 보내는 성탄이 될지도 모른다는 생각을 하고 있다. 3년 전 의사 말을 듣던 그 겨울의 성탄이 마지막인가 하면서 그저 담담하기까지 했는데 벌써 세 번의 성탄을 맞이하고 있다. 오늘 하루 보내는 시간이 늘 마지막이라는 생각을 한다.

　그러면서 한편 내년 성탄도 맞이할 수 있으려나 혼자 말하듯 중얼거리고는 보일 듯 말 듯 희미한 미소를 지어본다. 자신을 위해서가 자식들에게 어떤 의미로 남을지에 대한 생각이 깊은 것이다.

　딸들이 먼 곳에서 공부하고 자기들의 일에 최선을 다하는 동안 게으름 없이 주어진 시간을 허투루 쓰지 않았다는 것을 보여주고 싶었나 보다. 가슴 통증에 약을 입에다 한 움큼을 털어 넣고도 진정이 되지 않아 입을 틀어막고 신음 소리를 내지 않으려고 애를 쓴다. 신음 소리를 밖으로 내는 순간 터져 나오는 고통을 주체할 수 없을 것만 같았다. 한참을 웅크리고 견디다 보니 진정이 되는듯하다.
　얼른 방으로 들어가 곱게 수가 놓여있는 하얀색 한복이 담긴 박스를 찾아 열어본다. 이 한복은 30년쯤 전에 행사에 입을 일이 있어 특별히 맞춘 한복이었다. 유행도 한참 지난 한복이지만 수의 대신 이 한복을 입을 생각으로 잘 보이는 곳에 두었다. 혼자 있다가 아무도 모르게 쓰러질 때를 대비해서 잘 보이는 곳에 두고 남기는 글을 써 붙여놓아야겠다. 언제든 떠날 준비를 하는 게 남겨진 이들에게 수고로움을 덜어주는 일이라 생각하면서 털어 넣은 약 기운에 설핏 잠이 들었다.

"메리크리스마스!"
문이 열리는 소리가 들리더니 커다란 성탄 트리에 색색의 예쁜 방울들이 조랑조랑 달려 있는 작은 전구들과 반짝반짝 빛을 내는 성탄 트리와 함께 산타 복장을 한 딸들이 환한 웃음으로 들이닥치듯 들어왔다. 아마도 혼자 지내고 있을 윤희를 생각해서 그야말로 서프라이즈를 한 거다.

둘이 시간을 맞추기도 쉽지 않았을 텐데 기특하다는 생각을 하다가 하는 일에 공부에 지장이 있을 텐데 그 생각도 잠시 딸들은 들고 온 케이크에 불을 붙이고 성탄 노래를 부른다. 약 기운이 저만큼 달아난다. 정신이 맑아진다. 통증이 사라졌다. 딸들이 떠나고 3년 만에야 함께 보내는 성탄이다. 말할 수 없는 행복에 빠져드는 기분이 들었다. 마음껏 누려야겠다.

이번이 마지막 보내는 성탄이 될지라도 아쉬움이 남지 않게 딸들도 아주 많이 행복하게 해주고 덩달아 윤희 자신도 그렇게 행복하고 싶다는 생각을 한다. 무엇을 해줄까? 무엇을 해주면 아이들이 좋아할까, 기뻐할까? 딸들이 말한다. 함께하는 이 시간이 가장 행복한 거니 곁에만 있어 달라고 아무것도 필요한 거 없다고 말한다. 종알종알 아기 새처럼 예쁜 입으로 노래를 부르듯 하며 안아준다.

사실은 윤희도 그랬다. 너희들만 있으면 함께하는 지금이면 더 바랄 것이 없다고, 그렇지만 그 먼 곳에서 달려와 성탄을 함께해 주는 딸들에게 무엇이라도 기쁘게 해주고 싶은 마음에 "얘들아! 성탄 선물 사러 가야지." 하면서 와락 눈을 떴다. 어두운 밤 베갯잇이 눈물로 적셔지고 있었다.

다음 날 윤희는 우선 옷장에 있는 옷들을 모두 꺼내어 계절별로 몇 벌씩만 놔두고는 커다란 비닐봉투에 쓸어 담았다. 사회생활을 하다 보니 옷이 많아졌다. 그것도 모두 외출복이다. 눈에 띄는 비싼 값을 치른 옷도 몇 벌은 눈에 보였지만 거의 다 수수한 값을 치른 옷 들이었다. 비싼 값을 치른 옷은 사실 몇 번 입은 적이 없다. 특별한 날에 어쩌다 한 번 입는 거라 평소에는 부담스럽기도 해서 꺼내 입을 일이 별로 없었던 새 옷들도 모두 꺼내어 담아보니 커다란 비닐봉투 네 개에 꽉 찼다.

담는 내내 미련이라고는 조금도 없었다. 옷 서랍 맨 밑에 까만 땡땡이 원피스가 구겨져 접힌 채 보인다. 백화점 매대에서 만 원인가 주고 산 기억이 난다. 꺼내보지 않은 지 십 년이 넘은 옷이다. 남편이 이 옷을 입으면 예쁘다 한마디 했던 옷이다. 남편이 죽고 나서는 한 번도 꺼내지도 입어본 적이 없는 땡땡이 원피스를 비닐봉투에 던지듯 담았다가 다시 꺼냈다.

서랍 맨 밑에 반듯하게 펴서 다시 넣어둔다. 무슨 마음인지 모르겠다. 윤희는 남편 죽고 나서 남편 생각을 일부러도 해본 적이 없다.

예쁘다고 했던 한마디가 이 옷을 다시 서랍에 넣는 이유가 된 듯해서 씁쓸한 마음이 든다. 생각을 털어내듯 고개를 휘휘 젓고는 전화를 찾아 헌 옷 수거하시는 분에게 연락하니 바로 가지러 오셨다. 이렇게 옷 정리를 일부 끝내기는 했지만, 가을쯤에는 한 번 더 꺼내어 정리해야 할 것 같다.

겨울 옷장을 열어보니 폭스퍼가 보인다. 정말 몇 번 입을 일이 없던 옷이다. 내 돈 주고 사라면 평생 못 샀을 옷이다. 언젠가 윤희에게 아주 작은 도움을 받은 고객이 고맙다면서 굳이 백화점으로 데려가서는 막무가내로 입히고는 사 주신 폭스퍼였다. 가격을 보고 기겁을 해서는 안 산다고 안 사 주셔도 된다고 손사래를 치던 고가의 폭스퍼였다. 사실 윤희는 그렇게 비싼 옷을 좋아하지 않는다. 어쩌다 특별한 날에 입으면 시쳇말로 부티가 나긴 하지만 내 옷이 아닌 듯 불편하기만 하다. 그러면서도 옷장 가장 넓은 곳에 한 자리를 차지하고 있는 폭스퍼는 입어도 안 입어도 부담스러운 옷이다. 이다음 큰아이가 내 나이쯤 되었을 때 입으면 나보다 더 잘 어울릴 것 같은 생각이 든다. 작은아이는 동물보호에 관심이 많은 아이라 밍크나 여우 털로 만든 옷을 입지 말라고 했던 기억이 있어 이 폭스퍼는 큰아이에게 보내줄 박스에 담아 두어야겠다. 어쩜 지금은 작은아이 생각이 바뀌어 폭스퍼를 달라고 할지도 모르겠지만 사람은 생각이 그때그때 바뀌고는 하는 거라 큰아이 줬다고 서운하려나 모르겠다.

늦은 졸업과 대학 입학

"윤희야, 축하해! 정말 대단하다, 진심으로 축하해!" 대학교에 입학했다는 얘기를 가장 친한 애정이에게 얘기하려고 한 적한 찻집으로 애정이를 불렀다. 그 말을 해주려고 애정이를 만나기는 했는데 불쑥 말하기도 어색해서 이런저런 수다를 하고 주문한 커피가 잔에서 거의 비워질 무렵 윤희는 무슨 비밀이라도 털어내려는 듯 조용한 목소리로 애정이를 불렀다. 갑자기 분위기가 이상하다는 눈치를 챘는지 애정이 눈이 '뭔데? 궁금하게, 말해 봐!' 하는 눈빛을 보낸다. 그래도 선뜻 말하지 못하고 뜸을 들이니 애정이는 답답하다면서 빨리 말하라며 다그친다. 그제서야 몇 개월 동안 공부에 매달린 이야기를 털어놓았다. 애정이는 깜짝 놀라면서 "왜 그동안 말을 안 했는데 진즉 말을 했더라면 좋았잖아, 아유!" 한다.

"넌 아무튼 말도 안 하고 힘들게 혼자 했다는 게 믿기지도 않지만 정말 대단하다." 그러더니 "윤희야, 너 티브이 프로그램에 나가야 하는 거 아니니? 요즘 사람들 만나서 얘기하는 프로그램 그런 거 있잖아! 손자, 손녀 있는 할머니가 우리 나이에 대학까지 갔다는 건 얘깃거리가 되고도 남지 안 그래?" 얌전하기만 한 애정이가 갑자기 수다쟁이가 되어 숨도 안 쉬고 하는 통에 말이 꼬이기까지 한다. 윤희는 그 모습을 말없이 바라보기만 하다가 슬쩍 웃음이 났다.

"그래, 맞아. 아마도 우리 나이가 낼모레 앞자리 숫자가 바뀌는 나이 네." 그렇구나. 윤희는 동안 생각하지 않고 있던 나이가 새삼스레 생각이 났다. 정말 나이를 생각하지 못하고 살았나 보다. 매일매일 앞만 보고 달리다시피 살아온 날들이다 보니 나이 먹는 것도 모르고 살았다는 게 맞는 거 같았다.

그러네, 내가 그랬구나. 그런 생각을 하고 있는데 애정이가 한 톤 올라간 목소리로 윤희를 부른다. "윤희야! 정말 네가 내 친구인 게 자랑스럽다. 오늘 밥이랑 커피는 내가 쏜다. 알았지?" 몇 개월만에 친구 애정이를 만나 그동안 대학 합격하기까지 공부한 이야기를 그제서야 털어놓았다. 사실 윤희는 일 년여 시한부라는 말을 의사로부터 들으면서 가장 친한 친구 애정이에게도 말하지 않았다. 말하는 순간 인정해야 할 것만 같아 무섭기도 했지만, 누구든지 윤희 때문에 아파하거나 슬퍼하는 모습을 볼 자신이 없었다. 그 모습을 보는 것은 오히려 고통이라는 생각이 들었기 때문이다. 고통을 나누면 반으로 줄어든다는 말을 윤희는 믿지 않는다. 기쁜 일이야 얼마든지 나누고 함께할 만한 일이지만 고통을 나누면 상대방도 그만큼 힘들겠지, 그게 싫어서도 혼자 견디고 견디는 윤희였다.

애정이는 왜 그렇게 살이 빠졌냐 하며 그때서야 걱정의 말도 한다. 아마도 공부하느라 그랬나 보다 하고 생각할 것이다. 의사 말을 들은 며칠 동안은 아무것도 생각할 수 없어 그저 멍한 며칠을 보내고는 아무에게도 알리지 말자, 그리고 침착하게 주변을 정리하는 것으로 마음을 먹고 나니 조금 정신이 들었다.

그럼 이제 무엇을 해야 하는 거지? 자꾸만 자신에게 묻고 물었다. 시한부라는 의사 말에 허투루 보내는 시간이 없어야겠다는 생각으로 머릿속이 가득 찼다. 그때서야 시간의 귀함을 깊이 느끼게 되고 보니 무엇을 하는 게 아이들에게 남길 의미 있고 보람 있는 일이 될까를 생각해 보다가(언제나 아이들이 우선이다.) 정말 우연히 막연하게 공부를 해 보고 싶다는 생각이 들었다.

자식들에게 대학 나온 엄마가 되고 싶었던 것은 아니다. 배운 엄마든 덜 배운 엄마든 엄마는 그냥 엄마니까. 다만 주어진 시간을 결코 허투루 쓰지는 않았다는 것을 보여주고 싶었던 걸까? 늦은 나이에, 그것도 시한부라는 말을 의사로부터 듣고 얼마나 남았는지도 모르는 시간을 이렇게 그냥저냥 슬퍼하면서 지내기보다 주어진 시간을 이렇게 의미 있게 소중하게 보냈단다. 다 큰 자식들이 자랑스럽게 생각해 주면 어떨까 그런 생각을 했나?

그러면서 너희들도 아직 하고 싶은 일이 있다면 늦었다 생각 말고 시작할 수 있다는 용기와 자신감을 주고 싶었을지도 모른다.

생각이라는 것들이 뒤죽박죽으로 머릿속에서 엉키는 통에 무엇을 정말 전하고 싶은 건지, 남기고 싶은 건지 알 수가 없다. 언젠가 떠나야 하는 날에 남기는 것이 부디 작은 물질만은 아니기를 바라는 마음이었을까? 아이들이 떠나고 난 그날부터 텅 비어버린 마음을 무엇으로라도 채울 수가 없어 집중해야 할 무엇인가가 필요해서 매달리다시피 공부라는 것을 한 것이 좀 더 솔직하다는 생각이 든다. 오래전 놓친 배움의 시간을 혼자서라도 찾고 싶었는지도 모르겠다. 학기 종강을 하고 방학이라는 시간이 주어지면, 아니 하늘이 데려가지만 않는다면 문득 산티아고 순례 길을 걸어보고 싶다는 생각을 한다.

언젠가 티브이에서 보던 어르신들의 한글 공부 열정을 보게 된 일이 생각이 났다. 삐뚤빼뚤한 글씨로 일기를 쓰고 시를 쓰고 그림을 그리는 어르신들의 얼굴에서는 빛이 나고 있었다. 지나가다가 아는 글씨를 간판에서 찾아 읽는 모습은 너무나 즐거운 어린아이처럼 순수하게만 느껴졌다. 마치 유치원생이 한글 공부를 하듯 신기해하는 마음이 티브이 밖으로까지 느껴지고는 했다.

새로운 것을 배우고 공부한다는 것은 같은 맥락에서 본다면 의미가 같다는 생각이 들었다. 다만 그런 모습이 윤희 자신이 될 거라는 것은 꿈에서도 해본 적이 없었다는 것이 새삼스럽기는 하지만 말이다. 어쩌면 지금 누군가 윤희를 보면서 같은 느낌을 받을지도 모를 일이다. 아니 어쩌면 어이없다 할지도 모를 일이고, 그 나이에 무슨 그럴지도 모를 일이다.

생각이나 느낌은 똑같은 것을 보면서도 사람마다 다를 수 있음을 인정해야 한다. 누군가는 대단하다 칭찬할 수도 있고, 누군가는 그 나이에 공부를 뭐하러 하나 놀러나 다니지 할 수도 있는 일이니까 말이다. 긍정과 부정 아니면 그 중간 어디쯤의 생각들이 다르더라도 그럴 수 있다고 서로 존중해 주면 될 일이다. 굳이 내 말이 맞는 것도, 다른 사람 말이 그렇다고 맞는 것도 아니면서 왜 자신만이 옳다고 핏대를 세우는지 모르겠다.
좋은 일이면 그래 하고 같이 기뻐해 주면 될 일을….
살아보니 그렇더라.

책방

　　　　　　윤희는 아주 오랜만에 서점에 들렀다. 예전에는 서점이라는 말보다는 책방이라는 말을 많이 썼는데 책방에 와서 책 냄새를 맡아본 적이 언제인지, 몇 년만인지 기억이 나지 않았다. 오래전 잊어버린 책 냄새를 마음껏 맡아보면서 한나절을 서점에서 보내다가 몇 권의 수험서를 사가지고는 '그래! 뭐 살아있는 이 시간이 감사한 거지.' 그런 생각을 하면서 공부에 매달린 기억이 났다. 뒤늦은 공부에 매달리다 보니 아픈 것도 모르겠고, 통증도 느껴지지 않았다. 오히려 통증으로 약을 먹고 나면 잠이 오지 않아 공부할 수 있는 시간이 주어졌음에 그 또한 감사했다. 공부를 시작한 지 불과 두 달여 만에 대학 입학까지 스스로도 믿기지 않는 일을 혼자서 조용히 치러낸 것이다.

　　애정이는 윤희가 말없이 혼자 공부하고 시험을 본 것이 내심 서운한 듯하면서도 엄마가 딸내미 보듯 대견하다는 얼굴로 예의 이쁜 미소로 웃으면서 밥도 사고 커피도 사겠다면서 자기 일인 듯 기뻐해 주었다.

　　늦은 나이임에도, 더구나 일 년여라는 시한부 판정을 받은 환자가 수험생이 되어 공부하고 대학을 가기까지는 아무도 모르는 우여곡절이 있었다. 그게 벌써 3년 전 일이다. 내년이면 학위를 받고 어엿한 최종학력 대졸자가 된다. 대졸자가 된들 어디 가서 이력서 쓸 일도 이제는 없을 일이다. 나랏밥 먹던 공무원 친구들도 은퇴하고 집 안에 들어

앉아 외출이라고는 병원 가는 일로 거의 대부분 시간을 보내고 있다. 어디가 특별히 아파서가 아니라 꾸준히 병원을 들락날락해야 하는 일들이 생기고는 한다. 어쩌다 전화하면 여지없이 침 맞으러 왔다거나 물리치료 중이라거나 그런 말을 들으면 치료 잘 받으라는 말로 맥없이 전화를 끊게 되니 말이다.

윤희는 자신이 왜 이렇게 공부에 매달렸는지, 창밖으로 눈을 돌려 밖을 내다보다가 굳이 이유를 찾는다면 자식들에게 남길 수 있는 유산이 물질만은 아닐 거라 그동안 공부한 교재들과 대학원서 시험지 등을 딸아이들에게 유산으로 남겨주면 어떨까 생각하고는 피식 웃어본다. 사정이야 어떻든 공부를 중간에 내려놓은 일은 윤희에게는 아픈 기억이기는 하니까 말이다.

많이 늦었지만, 대학에 합격한 것만으로 학사 졸업을 하고 졸업증서를 받는 날은 물질보다 더 나은 것도 유산이 될 수 있다는 것을, 그것이 이유야 어떻든 딸아이들을 생각하면서 얻은 노력이라는 이름으로라도 그렇게 남겨주고 싶었는지도 모른다. 아니 정말 그런 마음이 들었다.

사실 시작은 자신을 위해서 한 공부가 아니었다. 무엇 하나도 자신을 위해 살아본 적이 없는 윤희였다. 시한부라는 시간이 주어진 후에도 최선을 다한 모습을 딸아이들에게 보여주고 싶었기 때문에 시작이 그랬다. 그 선택이 공부였을 뿐 다른 것을 선택했더라도 아마 윤희는 후회 없는 시간을 보냈을 것이라 그렇게 생각이 들었다. 남편 없이 홀로 키운 딸 둘이 유학을 떠나고 어린 두 딸들과 살기 위해 직업으로 했던 보험영업일을 그만두고 덩그러니 혼자 남은 윤희는 늦었지만 공부를 해보자 한 것이 그저 하나의 계기였을 뿐이다. 그러면서 일 년이라는 시한부 시간은 어디에서 멈췄는지 어느새 3년이 넘어가고 있었다. 내년이면 대학 졸업을 하고 학위를 받게 될 것이지만 동안 주어진 시간을 소홀히 하지 않고 아껴 쓴 윤희에게 하늘이 준 덤이라는 이름의 삶이 언제일지 모르겠지만 아직은 남아있다.

"늦었다 생각할 때가 가장 빠른 것이다."라는 말이 있다. 요즘은 우스갯말로 "늦었다 생각하면 진짜 늦은 거다."라는 말로 주저앉히기도 하지만, 윤희는 늦었지만 시작했고 대학 합격 통보를 받은 날에야 딸들에게 알렸다. 소식을 들은 딸들은 그 먼 곳에서 축하 꽃다발을 보내주고 큰딸아이는 노트북을 선물로 보내주었다.

남이 버린다는 것을 얻어와 작은 모니터에 십 년도 넘은 느리디느린 낡은 컴퓨터로 공부한 것을 알고는 시력 나빠지면 어쩌려고 그랬냐면서 딸은 울먹이며 속상해했다. 작은딸아이는 등록금에 쓰라면서 거금을 송금했다. 안 보내도 엄마가 할 수 있다는 데도 굳이 송금을 한 작은아이가 이런 말을 했다.

"엄마는 4년 동안 비싼 등록금 다 대주고, 그것뿐인가 추운 한겨울에도 보험 일로 걸어 다니면서도 유학비까지 다 대주고 알바도 못 하게 했었잖아. 알바 할 시간에 공부하고 연습하는 데 시간을 쓰라면서. 그리고 딱 한 번 대학 마지막 학기 등록금은 학자금 대출받아 내가 취직하면 갚는다고 큰 소리치고 했었는데, 그런데 2년 여간 취직 못 해서 신용불량자 될 뻔했을 때 엄마가 걱정하지 말라고 했잖아. 이쁜 딸 신용불량자 만드는 일은 절대 없다면서 대신 갚아 줬었지! 엄마 기억나?"

까맣게 잊고 있었던 일을 작은아이는 오래도록 기억하고 있었나 보다. "그게 벌써 언제적 일이니? 십 년도 넘은 일인데 엄마니까 당연히 할 일을 한 거야!" 그렇게 말하면서도 기억해 주는 작은아이가 되려 너무 이쁘고 고맙다는 생각을 했다. 딸아이들은 엄마 대단하다며 한껏 추켜세워 준다. 다른 무엇보다도 딸들에게 인정받은 엄마라는 사실만이 윤희를 행복하게 했다. 이제 윤희는 딸들에게 어엿한 대학생 엄마가 된 거다. 그것만으로도 자식들에게 조금은 자랑스러워도 되는 일이 아닐까 생각을 한다.

아무도 모르게 공부한 보람이 있는 것 같다. 이다음 딸들이 자기들이 낳은 아이들에게 '나이 육십 중반에 검정고시를 치르고 대학까지 간 분이 너희들 할머니란다.'라는 말로 딸들이 자랑스러워했으면 좋을 것 같다는 생각이 들어 마른 얼굴에 배시시 웃음이 핀다.

윤희 아버지가 그랬듯 자식에게 인정받고 존중받는 부모가 가장 훌륭한 부모라는 생각을 하는 윤희였다. 딸들에게 그런 엄마로 기억되기를 바람이 바람으로 끝나지 않기를 빌어본다.

말이 칼보다 무서울 때가 있다

　　　　윤희는 요즘 말로 학생 알바를 시작하면서 바로 사회생활을 시작했더랬다. 상급 진학을 전교에서 손꼽히는 성적으로 입학했으니 '공부가 제일 쉬웠어요.'까지는 절대 아니지만, 공부에는 꽤 소질이 있었던지 공부 잘한다는 말을 듣기는 했었다. 잠깐의 휴학이 자퇴로 이어질 줄은 그때는 몰랐지만 책가방을 내려놓고 알바를 시작한 지 얼마 되지 않아 윤희 엄마는 취직이 보장된다는 간호조무사 자격증을 취득할 수 있는 학원에 보내주셨고, 바로 시험을 치고는 합격증을 손에 쥐었다. 당시 간호조무사 자격증을 가지면 학력과 상관없이 병원에 면접 후 취직을 할 수 있었기 때문이다. 다행히 윤희는 이름만 대면 알 수 있는 큰 병원에 취직했고, 평탄한 사회생활을 하던 중에 중매로 남편을 만나 결혼을 하고 아이를 낳으면서 병원을 그만두었다. 그러던 어느 날 남편과 말다툼이 있었는데 그날 남편이 우악스럽게 소리를 지르면서 말했다.

"너 학교 중퇴라면서! 어디서 사람을 속이고 있어, 가증스럽게 말이야!"
　　그 말을 듣는 순간 윤희는 정신이 나간 듯 멍해졌다. 그리고 까맣게 잊고 있던 학교를 그만둔 생각이 그제야 퍼뜩 났던 것 같다. 그리고 그 한마디에 싸움은 끝이 났다. 심장을 날카로운 칼로 베어버린 남편의 말에 윤희가 쓰러진 거다. 그날로 윤희는 남편에 대한 모든 애증조차도 증오로 바뀌는 사건이 되었다. 남편은 고등학교에서 퇴학을 당했다고 했다.

"학교에서 싸움질을 밥 먹듯이 하다가 들락날락 결국은 퇴학당해 졸업 못 했어. 그러고는 동네 철공소 일을 배워 지금 사람 구실하는 거지 뭐."

남편과 결혼하고 난 어느 날에 시댁 식구 누군가에게 그런 말을 들었을 때에도 아무렇지 않게 들었던 기억이 있다. 어릴 때니 그랬나 보다 하는 생각이 들었을 뿐 그 일로 남편이 흉 되거나 하지는 않았기 때문이다. 아마도 남편은 윤희가 모르고 있는 줄 알 것이지만 알고 있었다. 그런 남편이 윤희의 학교 중퇴를 언급하니 남편에 대한 마음이 저만치 아주 멀리 떠나 버리게 된 건지도 모르겠다. 그래서 말은 칼보다 더 무서운 거라는 생각을 한다. 하지만 이미 죽어버린 남편에게 무슨 말을 하겠는가? 그저 그때 그 말만은 하지 말지 왜 그랬어? 이제와 대든들 죽은 사람이 일어나 앉아 미안했다고 사과할 일도 없을 거고, 아니 살아 일어났다고 해도 사과는 안 할 사람인지도 모르겠다.

그러나 꼭 한 번은 묻고 싶기는 하다. 나한테 왜 그랬어?

사람들에게는 건드려서는 안 되는 아킬레스건 같은 게 있을 수 있다. 누구나 다 그런 것은 아니지만, 만약 그런 아픔이나 상처가 있는 사람에게 해서는 안 되는 말을 하게 되면 평생 죽을 만큼 아픈 상처로 남을 수 있기 때문이다. 그렇게 윤희 마음에 새까맣게 멍이 들게 하고 그 일을 알게 된 윤희 부모님 눈에서 아픈 눈물을 흘리게 한 남편이지만 용서한 지는 이미 오래다. 하지만 용서가 쉬울 리는 없었다. 다만 미워하는 것보다 용서하는 게 조금 더 쉬웠다고는 결코 할 수 없는 일이었지만 미워하는 것 또한 쉬운 일은 아니었다. 누군가를 미워한다는 것은 정도가 지나쳐 증오하는 마음이 들기까지 한다면 그건 자기 스스로를 죽이고 무덤을 파는 일이라는 것을 얼마간 시간이 지난 후에야 알았던 거다. 그 일이 있은 후에는 그동안 쌓였던 감정들이 시커먼 파도처럼 마음에서 일어나는 통에 한동안 잠을 잘 수도, 먹을 수도 없는 날들에 괴로워했다. 사랑하는 것보다 미워하는 것이 더 힘들다는 말을 들은 적이 있는데 정말 맞는 말이다. 한 가지만 생각했다. 아이들의 엄마로 만들어줘서, 엄마로 살 수 있게 해줘서 고맙다는 마음 하나로 모든 것을 용서하고 내려놓자고. 그렇게 마음을 먹고서도 혼자는 도저히 감당이 되지 않아 발이 부르트도록 걷다가 미친 듯이 울다가 그렇게 몇 달을 살아내고 아이들을 보면서 견디고는 했었다.

그러던 중에 남편이 교통사고를 당했고 그렇게 세상을 떠났다. 분명 남편도 죽기 전에는 잘한 일도 있었을 거다. 어느 날에는 모두 즐겁게 웃기도 했을 거고, 잠시 행복하다는 생각도 들었을 테지.

그런데 윤희는 선택적 기억 상실에라도 걸린 듯 기억나지 않는 걸 보면 고통스러운 기억이 너무 커서 좋은 기억들을 덮어버렸는지도 모르겠다. 그러나 이제는 다 지나간 일이다. 마음에서 지우고 내려놓은지 이미 오래인 것을 새삼스럽게 애정이를 만나 지난 이야기를 하다 보니 무의식 어느 곳에 잠자고 가라앉아 있던 일들이 생각이 났나 보다. 윤희는 애써 웃는다. 애정이 사 준 커피가 식어가고 있다.

"윤희야, 이제 뭐 할 건데? 넌 이제 무엇이라도 마음먹으면 할 수 있을 거야. 내가 무조건 응원할 테니까, 응? 뭐하고 싶니?"

애정이가 다그쳐 묻는 말에 윤희는 뜻밖에 생각지도 않은 말이 불쑥 튀어나왔다.

"나 대학원까지 가보려고 하는데, 하고 싶은 공부가 있어서 말이야."

애정이가 놀랍다는 듯이 커피잔 든 손을 멈춘 채 빤히 윤희를 바라본다.

"애정아! 언젠가 티브이에서 보니 칠십 팔십 넘은 어르신들이 한글을 배우고 있더라고. 한글을 배워서는 자기 이름도 쓰고 동시도 짓고 길가에 간판도 뜨문뜨문 읽으면서 그렇게 행복해하는 모습을 봤거든. 그 어르신들이 이제 한글을 배워 어디 이력서 넣고 취직하려는 게 아니잖아. 그저 공부하고 한글을 깨치면서 희열감을 느끼는 모습을 봤어. 그때는 그게 별로 마음에 와닿지는 않았는데 말이야. 내가 공부를 하다 보니 공부하면서 느끼는 희열이라는 게 뭔지 조금은 알겠더라고. 그래서 대학원 진학도 생각하게 됐나 봐.

애정아! 학위 받고 대학원까지 공부해도 나이가 칠십은 안 넘잖아."

윤희는 애정이 손을 끌어다 잡고는 배꼽 빠지게 웃었다. 서로 얼굴을 보면서 웃고 또다시 웃고 웃음이 멈추지를 않아 둘이는 "아이고 배야! 배 아파!" 하면서 옆 사람들 눈치를 보면서 끅끅 웃음을 참느라 애를 먹었다. 무슨 이유로 웃는지 설명할 수는 없었다. 카페를 나와서도 둘이는 계속 웃어댔다. 그러다 윤희의 웃음소리가 울음으로 바뀌었다는 것을 애정이는 미처 눈치채지 못했다. 왜 그렇게 웃었는지 설명이 안 되는 것처럼 눈물이 나는 이유도 설명이 안 되는 그런 울음을 애정이 눈치챌까 얼른 하늘을 보며 슬쩍 눈을 비비고는 손을 잡고 한참을 그렇게 웃었다.

졸업 학위 신청

7월 초 장마가 시작되려는지 날씨가 궂다. 비가 오다가 멈추고 매일 비가 오려는 듯 흐리기만 하다.

8월 학위 신청 기간이라는 문자가 뜬다. 이제 다 왔나 보다. 동안의 수업 수강, 리포트 과제를 하느라 글씨 작은 강의 교안을 보다 보니 시력은 더 떨어졌지만 중간, 기말고사라는 대학생의 신분으로 할 수 있는 동안의 시간이 지나갔다.

종강이라는 두 글자가 새삼스럽다. 60이 넘어도 한참 넘은 나이에 종강이라는, 학위 신청이라는 글자를 문자로 보게 될 줄은 정말 몰랐다. 시한부라는 코사지(corsage)를 달고 끝내기까지 보낸 4년여 동안은 통증으로 인한 고통과 맞서 싸우면서, 아니 통증과 함께하면서가 더 맞는 말이겠다.

다른 이들에게도 그 시간은 똑같이 값지기만 할 테지만 무엇을 하면서 보냈느냐에 초점을 맞춘다면 후회 없는 시간을 보냈다는 생각이 들었다.

지도 교수님이 윤희를 부르더니 "졸업여행 가셔야죠? 어디로 가실 건가요?" 하고 물으시는데 "졸업여행이요?" 윤희는 뜬금없이 무슨 소린가 한다.

졸업여행이라니 그렇구나, 그런 게 있었구나. 정말 생각지도 못한 졸업여행이라는 말이 왜 이렇게 웃기게 들리는지 모르겠다.

일 년여라는 시한부가 남기고픈 것을 생각하다가 뛰어든 공부였다. 그런데 4년여가 지났다. 하지만 이 일이 과연 그럴까? 그렇게 생각해 줄까?

혼자만의 생각일 뿐 아닐 수도 있다는 생각이 머릿속에서 슬쩍 고개를 들지만, 그들의 생각조차도 내려놓으면 존중받을 일이고 존중해야지 생각하면서 내일은 학위 신청을 하러 가야겠다.

통증이라는 고통과 함께 보낸 시간이 학위 신청이라는 열매를 맺었다. 갑자기 칭찬이 고프다. 속물스럽게 남들이 해주는 칭찬이 고픈 건 뭘까?

꿈 깨자, 아무도 모르게 조용히 한 일을 알았어도 몰랐어도 졸업 축하 케이크는 못 받을 거니까.

이 나이에 무신, 근데 웃기게도 졸업 케이크도 받고 싶고, 축하 꽃다발도 받고 싶고, 그래 나 속물 한번 하고 싶다. 바라는 게 없을 것 같았는데 속마음은 이랬다. 하하하.

학위 신청을 하고 나니 몸이 가벼워지는 기분이 든다. 갑자기 예쁜 카페에 가보고 싶어졌다. 늘 지나치기만 하고 한 번도 가본 적이 없는 학교 근처 카페다. 그동안은 카페를 지나치면서도 굳이 가야 할 이유가 없었다. 무슨 카페 가는데 이유를 찾나 할 수도 있지만, 윤희는 정말 마음에 여유가 없었다. 그랬다. 지나다 보면 너무 사람이 많고 비집고 들어가 앉아 조금은 시끄럽다 싶은 곳에서 혼자 앉아 차를 마시는 일은 아마 하고 싶지 않았을지도 모르겠다.

하지만 오늘은 윤희 자신에게 따뜻한 차 한 잔을 선물로 주고 싶었다. 차 한 잔이 무슨 선물인가 하겠지만 자기 자신을 위해 시간을 내고 주고 싶은 것을 주는 것은 모두 선물이라는 생각이다.

요즈음은 혼자 카페 가도 전혀 이상하게 보지 않으니 거리낌 없이 카페 문을 열고 들어가 마침 비어있는 창가 자리에 자리를 잡고 앉았다. 밖에서 볼 때보다는 그리 특별해 보이지는 않지만 심플하면서도 고급진 느낌은 학생들이 좋아할 만한 분위기다. 살아오는 동안 처음으로 느껴보는 이 묘한 기분을 아이스 아메리카노에 담아 마셔봐야 알 수 있으려나? 평소 커피를 즐기지 않는 윤희지만 따뜻한 차를 마실까 하다가 폼 나게 아이스 아메리카노를 시켜야 할 것 같다. 친구들은 줄여서 아아라고 하던가?

주문을 찾으라는 진동 벨이 울린다. 얼른 일어나 아아를 가지고 와서는 그 안에 담긴 얼음부터 꺼내 한입에 물어보니 볼따구가 빵빵해지는데 그 옆으로 삐죽 울음이 샌다. 입안에 얼음이 녹을라치면 얼른 또 얼음을 꺼내 문다. 그리고 자꾸 새는 울음을 아이스 아메리카노 얼음으로 녹여본다.
한참을 그렇게 앉아 대학생으로서의 마지막을 자신에게 선물한 아아와 함께 나누다 보니 불현듯 고검 치르던 그날처럼, 쓸쓸하기도 하고 외롭기도 했던 그날이 겹치듯 생각이 났다. 많은 생각을 뒤로하고서야 카페를 나섰다. 윤희 혼자서 그렇게 오래 앉아있어 보기는 처음이다. 많은 사람이 있었지만 전혀 의식이 되지 않았다. 집에 혼자 있는 것과는 또 다른 느낌으로 생각이란 테이프를 뒤로도 돌려보고 앞으로도 돌려보다 보니 어느새 어둑해지는 학교 앞 풍경 속으로 윤희도 묻혀 들어가고 있었다.

그물에 걸리지 않는 바람처럼
소리에 놀라지 않는 사자처럼
흙탕물에 물들지 않는 연꽃처럼
무소의 뿔처럼 혼자서 가라.

"어차피 인생은 무소의 뿔처럼 혼자서 가는 거라고 하던가?"
말은 이렇지만 이것은 최후의 수단이고 가장 고독하고 힘든 과정을 의미한다고 한다.
홀로 있어도 그 누가 지켜보지 않아도 항상 그 마음과 행동의 변화가 없는 항등심의 마음….

갑자기 통증이 시작된다. 허리를 펼 수 없을 만큼 고통스럽다.
그동안의 견딤이 항등심까지는 아니었을지라도 조금만 더 버티자. 아직 준비해야 할 것이 남아있기 때문에 조금만 더 시간을 달라고 윤희는 통증 소리를 섞어 큰 소리로 기도의 말을 한다.
기도가 통했나 보다. 조금씩 통증이 가라앉는다.

허수어미

너른 들판에 허수어미가 서 있다.
누군가 입혀준 옷을 입고 얻어온 모자를 쓰고

머플러 한 장을 목에 두른 채
벼 이삭이 잘 익어 갈 수 있도록
이삭에 알곡이 여물도록

팔 벌려 지키고 서 있는 허수어미
가끔은 참새가 날아와 노래를 불러 주겠지
하늘 나는 제비는 하얀 구름 조각을 물어다 줄지도
모르겠다.

그러면 허수어미는 이렇게 인사를 하겠지
안녕

뿌리는 바람에 흔들리지 않는다

펴 낸 날   2024년 10월 31일

지 은 이   김은영
펴 낸 이   이기성
기획편집   윤가영, 이지희, 서해주
표지디자인 윤가영
책임마케팅 강보현, 김성욱
펴 낸 곳   도서출판 생각나눔
출판등록   제 2018-000288호
주   소   경기도 고양시 덕양구 청초로 66, 덕은리버워크 B동 1708, 1709호
전   화   02-325-5100
팩   스   02-325-5101
홈페이지   www.생각나눔.kr
이 메 일   bookmain@think-book.com

· 책값은 표지 뒷면에 표기되어 있습니다.
  ISBN   979-11-7048-777-7(03810)